Vladimir Fédorowski est l'écrivain d'origine russe le plus édité actuellement en France. Il écrit en français, et ses ouvrages ont reçu de nombreux prix littéraires. Il dirige aux éditions du Rocher la collection emblématique « Les romans des lieux et destins magiques ».

Vladimir Fédorovski

LE ROMAN DE L'ÂME SLAVE

Éditions du Rocher

TEXTE INTÉGRAL

ISBN 978-2-7578-1970-8
(ISBN 978-2-268-06851-0, 1re publication)

« Pour se rapprocher de Dieu, il faut beaucoup pécher. »

Grigori Raspoutine

« Tels les héros de Dostoïevski, les Russes, plus que n'importe quelle autre nation, ont un caractère ambivalent. Ils pèchent, expient et pèchent de nouveau en poursuivant les grands objectifs éthiques. »

Sigmund Freud

Le fil d'Ariane

La neige, les fêtes, les excès, l'amour absolu…

Kremlin, Goulag, Spoutnik…

Quel mot choisir pour commencer ce roman de « l'âme slave », pour évoquer les immensités blanches bordées de bois où j'entendais les grelots des troïkas, les ruisseaux, les rivières, les clochers à bulbes ; ou encore pour me remémorer la musique de Tchaïkovski ?

Une image me revient.

C'était en août 1962. Je passais mes vacances dans un petit village proche de Moscou. Nous marchions au creux des allées sombres bordées de tilleuls centenaires. J'avais douze ans et mon compagnon était un vieux monsieur aux cheveux embroussaillés. Il portait encore sur le dos la fameuse *telogreïka*, le vêtement de toile matelassé cher aux prisonniers du goulag qui les avait sauvés du froid glacial des hivers sibériens.

Jadis, avant 1917, le vieil homme avait été un fringant officier de la Garde impériale. Peu après la révolution, ses malheurs personnels et les atrocités de la guerre civile le poussèrent à se retirer dans un monastère où le siècle rouge finit par le rattraper. Incarcéré pendant plusieurs décennies par les bolcheviques dans un camp, un ancien monastère transformé par Lénine en goulag, sa foi et son endurance héritées d'une des plus grandes familles de l'histoire russe, lui permirent de survivre à ce long supplice.

Le père Alexandre, tel était son nom, effectuait ce jour-là un pèlerinage émouvant sur les lieux de sa propre enfance, dans l'ancienne propriété familiale reconvertie en « camp de la jeunesse léniniste » ; autrement dit en une sorte de lieu de villégiature pour les jeunes Moscovites. Il effleura de ses mains abîmées le parquet délavé qui autrefois brillait comme un miroir, et fut heureux de constater que dans la salle de bal, transformée depuis en dortoir pour les « pionniers », les lustres de bronze avaient résisté aux guerres et à la révolution.

Fasciné, je suivais cet homme mystérieux, pressentant au fond de son regard bleu le poids d'un passé que je ne pouvais même pas imaginer. Il m'entraîna vers le cimetière en ruines, de vieilles croix étaient tombées sur les tombes ou jonchaient le sol envahi d'herbes folles. Le bruissement des feuilles de bouleau et le bourdonnement des mouches et des abeilles animaient la quiétude des lieux.

« Mon petit, me dit-il, je suis vieux, et heureux à l'idée d'entrer bientôt dans le Royaume éternel de Dieu. N'oublie jamais la beauté de ce paysage et fais en sorte que cette image ne se fige pas en toi, qu'elle ne devienne pas semblable à un tableau dans un musée. Notre pays a été construit par des générations successives d'hommes et de femmes, il est composé de vieilles pierres, d'églises, de palais. Les parfums des chemins d'antan et l'odeur des vieux papiers accompagnent le regard de nos ancêtres. »

Je l'écoutais attentivement. Je ne comprenais pas où il voulait en venir, mais j'eus la sensation que ce qu'il me disait était important. Bien plus tard, en me remémorant cette scène, ses mots me revinrent à l'esprit :

« Dans la volonté d'une nation, non seulement les vivants mais aussi les morts parlent. »

Le père Alexandre s'arrêta de marcher. Pointant son index crevassé sur ma tête, il poursuivit :

« La Russie reflète la lumière comme les ténèbres, la beauté comme la grisaille. L'invisible cristallisé dans le visible se dédouble constamment, passant sans cesse de la réalité au mirage, de l'éclat à l'obscurité.

Puisque tu me dis que tu voudrais être écrivain quand tu seras grand, retiens bien le nom de ce très grand personnage que j'ai connu dans ma prime jeunesse : Diaghilev. Cet homme est un symbole lumineux de notre génie artistique car il a su relier tous les arts... »

C'est aussi de la bouche du père Alexandre que j'ai entendu pour la première fois le nom d'un autre prisonnier du goulag, Alexandre Soljenitsyne.

« Moi, je ne le verrai pas, mais son destin départagera la bataille qui oppose le côté noir et le côté lumineux de l'âme de notre nation, comme de celle de Tolstoï, de Tchaïkovski, et celle des possédés, Lénine, Trotski, Staline. Notre grand souci est de trouver le moment où la Russie s'est mise à dérailler ; quand notre pays a quitté le chemin de son développement naturel symbolisé au début du siècle par Tchekhov et les Grandes Saisons de Diaghilev.

Tu ne peux pas comprendre cela maintenant, dit-il en hochant la tête, tu comprendras plus tard... Ce n'est pas seulement à cause des bolcheviques mais c'est la faute de tous leurs complices, inconscients ou volontaires, tous ces beaux parleurs, qui, par leur dogmatisme, ont empêché, au début de la révolution de 1917, le compromis avec la Russie éternelle. »

À dire vrai, j'ai longuement hésité avant de choisir les hommes les mieux enclins à incarner les tourments de cette période dramatique du XXe siècle. En me remémorant cet épisode de mon enfance, j'ai finalement décidé de suivre des personnages, qui, chacun à leur manière, révolutionnèrent le monde : les uns dans le domaine politique, les autres dans l'univers artistique ; les uns pour le roman noir des tragédies de ce pays, les autres pour symboliser son âme lumineuse.

Ainsi donc, à partir de ce souvenir lointain je vous propose une balade dans le temps et dans l'espace, une promenade historique et amoureuse, éclairée par des guides étonnants. Les mages rivalisent avec les grands écrivains ou les génies artistiques : Picasso, Matisse, Nijinski, Cocteau, Stravinski, Apollinaire, Chanel, Dalí… Toutes ces personnalités s'épanouirent dans les coulisses des Saisons russes lancées à Paris il y a cent ans.

Tandis que Diaghilev et sa compagnie inauguraient une nouvelle ère dans l'art moderne, le leader des bolcheviques, Lénine, fréquentait la loge maçonnique à Belleville, préparant sa révolution, inspiré par son égérie française…

En traversant les steppes et les forêts enneigées, nous évoquerons les facettes obscures de cette « âme slave » avec ses excès, ses élans, ses désespoirs, et ses particularités telles qu'elles apparaîtront, je l'espère, à travers ces pages, conséquences de l'histoire et de la politique, de la géographie et du climat. L'histoire et la politique parce que le pouvoir russe, souvent despotique, a toujours été perçu comme une idole écrasante et dominatrice. La géographie et le climat parce que, sur ces vastes plaines tantôt nues, tantôt couvertes de maigres forêts, l'homme se sent tout petit sans que la nature se montre réellement grande. Une pareille terre, sous le froid du ciel du Nord, éveille aisément le sentiment de la futilité de la vie, nous inclinant à la création artistique et à la méditation intérieure.

Le lecteur conviendra peut-être avec moi que ceci est le reflet de ce qu'on appelle « le charme slave ». Au fil des pages, chaque épisode correspondra à une visite des allées obscures de cette civilisation.

Au point de départ de notre récit, c'est-à-dire au début des années 1870, deux hommes voyaient le jour en Russie à deux années d'intervalle : Lénine, fondateur de l'État soviétique, et Diaghilev, « tsar » des artistes du XXe siècle, selon la formule de Picasso. Ils ne se rencontrèrent jamais ; pourtant, tous deux appartenaient au même milieu et tout au long de leurs vies, habitèrent les mêmes villes, en particulier Paris et Saint-Pétersbourg.

J'ai parfois l'impression qu'ils se confrontent toujours, tant leurs démarches, leurs parcours et leurs héritiers s'opposent.

Notre voyage dans le temps commencera à Saint-Pétersbourg, capitale de l'empire des tsars, point de départ dramatique de notre histoire.

Les impondérables

En cette année 1865, la semaine précédant Noël fut consacrée tout entière à la bonne chère, aux festins, aux plaisirs. L'horizon était dégagé à perte de vue avec un ciel léger, vaste, si profond.

Les familles, parées comme aux jours les plus solennels, se dirigèrent vers le centre de la capitale, à gauche de la Néva, là où se réunissaient les illusionnistes, les baladins, les danseurs de corde, les marchands de toutes sortes, là où chacun pouvait s'amuser des roues de moulin et des jeux de l'escarpolette. Cette fête sera d'ailleurs plus tard merveilleusement bien présentée dans *Petrouchka*, le spectacle emblématique de la troupe de Diaghilev.

Le fleuve étant gelé à 1,50 m de profondeur, les habitants établirent le théâtre de leurs jeux en face de l'institut Smolny.

À ce rendez-vous du patinage sur la glace la plus épaisse et la plus sûre, le peuple se rendait à pied et en traîneau, les riches et les gens de la cour dans les plus beaux équipages. Les grands de l'Empire se mêlaient à la foule en toute simplicité ; l'impératrice et les grandes-duchesses dans leur carrosse de gala, l'empereur à cheval.

Au milieu des rires et dans une atmosphère de complicité bon enfant, on pouvait admirer les chorégraphies d'hiver, souvent sources de rencontres inattendues, de regards échangés, de joues en feu, sous un froid qui fouettait les sangs. Mais ce qui constituait le principal amusement de la journée et attirait assurément tout le monde, c'étaient ces montagnes de glace du haut desquelles les couples s'élançaient sur une pente rapide, assis sur d'élégantes glissoires. La pente était si forte qu'une fois arrivés en bas, la glissoire et ses passagers continuaient à glisser pendant un bon quart d'heure, dans une arène glacée autour de laquelle badinaient des garçons et des filles vêtus à la russe, avec manchons, pelisses et bottes fourrées.

Malgré ce temps de réjouissances sur la Néva, le tsar semblait quelque peu distrait, mélancolique. Il se rendait, comme chaque année, à l'institut Smolny, en compagnie de son épouse.

Alexandre II régnait sur son immense empire depuis 1855. Élevé pour la place qu'il devait occuper à la tête de la Russie, il fut général major à dix-huit ans. À vingt et un ans, ce beau garçon entrait au Conseil d'État. À vingt-deux ans, il était prié de prendre part aux réunions des ministres.

Une seule fois il ne se conduisit pas en héritier du trône quand, âgé de vingt ans, alors qu'il assistait à une représentation théâtrale, il fut subjugué par une jeune fille. Il proclama aussitôt qu'il avait trouvé son épouse et n'en voulait point d'autre. Cela fit jaser tout Saint-Pétersbourg, parce que cette petite princesse de Hesse, âgée de quinze ans, était le fruit des amours adultères de sa mère avec le chambellan de la cour, le comte Grancy.

En outre, comment une bâtarde pourrait-elle être un jour couronnée impératrice ? C'est le tsar Nicolas Ier, père du prétendant, qui mit fin à toute polémique, en décrétant que cette jeune personne n'était pas une bâtarde pour la seule raison que lui, l'autocrate, décidait qu'elle ne l'était pas.

Il se contenta de noter qu'il ne serait pas moins accommodant que le prince de Hesse. Or, celui-ci tenait parfaitement son rôle de père légitime.

Le mariage d'Alexandre et de la petite princesse, devenue grande-duchesse Maria Alexandrovna, fut donc célébré le 16 avril 1841. Au début, le nouveau couple impérial vécut un parfait amour. Mais les grossesses successives et la dureté du climat pétersbourgeois épuisèrent la jeune femme. Une demoiselle de la cour nota à son propos : « Elle sera peut-être sainte, mais elle ne sera jamais une grande souveraine. Sa sphère, c'est le monde moral. »

La demoiselle ne se montrait pas plus aimable envers le nouvel empereur : « C'est le meilleur des hommes. Ce serait un magnifique souverain dans un pays bien organisé et en temps de paix, où il suffirait de conserver. Mais il lui manque le tempérament de réformateur[1]. »

Ce jugement, juste d'un point de vue psychologique, ne manquait pas non plus de perspicacité historique. La suite du propos est en effet prémonitoire : « Ils [l'empereur et sa femme] sont trop bons, trop purs pour comprendre les gens et les gouverner. Il leur manque cette puissance de rafale qui permet de dominer les événements… Je leur vois un avenir malheureux et sombre. »

De fait, l'avenir devint sombre pour le couple en 1865, avec la mort de son fils aîné. Puis il fut interdit à l'impératrice d'avoir des relations intimes pour des raisons médicales, et le tsar fut obligé de renoncer à son amour de jeunesse. Même si sa démarche resta alerte et légère,

1. *Mémoires* de Tioutcheva, éd. Sabachnikov, Saint-Pétersbourg, 1925.

modeste quoique sans timidité, la tristesse voila désormais son regard.

En cette année 1865, Alexandre II avait quarante-sept ans. Fut-ce l'influence des mécontentements s'accumulant dans son empire ou, plus simplement, les malheurs d'un homme comme les autres, qui le poussèrent à murmurer cette phrase laconique mais qui en disait long : « Tsar. Quel curieux destin. Tout posséder et ne rien avoir… » ?

Dominant un méandre de la Néva, l'institut Smolny abritait le pensionnat de jeunes filles de la noblesse russe. Conçus par l'Italien Giacomo Quarenghi, les bâtiments contrastent par la grande sobriété de leurs formes avec la collégiale de la Résurrection voisine, œuvre de Rastrelli, dont la façade polychrome bleu, blanc et or constitue un exemple grandiose du baroque russe. Un vaste espace libre met en valeur cet édifice aux formes hardies et altières. La façade s'étend sur plus de deux cents mètres, les bâtiments latéraux constituant une cour d'honneur, et le tout ne manque pas d'une noble sobriété. Finalement les deux édifices font bon ménage et composent un ensemble dont toute l'originalité réside dans la brutalité du contraste autant que dans sa majesté.

Parmi les élèves de l'institut Smolny, Catherine Dolgorouki et sa sœur cadette attiraient tous les regards. La blondeur délicate de la cadette était certes remarquable, mais elle n'égalait pas le teint ivoire et la magnifique chevelure de l'aînée, Catherine, que sa joie de vivre et sa grâce distinguaient dans cette famille de huit enfants, dont l'un des ancêtres, le glorieux prince Youri Dolgorouki, fut le fondateur de Moscou. Le père de Catherine ayant été ruiné, la jeune fille et ses sœurs étaient élevées aux frais de l'empereur.

Comme on peut l'imaginer, la visite annuelle du couple impérial constituait un événement pour toutes les classes de l'Institut. Il s'agissait de ne pas commettre d'impair par rapport au protocole et de répondre correctement aux questions que le souverain poserait aux élèves.

C'est en pensant à d'éventuels dérapages que la surveillante convoqua Catherine et lui tint ce langage : « Ma petite fille, ce jour est un jour très important et je compte sur votre bonne conduite. Tâchez d'éviter les rires et l'agitation qui vous caractérisent. Surtout, disciplinez votre chevelure trop flamboyante. N'oubliez pas que vous êtes encore une petite fille. »

Le feu aux joues, l'élève baissa d'abord la tête comme si elle allait pleurer, puis elle la releva en protestant d'un air boudeur : « Mais, mademoiselle, je suis presque une femme ! »

À l'heure du thé, la surveillante rapporta cette petite anecdote au couple impérial.

« Comment s'appelle-t-elle ? demanda le tsar.

– Dolgorouki, répondit la vieille demoiselle.

– Ah ! C'est donc l'une de mes pupilles. Pouvons-nous la voir maintenant ? »

La jeune Catherine Dolgorouki fut donc introduite dans le salon d'apparat. Avec une grâce joyeuse, elle s'inclina devant le couple impérial, tandis que l'empereur songeait : « C'est vrai, elle est presque une femme. »

Ainsi, par cette belle journée, commença l'une des plus grandes histoires d'amour du siècle. Le monde entier allait par la suite la connaître grâce au célèbre film *Katia*, dans lequel Danielle Darrieux tient le rôle principal, sans oublier la merveilleuse Romy Schneider.

S'il ne laissa rien paraître, Alexandre garda en mémoire ces yeux en amande et ce sourire enjôleur, ce mélange d'éducation et de liberté.

Les mois passèrent. Catherine avait maintenant dix-huit ans. Elle avait quitté l'Institut et s'était installée chez son frère au centre de Saint-Pétersbourg, lorsqu'elle croisa l'empereur au jardin d'Été. Tous deux se reconnurent et engagèrent la conversation. L'une de ces conversations propres aux amours naissantes, où les mots ne servent qu'à faire durer les regards qui s'éternisent.

Ce soir-là, Catherine ne parvint guère à s'endormir et le crépuscule accompagna sa réflexion. Serait-ce folie d'offrir son âme à un astre, à une étoile ? Pourquoi, au fond, voudrait-il l'aimer ? Curieusement, la jeune fille ne semblait pas se formaliser du fait que celui dont elle rêvait fût marié, encore moins du fait qu'il eût trente ans de plus qu'elle. Ce qui l'embarrassait, c'était qu'Alexandre fût le tsar. Mais si l'on peut résister au tsar, peut-on résister à la Providence ?

Ce débat intérieur l'habita quelques mois. Puis, au soir du 1er juillet, dans l'atmosphère exquise du belvédère de Babylone, au fond du parc de Peterhof, enfin elle déposa les armes. « Désormais tu es ma femme, écrivit cette nuit-là Alexandre, et tu le seras pour toujours. » Plus tard, il évoquera cette fameuse nuit dans une lettre :

« N'oublie pas que toute ma vie est à toi, Ange de mon âme, et que son seul but est de te voir heureuse, autant que l'on puisse être heureux en ce monde… Je crois t'avoir prouvé dès le premier jour de juillet que lorsque j'aimais quelqu'un véritablement, je ne savais pas aimer d'une manière égoïste. Toute ma conduite depuis n'en a été que la conséquence et je sais que tu l'as comprise maintenant complètement. Je t'aime avant tout pour toi, puis pour moi, mais comme nous ne formons plus qu'un seul être, cela revient au même… Je suis à toi d'âme et de corps et tu es à moi. Je sais que le même sentiment t'anime car nos cœurs se sont fondus en une entité[1] […]. »

Catherine, même dans cette situation, demeura cependant d'une extrême réserve. La cour ne l'intéressait guère et elle souhaitait garder son bonheur pour elle. Elle mena donc une existence retirée, partageant avec celui qu'elle appelait désormais par son diminutif, « Sacha », toutes les préoccupations essentielles pour l'avenir de l'Empire. Le tsar, attentif à ses avis politiques, appréciait son bon sens.

Le monde entier comprit bientôt qu'Alexandre ne pouvait se passer d'elle quand, en 1870, il installa sa bien-aimée dans une chambre du palais d'Hiver, juste au-dessus de ses appartements… Deux ans plus tard, au milieu de la nuit, le tsar envoyait un domestique chercher une sage-femme. L'accouchement fut difficile. Très pâle, Alexandre lança alors cet ordre désespéré : « S'il le faut, sacrifiez l'enfant. Mais, elle, sauvez-la à tout prix ! »

C'est dans un état de grand épuisement que, dans la matinée du 30 avril 1872, Catherine mit au monde un garçon, Georges. Tandis que la jeune femme se remettait, le tsar, plus amoureux que jamais, la dessinait nue.

La famille impériale se montra choquée par cette naissance. Quant à l'impératrice, elle se retrancha dans un mutisme encore plus grand et décida de ne plus lutter contre la maladie qui la minait. La cour eut peine à accepter ce qu'elle considérait comme un scandale, surtout lorsqu'à la fin de l'année 1873, Catherine accoucha une nouvelle fois, d'une petite Olga.

Devant la conspiration murmurante des cireurs de parquet, Alexandre resta impassible. Il avait frôlé la mort,

1. Lettre d'Alexandre II à Ekaterina Dolgoroukaïa, le 12 novembre 1866.

connu l'amour, et il lui restait son panache. Ainsi allait-il donner un statut légal à ses enfants en leur offrant le patronyme de prince et princesse Yourievski, en souvenir du premier prince Dolgorouki qui se prénommait Youri.

Le 11 juillet 1874, à l'intention du Sénat, il rédigeait cet oukase : « Aux mineurs Georges Alexandrovitch et Olga Alexandrovna Yourievski, Nous accordons les droits qui appartiennent à la noblesse et Nous les élevons à la dignité de prince avec le titre d'altesse. »

En donnant son propre patronyme à ses enfants, le tsar les reconnaissait très officiellement.

Le prix à payer

Critiqué par la cour, le tsar assuma jusqu'au bout son destin, qu'il fût amoureux ou politique.

Son gouvernement était plutôt libéral car, outre le manifeste historique de 1861 sur l'abolition du servage (décrété deux ans avant la libération des esclaves aux États-Unis), Alexandre II avait instauré d'autres réformes importantes : création d'une cour d'assises, autonomie limitée des villes et des provinces, libéralisation de la presse (avec notamment des éditions assez radicales), accès aux universités pour les classes inférieures, élargissement des droits de la femme ainsi que des minorités nationales et religieuses, abolition des châtiments corporels. Cependant, ces transformations libérales ne furent pas un gage de popularité pour leur initiateur. L'euphorie qui avait accompagné la libération des paysans se dissipa très vite et le pays fut secoué de convulsions. Les « nihilistes », adeptes du mouvement radical, aspiraient à des changements révolutionnaires, tandis que les fonctionnaires cancanaient sur la liaison de l'empereur avec une jeune femme, sa cadette de vingt-huit ans. À Saint-Pétersbourg, on commença à parler d'Alexandre II avec dédain.

Désormais, dans le décor de rêve de la ville de Pierre, deux mondes s'affrontaient, celui de l'autocratie et des palais étincelants d'une part, celui de la rue, dominé par des révolutionnaires qui voulaient en finir avec le système tsariste, d'autre part.

Le terrorisme fit de la capitale son champ d'action privilégié, en prenant pour cibles les plus hauts personnages de l'État. Néanmoins, lorsque le 4 avril 1866, un terroriste tenta d'assassiner l'empereur qui se promenait dans le jardin d'Été, l'attentat secoua le pays. Les journaux racontèrent qu'un paysan, se trouvant là par hasard, avait porté un coup vengeur…[1]

Mais en janvier 1878, un autre révolutionnaire tira sur le gouverneur de la ville de Saint-Pétersbourg, le blessant légèrement. Cette action marqua le début d'une série d'attentats réussis.

Les terroristes ne se contentaient pas de viser les hauts dignitaires ; ils annonçaient ouvertement leurs attaques. Des avertissements spéciaux furent notamment envoyés au chef des gendarmes, au ministre de la Guerre ou au gouverneur de Saint-Pétersbourg (certains étaient « presque remis en main propre »)… Après chaque attentat, les révolutionnaires distribuaient dans la ville des manifestes éloquents expliquant les raisons de leurs actes.

À partir de 1878, avec la naissance de l'organisation « Terre et liberté », les attentats se multiplièrent et l'empereur fit l'objet d'une chasse à l'homme (à laquelle même le palais d'Hiver n'échappa pas, avec l'explosion de février 1880).

Dans ces organisations composées de petits groupes, les membres étaient totalement dévoués à leur cause ; chaque attentat se voyait soigneusement planifié. Saint-Pétersbourg se trouvait en état de choc. En Russie, la

1. L'auteur de l'attentat, Karakazov, fut pendu.

gigantesque pyramide du pouvoir était couronnée par la figure du tsar. L'empereur était non seulement un personnage symbolique, mais un véritable autocrate. Le libéral Alexandre II répondait donc des actes de ses fonctionnaires les plus réactionnaires. « Cela devenait étrange, rappelait Vera Figner, l'une des principales révolutionnaires : frapper les serviteurs sans toucher au seigneur… »

Il fallait donc tuer l'empereur à tout prix. Un groupe d'hommes se chargea de cette tâche avec un budget très limité. Jeunes, ils n'avaient peur de rien et étaient surtout fanatiquement convaincus de leur bon droit. Les terroristes prirent alors la décision, fatale pour l'empereur, d'utiliser un moyen plus efficace que l'arme à feu : la dynamite…

À Saint-Pétersbourg, durant le seul hiver de 1878-1879, plus de deux mille hommes soupçonnés d'activités révolutionnaires furent arrêtés. Pour ces « nihilistes », l'assassinat du tsar se transforma en idée fixe : Alexandre devint l'objet d'une chasse sans précédent dans l'histoire du terrorisme mondial.

Désemparé, l'empereur savait que sa vie était en danger : « Ils me chassent comme ils chasseraient un animal sauvage, disait-il. Mais pourquoi ? Je ne leur ai pourtant rien fait ! »

Même Dostoïevski, le génie de la littérature russe, l'ennemi idéologique le plus irréductible des terroristes, rendit hommage à leur obstination : « Disons-le sans détour : c'est de la folie, mais en même temps ces fous ont leur logique, leur doctrine, leur code, leur dieu même. On ne peut être plus déterminé. »

La fin de la partie approchait inexorablement.

Pourquoi tant de haine contre ce tsar qui fut finalement le premier à oser les réformes ? Certains mettent en avant une jeunesse révolutionnaire qui voulait faire payer à l'empereur le retard dans l'arrivée des réformes ; d'autres, une course de vitesse entre les réformes voulues par le tsar et les groupes nihilistes qui craignaient qu'en cas de réussite du pari social du tsar, le régime des Romanov ne soit installé en Russie pour l'éternité. Les agitateurs estimèrent dès lors qu'il valait mieux supprimer le tsar réformateur que de voir la révolution tuée dans l'œuf par l'œuvre des réformes accomplies…

Au milieu de ce séisme, la mort, en juin 1880, de l'impératrice Marie Alexandrovna, femme légitime du tsar, offrit à ce dernier la possibilité d'épouser enfin devant Dieu celle à qui il était uni depuis si longtemps. Aussi fixa-t-il son mariage avec Catherine au 18 juillet, après les quarante jours de deuil requis par l'étiquette. L'entourage du tsar fut atterré devant ce mariage secret dont on n'informa même pas le prince héritier. Quelqu'un osa pourtant parler à Alexandre : « Mais, Sire, le tsarévitch en sera cruellement offensé. » Celui-ci s'entendit répondre : « Je te rappelle que je suis maître chez moi et seul juge de ce que j'ai à faire. »

Le mariage eut donc lieu comme prévu, innocent et charmant, et se clôtura par une promenade pastorale en calèche. Mais pour les révolutionnaires, point de répit. Ils avaient juré sa perte et le tsar devait mourir sous leurs bombes. Il fallait absolument tuer celui qui avait aboli le servage, avait institué le jury dans les tribunaux et prohibé les peines corporelles.

Le 1er mars 1881, le tsar devait signer la charte constitutionnelle prévoyant le principe de la représentation nationale qui devait être approuvée par le Conseil des ministres trois jours plus tard.

Avec une heureuse insouciance, il se rendit au manège Michel pour assister à la relève de la garde. Mais, tandis que son carrosse, escorté de sa garde, rentrait au palais d'Hiver, deux membres de l'organisation terroriste l'attendaient sur le quai. De l'autre côté du canal se trouvait une aristocrate de vieille souche, fille d'un général du tsar, Sofia Perovskaïa, responsable du Comité exécutif de la principale organisation terroriste « Volonté du peuple ». Elle devait donner le signal au moment où s'approcherait le cortège impérial, en agitant un mouchoir.

Le carrosse d'Alexandre II, entouré de la garde, fila sur le quai et, au niveau de la grille d'un jardin, passa à côté des comploteurs. Un terroriste lança sous les roues du carrosse un paquet de papier contenant une bombe. Le carrosse fut renversé par l'explosion, des gardes furent blessés. On arrêta immédiatement l'auteur de l'attentat.

L'empereur sortit indemne du carrosse à moitié détruit. « Grâce à Dieu ! » s'écria-t-il. « C'est vite dit », répliqua le terroriste. En effet, tout près, le troisième terroriste lança une bombe entre lui et l'empereur. Tous deux furent mortellement blessés.

Après sept tentatives manquées, la huitième avait donc atteint son objectif. Alexandre eut les deux jambes arrachées. Transporté au palais d'Hiver, il succomba quelques minutes plus tard à ses blessures. Catherine, la princesse Yourievski, s'effondra sur le corps de son bien-aimé. Pendant plusieurs heures, elle resta prostrée devant le cadavre d'Alexandre II, baisant ses mains intactes en murmurant seulement : « Sacha… »

Sur la table de travail de l'empereur se trouvait le texte de l'acte constitutionnel qu'il s'apprêtait à signer le jour même. Cet acte aurait pu éviter à la Russie les catastrophes futures…

L'année 1881 commença donc sous de mauvais auspices. En février déjà, Dostoïevski, l'écrivain phare du pays, s'était éteint à Saint-Pétersbourg, à l'âge de cinquante-neuf ans ; un peu plus tard, la mort du compositeur Moussorgski, à quarante-deux ans, privait la Russie de l'un de ses génies musicaux.

Leurs contemporains étaient conscients de la gravité de ces disparitions. Mais, l'assassinat du tsar « libérateur » les occulta, et l'écrasante majorité des Russes le vécut comme une catastrophe nationale. La société russe perçut soudain une instabilité, une fragilité extrêmes. Le nihilisme avait en effet cessé de n'être qu'une philosophie, et les habitants de la capitale connurent pour ainsi dire physiquement les tragédies de la terreur politique. Après la révolution de Lénine en 1917, ils assisteront à la transformation de ces actes individuels en terreur de masse.

À l'époque, l'un des rares – sinon le seul – à pressentir toute l'ampleur du désastre fut le compositeur Tchaïkovski. Il considérait l'art comme le dernier refuge, l'ultime havre de paix avant le plongeon catastrophique dans l'océan des passions destructrices.

Tchaïkovski prédit aussi la mort prochaine de Saint-Pétersbourg. Le compositeur fut en effet le premier géant de la culture russe à exprimer dans ses œuvres l'effroi devant la disparition inéluctable de cet univers romantique et festif décrit dans les premières scènes de ce livre. Quelque chose était en train de se briser. Tout devenait illusion ; les identités sociales se transformèrent en un trompe-l'œil.

Alain Besançon a retracé ce phénomène avec la justesse que l'on sait dans *Les Origines intellectuelles du léninisme*[1]. Il décrit ces révolutionnaires comme des intellectuels dévoyés, marqués par le brassage des milieux sociaux et par une accumulation désordonnée de savoirs

1. Éditions Calmann-Lévy, Paris, 1977.

divers. Pour lui, « les universités favorisent souvent l'éclosion d'une contre-culture ou même sous-culture ».

Pourtant, la classe intellectuelle se concevait comme une nouvelle aristocratie, voire même comme une nouvelle Église. Dans cette perspective, certains cercles renonçaient à la moralité ordinaire : des gourous prétendaient s'octroyer tous les pouvoirs, y compris de vie et de mort ; ils s'abaissaient à tuer, forts de leur éminente supériorité morale. Leur doctrine révolutionnaire n'était peut-être pas une religion, mais elle s'en rapprochait.

Dans certains pays et à certaines époques, le phénomène restait à la fois transitoire et marginal : une simple « crise d'adolescence ». Ailleurs et à d'autres moments, il se perpétua dans la vie adulte, et finit par se diffuser par « métastases » dans le reste de la société, marquant si fortement « l'âme » du pays.

Ce fut le cas, notamment, de la Russie du XIXe siècle et du début du XXe siècle. Sa classe intellectuelle – l'intelligentsia – se concevait collectivement comme une sorte de messie appelé à renverser puis à régénérer la société et l'État. Dostoïevski a décrit cette pyramide d'illusions, de fantasmes et d'abus dans *Les Possédés*, à partir des « bibles » de l'intelligentsia – le *Que Faire ?* de Tchernychevski ou le *Catéchisme du révolutionnaire* du célèbre anarchiste Bakounine et de Netchaïev –, mais aussi à partir de circonstances réelles, comme les complots, les prédications ou les attentats des groupuscules révolutionnaires qui provoquèrent la mort d'Alexandre II.

Cet assassinat fut aussi l'événement le plus marquant de l'enfance des deux petits garçons qui serviront de « guides » pour notre récit : Serge Diaghilev et Vladimir Oulianov, le futur Lénine. L'un le pleura de tout son cœur ; l'autre se réjouit sans retenue de sa mort…

Les possédés

C'est au milieu de son long périple que la Volga, sur sa rive européenne, borde une petite ville qui monte jusqu'aux sommets de collines, Simbirsk, aujourd'hui Oulianovsk, modeste capitale provinciale. Dans cette cité préservée incarnant le charme de la Russie profonde, naquit le 22 avril 1870 Vladimir Oulianov, mieux connu encore sous le pseudonyme de Lénine.

Le chef du gouvernement provisoire russe de 1917, Alexandre Kerenski, qui y vit aussi le jour, écrivit : « Du sommet jusqu'au bord de l'eau, s'étendent de luxuriants vergers de pommiers et de cerisiers. Au printemps, le flanc entier de la colline était blanc de fleurs parfumées, et le soir, tout bruissant du chant des rossignols... À la fonte des neiges, le fleuve débordait et envahissait les terres basses sur la gauche, s'étendant comme une mer sur les champs qui, plus tard, dans la chaleur du plein été, s'animaient des chants et des jeux des paysans et des gens de la ville venus faucher l'herbe riche et parfumée. »

Cette petite ville, bien que provinciale, semblait échapper à la monotonie, rappelant l'ambiance des récits de Tchekhov. Aux bruits citadins se mêlaient des accents de guitare. Des accordéons déroulaient une rengaine et, proche des jardins remplis d'arbres, on entendait chèvres ou moutons. Les rues gardaient un aspect bon enfant, de vieilles maisons à colonnes semblaient se serrer les unes contre les autres, innombrables, pour former, par leurs toits biscornus, une couronne se découpant dans le ciel. Il y avait une cathédrale, un collège, le palais du gouverneur puis une étroite bibliothèque, quelques allées pour se promener sous les ombrages de beaux arbres. Bien sûr, les rues n'étaient pas pavées et des ornières se creusaient tout au long des maisons de bois, se transformant, suivant la saison, en boue collante au printemps ou bien en monticules de poussière pendant l'été.

Dès le printemps, les dimanches ou les jours de fête, les gars flânaient par le haut de la ville. Jeunes et moins jeunes débouchaient sur la grande esplanade : au milieu, dans le kiosque à musique, jouait l'orchestre municipal. Lorsque la nuit venait, les lanternes s'allumaient. Quelques sous-officiers se promenaient avec un air de supériorité un peu naïf, des garçons plus jeunes attiraient les jeunes filles en leur offrant les classiques graines de tournesol – la plus démocratique des friandises du badaud russe !

À Pâques, sur ces mêmes places, une agitation heureuse entraînait jeunes et vieux. On courait, avec des airs de conspirateur, cacher des œufs durs que chacun, selon son imagination, ses moyens et ses goûts, décorait de couleurs, de signes, de décalcomanies ou de dessins. Des Tziganes dansaient, leurs femmes vendaient des peignes, des rubans, des colliers de perles en verre multicolores.

La famille Oulianov tirait ses origines de la région de Kazan. Ses ancêtres, des gens modestes, appartenaient à la classe moyenne. On raconte aussi qu'un des ascendants de Lénine était serf et devait sa libération, en

1861, au tsar Alexandre II. Le père de Lénine avait du sang tchouvache, mince descendance d'une population finno-mongole de la Volga, diluée dans la vaste population russe. En tout état de cause, le géniteur de Lénine, de bonne intelligence, d'intuition fine, doué de beaucoup de persévérance, dut élever son rang social par lui-même.

Élève attentif à l'université, il suivit les études indispensables pour devenir inspecteur et, par la suite, directeur des écoles rurales de la province. Il accéda ainsi au poste de haut fonctionnaire de l'administration impériale et acquit, selon le règlement en vigueur, un premier degré de noblesse héréditaire.

Au printemps 1870, l'allégresse régnait chez les Oulianov : le 22 avril naquit un « bel enfant rose et bouclé ». On le prénomma Vladimir pour honorer le fondateur de la sainte orthodoxie russe. Le bébé présentait une grosse tête, très pesante, probablement plus lourde que son corps, comme le précise sa sœur aînée dans ses *Mémoires*. Toujours est-il que l'enfant fut extrêmement en retard pour apprendre à marcher. Très agité, vif comme un écureuil, il avait une taille moyenne, des mains très agiles, un regard perçant filtrant à travers de petits yeux mongoloïdes. Sa tête en forme d'œuf, d'abord ornée d'une maigre frange de cheveux roux, se couvrit bientôt d'une forêt de boucles retombant sur sa nuque. Petit, trapu, le teint gris et les joues semées de taches de son, il s'efforçait avec audace d'imiter sa plus jeune sœur, Olga, de dix-huit mois sa cadette et qui fit ses premiers pas en même temps que lui.

Le petit garçon avait dépassé sa septième année quand la famille – les parents et les six enfants – changea de demeure. À cette époque, le père de Lénine obtint à la fois le grade de son rêve – conseiller d'État – et la possibilité de déménager. Il fit donc l'acquisition d'une fort belle maison. Rien de plus bourgeois que cet intérieur particulièrement soigné, qui pouvait se comparer à l'appartement de n'importe quel juge ou médecin européen, de Nancy ou de Munich ! Le salon, quelque peu sévère mais décoré de tableaux, était envahi de fauteuils et de tables, sur l'une desquelles trônait une énorme plante verte. Personne n'y entrait jamais, car les jours de réception, la maîtresse de maison préférait recevoir les notables, les joueurs de whist et leurs épouses, les joueurs d'échecs et les parents d'élèves, dans sa spacieuse salle à manger où elle présidait, en bonne épouse de haut fonctionnaire, derrière une longue table habillée de dentelles sur laquelle reposait en permanence le samovar.

Comme dans la plupart des familles de la bourgeoisie, on trouvait sur la table du salon un livre dont de nombreuses pages encore blanches attendaient les pensées d'un visiteur, après celles des nombreux parents et amis. Sur la couverture de cuir était incrusté en lettres d'or : *Album de vers* avec, en dessous, une églantine d'un rose fané.

La bibliothèque familiale regorgeait de livres russes et étrangers : Pouchkine et Gogol voisinaient avec Dickens, Charles Read et Daniel Defoe, Jules Verne et sir Walter Scott. Le petit Vladimir s'intéressait particulièrement à *Ivanhoé* ; il n'était pas rare de le voir reprendre le livre et l'emporter dans sa chambre. Il admirait sans réserve Tolstoï – le premier Tolstoï, pas celui d'après sa conversion. Premier en composition littéraire, il se passionnait aussi pour Tourgueniev. Sa faculté d'apprendre rapidement ses leçons et d'assimiler, dans une effarante promptitude, les textes les plus alambiqués, donnait même à son père une inquiétude hors de propos. En effet, M. le conseiller craignait que cette facilité fût de nature à lui faire oublier la nécessité de travailler.

Alexandre, l'aîné des enfants, semblait habité par des pensées qu'il désirait garder pour lui seul. Ce garçon grandissait dans une discrétion presque pernicieuse. Que pensait-il vraiment de son plus jeune frère ? De cet insupportable Vladimir qui le regardait de biais, de ce fameux regard oblique qu'il garderait toute sa vie ? Il s'en expliqua une fois : « Vladimir et moi, nous n'avons pas d'affinités. » Mais Alexandre ne rapporta jamais à ses parents les peurs que son frère aimait tant infliger à ses cadets, frères ou cousins, quand ils n'étaient pas là. La réserve innée du grand frère de Lénine s'apparentait déjà à l'orée d'un domaine intérieur auquel ses parents n'eurent jamais accès.

Quand un inspecteur de son école lui demanda de citer quels étaient, selon lui, les deux vices les plus graves, Alexandre, pas encore âgé de quinze ans, répondit : « Le mensonge et la lâcheté. »

Lorsqu'il se sentait blessé ou froissé, il demeurait silencieux. Sa mère, évoquant son « bien-aimé Alexandre », raconta que, même petit garçon, rien ni personne ne sut lui arracher des larmes. Élève modèle, il écrivit dans une dissertation scolaire à propos des qualités requises pour devenir un membre honorable de la société : « Afin d'exercer une activité utile, un homme doit être : 1°) honnête, 2°) travailleur, 3°) ferme de caractère, 4°) intelligent, 5°) instruit. »

On peut admettre qu'avec de tels principes, son engagement politique le conduirait facilement à l'esprit de sacrifice. Comment cet adolescent sage et recueilli s'est-il tourné vers la révolte ?

À l'époque, les idées révolutionnaires étaient dans l'air du temps et se propageaient à travers toutes les villes importantes de l'Empire, glissant tel un ruisseau de rébellion jusque dans les plus paisibles bourgades. L'esprit de « libération » se lovait surtout dans la pensée des milieux libéraux et estudiantins. Pourtant, sous le tsar Alexandre II, la Russie commença à espérer. Le jeune souverain se savait sympathique, il aimait séduire. Un brin de romanesque accompagnait nombre de ses démarches.

Entouré de ministres énergiques et ouverts sur l'Europe, Alexandre II constatait avec une rare lucidité que la Russie prenait « un retard considérable sur les autres nations en gardant ses mœurs démodées, débordées par l'inexorable marche du temps ». Ce tsar proclama donc la libération des serfs durant l'année 1861. Furent aussi abolies la terrible censure qui muselait une presse infantile, les directives d'opinions données à toutes les universités.

Un printemps politique semblait fleurir à Saint-Pétersbourg. Un vent de renouveau, d'abord timidement, puis avec une ampleur quasi incontrôlable, soufflait partout. La véhémence de certains fanatiques s'effaçait. Mais il fallait encore compter avec la résistance des grands propriétaires, les nombreux châtelains de toutes les provinces qui vivaient dans un très grand luxe, exploitant en toute bonne conscience l'immense majorité des moujiks, des malheureux paysans. Avec la liberté d'expression croissante donnée à la classe « intellectuelle », le milieu des étudiants, les libéraux furent vite débordés par une nouvelle race d'hommes qui s'agitaient dans toutes les universités, cherchant la démolition totale du tsarisme et affirmant que « seul le sang pourrait purifier l'antique terre de toute la pourriture amassée par la cruauté des tyrans du passé ».

Tout en admettant la nécessité d'un progrès « dans la morale et dans l'instruction », le frère aîné de Lénine, enfermé dans ses études, ne songeait pas le moins du monde aux revendications que certains de ses condisciples agitaient en permanence.

En cette année 1881, l'hiver n'en finissait pas. Les habitants, plus que jamais bardés de peaux de mouton et de lainages, se lamentaient le soir, calfeutrés près de leur foyer où ronflaient à la fois le poêle et le samovar. La première semaine de mars apporta la terrible nouvelle de la mort d'Alexandre II.

Dans les milieux de l'Éducation nationale, on ne parlait plus que des auteurs du régicide, les présentant comme de nouveaux martyrs. Désormais, ces jeunes révolutionnaires bénéficiaient d'une réelle admiration dans la société russe. D'abord, il s'agissait d'« étudiants », un mot qui dégageait une sorte de magie, qui sous-entendait l'instruction, l'intelligence, la participation aux problèmes humains… Une auréole de respect, parfois même de vénération, entourait ces « nihilistes » qui veillaient ainsi – comme l'affirmaient les esprits prévenus – à la marche vers la démocratie de tout un peuple opprimé.

Le père de Lénine ne cachait pas ses idées libérales, sa réprobation des abus des gouverneurs locaux et de la corruption. Mais la violence lui paraissait bien dangereuse et peu en rapport avec « ses principes chrétiens ». Il reçut un véritable choc à l'annonce de la mort du tsar et s'en fut prier à l'église pour le repos de l'âme du souverain, pour – selon sa formule – « implorer l'indulgence du Seigneur pour ces jeunes fous qui jettent des bombes et des poignards sur leur chef moral et religieux ».

Aucune influence parentale antireligieuse ne pouvait donc s'exercer sur les enfants Oulianov. M. le conseiller assista en grand uniforme, sa croix de Saint-Stanislas lui barrant la poitrine, au service funèbre donné en l'église de Simbirsk à la mémoire du tsar assassiné. Ce fut à cette époque que son fils aîné Alexandre cessa brusquement d'assister aux offices. Alors qu'il accompagnait toujours sa mère et se recueillait la messe durant, il s'abstint soudainement de toute pratique religieuse.

Lorsque son père, étonné, lui demanda : « Tu ne vas pas aux vêpres, ce soir, avec Vladimir ? », le jeune homme, peu habitué à divulguer ses occupations et ses pensées, et plus replié sur lui-même que jamais, répondit : « Non » d'un ton aussi ferme que naturel. M. le conseiller n'insista pas, d'autant que Vladimir, adolescent en herbe, imita là encore son aîné et se sépara du culte et de la religion.

Quelque chose a certainement bouleversé la vie intime d'Alexandre. Ses recherches scientifiques, les expériences de chimie auxquelles se livrait l'étudiant l'éloignaient encore davantage des conversations des autres membres de la famille. Dans le domaine maternel où les vacances prenaient toujours l'allure de récompense, il s'était aménagé une sorte de laboratoire, d'où il ne sortait que pour les repas ou pour dormir, laissant toutes les conversations se dérouler sans lui. Une telle ardeur à connaître, à découvrir, à mettre toute sa volonté en œuvre pour marcher sur les traces de son père, mais en savant et non en pédagogue, le faisait vivre dans une sorte de tour d'ivoire. Pourtant, quelquefois, à la fin de la journée, on le voyait quitter son domaine installé dans l'une des remises de la propriété et disparaître derrière l'allée des tilleuls vers les sous-bois avoisinants.

Où pouvait-il bien aller ? Quand sonnait la cloche du souper, il revenait, l'air absent – ce qui n'étonnait personne –, la mine pâle et le regard un peu triste. Alexandre se penchait souvent du côté de sa jeune cousine pour échanger avec elle comme des signes. Il était amoureux… Dans la famille, il passait pour avoir un caractère calme, un esprit noble, toujours prêt à se sacrifier. Personne ne soupçonnait alors qu'il était déjà un révolutionnaire clandestin.

Durant leurs promenades, Alexandre et sa bien-aimée eurent tout le loisir d'évoquer la révolution, le féminisme et l'amour absolu. Sur la terrasse surplombant un petit lac aux rives fangeuses semées de cabines de bain, le thé n'avait pas encore été desservi. La petite cousine lavait des baies pour faire des confitures, tout en comparant les idéaux de Tolstoï et de Gogol. Alexandre ne quittait pas des yeux ses bras recouverts jusqu'au coude d'un élégant déshabillé de soie. Leurs propos détonnaient dans l'ambiance feutrée de cette charmante propriété. Le parfum délicat des fleurs blanches enivrait Alexandre qui avait enfin trouvé son idéal.

Maintenant, on comprenait pourquoi la lumière de sa chambre, éteinte toute la soirée, se rallumait au milieu de la nuit… Sa sœur Anna semblait elle aussi avoir deviné cette cour assidue mais secrète que son frère faisait à leur jeune parente.

Si Alexandre rougissait après certaines boutades appuyées, jamais il ne s'énervait, s'éloignant sans mot dire. Les rires des enfants, les cris des oiseaux, les notes de piano qui s'échappaient de la fenêtre ouverte du salon empêchaient l'ensemble des estivants d'entrevoir sa profonde mélancolie.

Cependant, pendant cet automne si froid, les lectures d'Alexandre indiquaient déjà le sens de son évolution personnelle. Depuis l'attentat réussi contre le tsar, le jeune étudiant s'intéressait de près aux livres ayant trait à l'émancipation paysanne, des ouvrages sociaux controversés par l'entourage de ses parents.

Mais les romances d'été sont souvent fugaces… Déçu par un premier amour, le jeune garçon se concentra d'abord sur ses expériences chimiques puis sur la révolte contre l'ordre établi.

Au fil des années, les caractères des deux frères Oulianov accusaient des différences fondamentales. Alexandre se montrait de plus en plus opposé au « petit Vladimir » enclin à l'ironie, à la domination et à la vanité, cherchant à affirmer sa supériorité sur tous.

Plus tard, lorsque Trotski, le fondateur de l'Armée rouge, commentera la vie de Lénine et de son entourage, il décrira Alexandre avec une grande lucidité : « Dans une lutte sociale implacable, une telle mentalité vous laisse sans défense[1] […]. » De fait, Alexandre ressemblait plus à un chevalier qu'à un politicien. Une séparation, une sorte de mur invisible s'élevait entre lui et son frère cadet, plus fort et opportuniste, mieux armé pour la lutte.

Le futur Lénine savait-il que son frère, depuis qu'il poursuivait ses études à Saint-Pétersbourg, avait rejoint le groupe nihiliste « Volonté du peuple », auteur de l'assassinat du tsar Alexandre II, et qu'il allait participer à un attentat manqué contre Alexandre III ?

Le 26 et le 28 février 1887, la police cherchait à cerner un groupe de terroristes qu'elle avait déjà identifié. Ces jeunes gens s'étaient fait remarquer au cours de leurs allées et venues sur la perspective Nevski, aux alentours du palais d'Hiver. Ils ignoraient que le monarque ne vivait pas à Saint-Pétersbourg mais à une cinquantaine de kilomètres, dans son vaste domaine de Gatchina. Le lendemain, le 1er mars, le tsar rejoignit en train la capitale. Tandis que sa suite et lui-même se dirigeaient

1. Léon Trotski, *Ma vie*, éd. Gallimard, Paris, 1973.

vers le palais d'Hiver, les terroristes guettaient. Ils se placèrent à l'angle de la Perspective où s'annonçait l'équipage impérial. Mais la police surveillait elle aussi. Un des compagnons d'Alexandre portait un dictionnaire médical, évidé pour la circonstance et rempli d'une importante charge de dynamite. Les policiers se jetèrent sur les conspirateurs qui furent immédiatement désarmés. L'un d'eux dissimulait cependant une autre bombe dans sa poche. Au moment d'atteindre le commissariat, il la jeta, persuadé que l'immeuble et les occupants seraient détruits. Heureusement, la bombe fut projetée sans résultat. Lors du procès, un général d'artillerie témoigna que les bombes de ces apprentis terroristes s'avéraient beaucoup trop rudimentaires pour être nocives. Au fond des poches du jeune lanceur de bombes, on trouva le manifeste dans lequel le groupe affirmait que l'assassinat d'Alexandre III provoquerait l'effondrement de l'Empire ! L'un des conspirateurs n'eut pas la force de se taire devant le sévère interrogatoire du commissaire. Il livra donc les noms de tous ses acolytes. Le frère aîné de Lénine, considéré comme le chef du complot, fut immédiatement appréhendé et conduit dans un cachot, loin de ses camarades. En quelques heures, treize conjurés se retrouvèrent sous les verrous de la police impériale : neuf étudiants, un pharmacien, un séminariste, deux sages-femmes. Le lendemain, d'autres sympathisants furent cueillis en divers endroits de la ville ; au total quarante-neuf personnes furent incarcérées, pour la plupart issues de la petite bourgeoisie, mis à part quelques nobles d'origine lituanienne.

De son côté, Alexandre paraissait vouloir, avec toute la force de son caractère, assumer l'entière responsabilité de l'attentat avorté. En réalité, le hasard et la maladresse des seuls terroristes firent échouer le complot.

Dès lors, Alexandre attendit la suite des événements avec une sérénité remarquée. Il prononça de graves paroles durant les longs interrogatoires qui précédèrent le verdict implacable de la cour, telles que : « Il n'est pas de plus belle mort que de mourir pour son pays, il n'y a pas d'horreur dans une telle mort pour les hommes sincères et honnêtes. Je n'ai eu qu'un but : aider l'infortuné peuple russe. »

Le procureur s'avoua lui-même touché par la noblesse de ton et les paroles du jeune insurgé. Dans son rapport au tsar, le même procureur notait : « J'accorde pleine confiance aux déclarations de l'accusé Oulianov dont les aveux ne pèchent, s'ils doivent être pris en défaut, que parce qu'il prend sur lui des crimes qu'il n'a point commis en réalité. »

Alexandre III lut soigneusement le procès-verbal de toute l'affaire. Lorsqu'il en vint à parcourir le paragraphe concernant les paroles de l'accusé Alexandre Oulianov, il souligna en marge : « Cette franchise est même touchante… »

Alexandre fut condamné à mort le 11 mai et pendu, en compagnie de ses camarades.

L'exécution de son frère radicalisa le jeune Vladimir – alors âgé de dix-sept ans – qui rompit avec l'action révolutionnaire « romantique » des anarchistes et s'impliqua davantage dans les activités de propagande révolutionnaire.

L'absence de tout scrupule caractérisant ce jeune leader d'exception, il utilisa les éléments les plus disparates pour assurer le succès de ses entreprises. Sous sa houlette, les organisations révolutionnaires allaient concevoir une extrême gauche dans son interprétation la plus radicale. Aussi fut-il condamné pour sa propagande révolutionnaire à l'assignation à résidence en Sibérie, sur les bords de la Léna, d'où son surnom.

La Russie était alors atteinte d'une sorte de névrose collective : toute la jeunesse révolutionnaire désirait partager une « noble cause ». La femme idéalisée fut souvent la personnification de cet état d'esprit. Le milieu de la gauche radicale raffolait des « idéaux féminins », mis en valeur dans la littérature russe par l'écrivain Ivan Tourgueniev. Ami de Flaubert et parrain littéraire de Maupassant, il avait également marqué cette époque par son comportement amoureux auprès de la célèbre diva française Pauline Viardot et de son époux.

Admirateur de ces idéaux féminins, Lénine arguait : « Quand on est révolutionnaire, on doit renoncer à tout ; à l'amour, à la famille, et on ne doit vivre que pour son idéal », tandis que sa future épouse déclarait : « Nous ferons un mariage libre à la Tchernychevski. » Celui-ci, auteur préféré des marxistes, inventa le modèle de l'amour libre dans le mariage, où toute jalousie était abolie. Selon son analyse, la femme occupait une place inférieure dans la société de l'époque. Pour remédier à cette situation, cet écrivain proposait de la porter au-dessus de l'homme et de parvenir ainsi à un juste équilibre au sein de la famille. Il nota dans son journal les règles à suivre dans la vie : « 1°) Soumission à la femme dans la vie privée ; 2°) Liberté absolue des sentiments et de la conduite de la femme ; 3°) Fidélité et dévouement à la femme. »

Les fiancées des jeunes révolutionnaires étaient souvent « désignées » par le Parti. Collaborant à leur travail quotidien, elles n'en devenaient pas moins leurs épouses ou leurs amantes. Ce fut le cas de Nadejda, la fiancée de Lénine. D'abord membre du Parti, elle le suivit dans son exil – afin d'interrompre une idylle avec une paysanne locale. Pour le plus grand plaisir de sa belle-mère, Lénine accepta de se marier religieusement au début de l'année 1898. Nadejda était âgée de vingt-neuf ans. Elle n'avait pas connu d'homme et attendait avec impatience de retrouver son futur époux.

Emmitouflée dans une couverture de loup, elle regardait défiler les étoiles, fixant Vénus d'un regard interrogatif. Lorsqu'elle arriva au village, Lénine était à la chasse... Mince, mais dotée d'une gorge imposante, la jeune femme séduisit d'emblée aussi bien les paysans locaux que les révolutionnaires exilés. L'assignation à résidence n'avait rien du bagne. Lénine et sa famille recevaient des livres, du courrier, des journaux, et vivaient de manière rustique, mais somme toute acceptable, sous l'œil des autorités locales.

Nadejda n'était pas belle. Cela d'ailleurs ne la troublait guère. Elle n'apportait aucun soin à sa toilette, ni à sa présentation. Elle paraissait avoir été mise au monde pour la sauvegarde de Lénine. Telle fut sa conduite jusqu'après la mort du dictateur. Consciencieuse, grise comme un matin d'usine, toute d'abnégation, il n'y avait en elle aucune place pour la vie intérieure. Ceci explique son attachement total à la cause du Parti, sa vénération sans faille pour son mari. Personne, parmi les nombreux témoins de leur vie commune, n'a pu rapporter le souvenir de quelque épanchement.

Libéré en 1900, Lénine s'empressa de rejoindre en Suisse les leaders exilés de la social-démocratie russe. Une longue période de dix-sept ans d'émigration commença. D'abord Londres, puis Paris, la Galicie, la Pologne et, enfin, de nouveau la Suisse.

Il avait passé la trentaine et faisait déjà preuve d'un caractère bien trempé. Le magnétisme qu'il dégageait ne pouvait s'expliquer ni par son physique médiocre ni par son attitude retenue. Doté d'une absolue confiance en soi, il exigeait que son entourage le suive sans protester. Ce volontarisme ne déplaisait pas à sa femme, déjà persuadée que les raisonnements de son mari menaient invariablement à la vérité.

L'émigration russe était alors centralisée à Paris. À partir de 1903, Lénine y dirigea la fraction radicale de la social-démocratie russe. Il subordonna la réussite de la révolution dans son pays à la mise en place d'un état-major professionnel acceptant une rigoureuse discipline. Peu réceptif à la critique, il exigeait des hommes comme des femmes de son entourage abnégation totale et acceptation du martyre. Lors des réunions, il exprimait sa passion pour la Révolution française, surtout dans sa phase jacobine. Cependant, la source de son ardeur révolutionnaire restait largement russe. Dans son *Catéchisme du révolutionnaire* rédigé en 1869 avec Bakounine, Netchaïev, le mentor de sa jeunesse, exprimait une volonté de destruction radicale de la société, grâce à une organisation secrète de professionnels de la subversion prêts à tout au nom de la révolution.

Ce ne fut néanmoins pas facile à vivre pour ses proches. Encore juvénile en Sibérie, le visage de sa femme s'était rapidement épaissi. Ses cheveux tirés en chignon mettaient en valeur un large front. Sous ses sourcils arqués, son regard était devenu grave. Le physique de Lénine aussi avait changé ; ses traits s'étaient durcis. Désormais, on l'appelait « le vieux ».

La vie du leader bolchevique était rythmée par les bibliothèques et les conférences, quelques verres de bière dans les cafés voisins avec les camarades des partis sociaux-démocrates et des rencontres inattendues avec les francs-maçons. Lénine montrait également une passion pour la bicyclette, qui l'entraînait quotidiennement à travers les rues de Paris. La légende veut que son être, sa vie, sa personnalité propre, n'existassent pas à ses yeux : il n'était volontairement qu'un instrument qui devait servir la révolution. Abdiqua-t-il donc toute vie personnelle, toute velléité de plaisirs, de délassements, de joies égoïstes ? Nous verrons que ce ne fut pas si simple. Cependant, il est vrai que son union avec sa femme, militante, active et toute dévouée, fut essentiellement une association de combat.

De Paris, Lénine gardera l'impression d'une ville colossale et très étendue. Il y fréquentait surtout les faubourgs, autant par goût que par manque de moyens. Il y rencontra d'abord Paul Lafargue, le gendre de Marx, puis Jules Guesde qui menait le Parti ouvrier français. Les principales ressources provenaient souvent de sommes très importantes envoyées de Russie par ceux-là mêmes que les révolutionnaires vouaient à la malédiction et à la mort – encore une preuve des contradictions du caractère slave ! –, par tous ceux qui espéraient encore sauver leur « âme », celle de leurs compatriotes et celle de la Russie… Pourtant ces gens – pour la plupart de grands industriels – savaient pertinemment que leurs dons parvenaient à ces agitateurs qui avaient choisi une route tracée une fois pour toutes. Lénine appartenait en effet à cette race d'hommes fanatiquement focalisés sur une idée, qu'aucun obstacle extérieur, aucun à-coup intérieur et affectif n'avait le pouvoir d'atteindre, de faire dévier du destin qu'ils s'étaient choisi. Volontairement, il avait rétréci son champ de vision ; volontairement, il refusait de voir tout ce qui était en dehors du but à atteindre.

Le cicérone

Tout autre est le second « guide » de notre récit, Sergueï ou Serge Diaghilev – patriote russe, il souhaita néanmoins franciser son prénom –, « le seul homme assez universel pour être comparé à Léonard de Vinci », selon la formule de Nijinski.

Diaghilev, lui, élargit volontairement « son champ de vision ». Sa principale préoccupation a consisté à réaliser la synthèse d'arts différents et à les fertiliser les uns les autres. Il transgressa les frontières non seulement entre les arts mais également entre les États en devenant l'emblème du métissage paneuropéen. Diaghilev devint une des personnalités les plus illustres de l'univers artistique, créant au sein de sa compagnie une étonnante symbiose du geste, de la musique, de la peinture et de la poésie.

Tantôt cruel et désagréable, tantôt cordial et dévoué ; tantôt hésitant et incertain, tantôt exigeant et audacieux jusqu'à l'insolence ; persuasif, intime et cajoleur, il se faisait des amis, des admirateurs ou des adversaires, mais ne laissait personne indifférent.

Il semble impossible de rendre hommage à tout ce qu'il accomplit et difficile de définir l'essence de sa personnalité, car il toucha à bien des facettes de l'art, tout en faisant preuve d'un génie très singulier. C'était à la fois un artiste improvisateur et un homme d'affaires magistral. À la fois charmeur et rebutant, il possédait le don merveilleux de porter les artistes au pinacle, se réservant la tâche d'éduquer ceux qu'il avait découverts : des Russes, des Français, des Polonais, des Espagnols, bref un rêve d'art européen. Il élabora une esthétique cosmopolite, fondée sur des principes classiques mais avec une orientation moderne.

Sa formidable aventure apparaîtra, chapitre après chapitre, comme le fil d'Ariane des turpitudes de l'âme slave au XXe siècle.

Le nid de gentilhomme

Serge Diaghilev naquit dans la province de Novgorod, au cœur historique de la Russie, en 1872, deux ans après Lénine. Il appartenait aussi à une famille aisée qui habitait une de ces demeures décrites dans les romans russes. Le plus souvent, elles sont constituées d'un corps de bâtiment en bois ou en brique avec un perron, une tourelle à clocheton et une aile. Des toits verts abritent des murs blanchis à la chaux. Le décor est toujours charmant, teinté de mélancolie et d'espoir, avec une allée de tilleuls et un verger qui descendent vers un étang, ce même « étang aux eaux mortes » chanté par tant d'écrivains de ce pays où, les soirs d'été, il ne fait sombre que vers minuit.

La pénombre du couchant demeure dans la tranquillité des forêts. Les nuits de pleine lune, elle se mêle étrangement à la lumière de l'astre immobile. La paix règne partout, dans la pureté du ciel et de l'air…

Élevé dans ce décor enchanteur, le grand-père de Diaghilev fut un homme étonnant, une véritable force de la nature, travailleur infatigable porté sur le spirituel sans dédaigner les choses simples de la vie. Encore jeune, il avait eu la lumineuse idée de vendre de la vodka pour remplir les caisses de l'église. Après avoir brillamment réussi cette opération osée, il devint un personnage proche des évêques orthodoxes en vue. Cet homme original – rappelons que même les popes orthodoxes peuvent se marier – eut quatre garçons et quatre filles. L'aînée, Anna[1], avait épousé le « conseiller privé » de la couronne, haut fonctionnaire du tsar, dont la famille descendait de saint Vladimir.

Quand, dans les années 1860, sous le règne du tsar Alexandre II, se propagea un vent de libéralisme, Anna devint une ardente militante du droit des femmes et s'occupa des affaires sociales.

Le père du petit Serge était un militaire affable et volontaire. Ce général des chevaliers de la garde, doté d'une bonne voix, était aussi musicien à ses heures. Ainsi Serge Diaghilev hérita de l'originalité de son grand-père et de sa tante. De son père, il reçut la passion de l'art et de la musique. Sa mère étant morte en le mettant au monde, son géniteur se remaria assez rapidement. Serge chérit sa marâtre, la désignant comme « la meilleure des femmes de l'Univers ». Bientôt, à son initiative, le domaine seigneurial familial se dota d'un opéra privé, pour le grand plaisir du petit garçon qui devait apprendre plus tard l'art de la composition.

Le général Diaghilev était un homme fort, au teint rose, à la barbe blonde et à l'humeur enjouée ; à son côté, sa femme paraissait étrangement pâle, douce et songeuse. Tout le monde dans la famille parlait un français raffiné, sous l'œil attendri d'une gouvernante rondelette, originaire de Dijon. Dès l'âge de ses premiers balbutiements, Mademoiselle prit en main le petit Serge Diaghilev afin de lui enseigner la langue de Voltaire. Mais l'enfant était encore livré aux soins d'une vieille nounou – la *niania* russe –, personnage indispensable à

1. 1837-1912.

l'organisation de l'économie domestique de ce pays et essentiel pour comprendre la personnalité de Diaghilev.

Cette nounou, comme toutes ses semblables, était une paysanne arrivée jeune dans la famille et qui s'était usée au service des enfants, sans rien espérer d'autre que leur amour. Cette *niania* est entrée dans les annales grâce à la célèbre peinture de Serov qui la représente à côté de Diaghilev. Illettrée, superstitieuse, bavarde et d'un dévouement infatigable, elle passait des nuits entières au chevet du petit Serge, se prosternant éperdument devant l'icône de la chambre, réparant ses jouets cassés, essuyant ses larmes et mouchant son nez après un gros chagrin, et surtout plaidant la cause de son protégé devant les parents parfois sévères. Et quand le sommeil tardait à venir, elle se penchait sur le petit lit, à la lueur tremblante d'une veilleuse, pour raconter, d'une voix basse, quelque épisode de la vie des saints ou une légende dans laquelle des chevaliers invincibles combattaient les affreux ravisseurs de belles princesses.

Cette nounou inculqua au jeune garçon le culte des icônes, essentiel pour l'Église orientale, qui avait été entériné par le septième concile œcuménique de Nicée, en 787. D'après la définition de cette haute assemblée, il existait un rapport mystique réel entre l'image et son modèle. La copie participait à l'essence de celui qui l'avait inspirée. Le saint auquel pensait l'artiste pénétrait dans l'œuvre et la transfigurait, la vivifiait en quelque sorte. Si le modèle était présent dans l'icône, la force divine du modèle y était également déposée. Saint Jean de Damas ne disait-il pas que l'icône était « une substance pleine d'énergie divine, de force et de grâce » ?

En célébrant le rite de consécration des icônes, l'Église orthodoxe demandait à Dieu de faire descendre sur l'image tracée par une main humaine les lumières du Saint-Esprit, afin de lui conférer le pouvoir miraculeux de guérir les maladies et d'expulser les démons.

« Ce n'est pas devant d'impuissantes images que nous nous prosternons, nous, croyants… En gravant les traits de la ressemblance, nous la maintenons, nous l'adorons… nous y puisons la grâce du salut », répétait souvent Diaghilev, pour qui l'icône était « un mystère, et l'art de la peindre, une entreprise sacrée[1] ».

En effet, l'artiste qui créait des icônes ne pouvait être qu'un fidèle orthodoxe dont une grande pureté d'âme soutenait le talent. Il se préparait à son travail par le jeûne et la prière. Est-ce un hasard si, des années plus tard, Diaghilev consacra la première de ses grandes expositions parisiennes à « l'art de l'icône » ?

Placée dans cette disposition d'esprit idéale, la famille Diaghilev intégra les icônes à la vie domestique. Aucun acte important ne se déroulait sans leur intervention. Elles descendaient de leur coin pour veiller sur les malades, sur les moribonds, pour suivre les défunts au cimetière, pour éclairer une naissance, pour servir de témoins solennels aux grandes affaires et aux petits serments. Qu'un jeune homme demandât la main d'une jeune fille, et les parents bénissaient les fiancés avec l'icône de la maison qui accompagnait la jeune mariée lorsqu'elle se rendait à l'église le jour de son mariage. Quand un membre de la famille s'apprêtait à partir pour une longue randonnée, tous se réunissaient devant l'icône, s'asseyaient, se recueillaient en silence, puis se levaient, se signaient et embrassaient le voyageur en lui souhaitant bonne route.

1. D'après le témoignage de Serge Lifar, en avril 1978.

Après l'icône, le samovar[1] était sans conteste l'âme de la maison chez les Diaghilev. À vrai dire, le thé, symbole de la détente et du bien-être, revêtait une grande importance dans ce pays, où pourboire se disait : « pour le thé ».

Le samovar n'était donc pas un ustensile destiné à faire du thé, mais à obtenir et à conserver de l'eau bouillante. Ces urnes de cuivre, pansues et rutilantes, étaient traversées par une cheminée verticale, portant, à sa base, une petite grille destinée à recevoir des braises. L'eau, versée par le haut du récipient, entourait la cheminée et s'échauffait à son contact. Une théière, remplie de thé concentré, tiédissait sur la couronne du samovar. Il suffisait d'ouvrir le robinet de l'appareil pour avoir de l'eau bouillante à toute heure du jour. M. Diaghilev père buvait son thé dans un verre sans pied, sa femme – comme le voulait la coutume – dans une tasse. Bien entendu, les verres sans pied étaient enchâssés dans un support à anse, pour qu'on pût les prendre sans se brûler les doigts. Toutes les classes de la société obéissaient d'ailleurs à cet usage et dans les grandes maisons, comme chez les Diaghilev, de véritables pièces d'orfèvrerie en argent servaient de support.

Malgré ses nombreux mérites, la nounou du petit Serge était rarement admise à la table du petit-déjeuner où sa marâtre régnait sans partage dans son déshabillé couleur champagne, boutonné jusqu'au cou, orné de dentelle autour des manches, et que l'enfant trouvait particulièrement élégant. Quant à M. Diaghilev père, il portait une robe de chambre en cachemire. Une bagatelle en tissu transparent lui couvrait la lèvre supérieure. Il retirait ce léger bâillon avant de s'asseoir, et sa moustache apparaissait lisse, luisante, comme dessinée au pinceau par un

1. Du russe *samo*, « soi-même », et *varit*, « bouilli ».

artiste chinois. Rasé de près, il arborait des ongles nets et une denture saine. Heureux d'être en bonne santé, il s'adonnait volontiers au bonheur de vivre. Serge hérita d'ailleurs de ce précieux trait de caractère.

M. Diaghilev posait près de son couvert quelques lettres et les journaux du matin. Après s'être restauré, il lorgnait les enveloppes en grommelant : « Rien d'intéressant ! » et les glissait dans sa poche. Puis il allumait une cigarette, ouvrait une gazette et en commentait les titres. Il se fût volontiers attardé une heure encore dans le cercle de famille autour « d'une tasse de thé » si le valet de chambre n'était venu lui annoncer que « le traîneau du général » était attelé.

Chaque jour, le petit Serge se levait à huit heures du matin. Contrairement à l'usage français, la numérotation des classes, en Russie, commençait par la première et se terminait par la huitième. Élève, Diaghilev subit une discipline ennuyeuse avant d'accéder à la vie libre des étudiants. En attendant la joie de cette promotion, son espoir quotidien était de voir descendre le thermomètre à moins vingt degrés. En effet, dans ces circonstances, les pompiers hissaient un drapeau blanc en haut de la tour de surveillance de leur caserne. C'était le signal officiel du congé à cause du froid. Les établissements scolaires fermaient leurs portes et les potaches priaient, en cachette, pour que la température demeurât stationnaire. Malheureusement, ce genre de vacances survenait rarement et d'habitude, Diaghilev partait affronter la neige et le tableau noir, laissant son père et sa bellemère installés, bien au chaud, dans le parfum du thé et de la confiture.

Saint-Pétersbourg

Si Diaghilev caressait toujours l'idée d'embrasser une carrière musicale, son père l'encouragea à suivre des études de droit à Saint-Pétersbourg. Même s'il n'avait pas l'intention de devenir avocat, un diplôme de droit lui donnait la possibilité d'obtenir un poste doté d'un salaire confortable, dans le Service civil. Certains compositeurs chevronnés n'avaient d'ailleurs pas dédaigné cette pratique : Moussorgski, par exemple, travailla dans le service du ministère des Communications, et Tchaïkovski au ministère de la Justice.

Ainsi ce Rastignac de la culture russe arriva dans la capitale de l'empire des tsars en 1890. Il avait dix-huit ans. D'emblée il aima cette ville, ses maisons jaunes, roses, bleu ciel, vertes ou grises, l'immense perspective Nevski s'étirant à perte de vue en une double ligne de palais, d'hôtels et d'églises, ses canaux argentés, ses nuits blanches. Dès le premier jour, il partit en fiacre, pour – selon ses mots – « se plonger dans l'atmosphère de la ville ».

À l'époque, tout dans l'architecture, très occidentalisée, les manières et la culture de la société de Saint-Pétersbourg rappelaient celles de Paris. Les gens du monde parlaient entre eux le français et non le russe. Les femmes suivaient la mode parisienne et étaient célèbres pour la profondeur audacieuse de leurs décolletés, de même que pour la quantité et la qualité des diamants qu'elles portaient avec panache, même en plein jour.

Les palais s'ornaient de tableaux superbes et de meubles importés de France. L'architecture des jardins avait la beauté classique des parterres de Versailles. Le ballet, l'opéra, la musique symphonique, le théâtre multipliaient les manifestations ; tout était de très haute qualité et les artistes, de renom international.

Pour Diaghilev, Saint-Pétersbourg n'était pas simplement une ville merveilleuse, c'était aussi un lieu magique habité par des « ombres vivantes » surgies du cœur même de l'histoire – celle de son fondateur le tsar Pierre le Grand, celles des impératrices Élisabeth et Catherine II –, par des merveilles architecturales, des carnavals fastueux et des kermesses populaires, mais aussi des promenades contemplatives et solitaires et des rendez-vous secrets.

N'est-il pas vrai, comme le dit le vieux sage au début de ce récit, que « dans la volonté d'une nation, non seulement les vivants mais aussi les morts parlent » ?

Protégé par la capote en cuir de la voiture, le jeune homme ne prêtait pas attention aux gouttes d'eau serrées au-dessus de sa tête. Dans la pluie et la brume, Saint-Pétersbourg semblait sortir, toute ruisselante, d'un profond marécage. Des traînées humides imprégnaient les murs. Dans l'air flottait une bizarre odeur de fumée et de sel marin. Les rues étaient larges, tirées au cordeau sans une palissade. Partout, des façades de pierre aux dimensions imposantes. Sur les trottoirs, la démarche des passants au coude à coude rappelait les défilés militaires ou les marches du corps de ballet du théâtre Marie. Des parapluies noirs oscillaient au-dessus de leurs crânes. Ils ne flânaient pas, ne lorgnaient pas les vitrines, ne s'arrêtaient pas pour échanger quelques mots, ils allaient droit devant eux, comme poussés par une idée fixe. Des voitures aux roues caoutchoutées roulaient silencieusement sur le pavé mouillé, soulevant des gerbes d'eau en traversant les flaques.

La perspective Nevski partait de la laure de saint Alexandre Nevski et se développait sur quatre kilomètres jusqu'au bâtiment de l'Amirauté dont la flèche dorée perçait le brouillard au-dessus du fleuve sans blesser le ciel. Cette voie triomphale était bordée d'édifices administratifs et de magasins, de palais et d'églises, comme la cathédrale de Kazan avec sa colonnade imitée de Saint-Pierre de Rome, dont l'iconostase et la balustrade étaient en argent massif. Le métal utilisé pour cette œuvre d'art avait été repris par les cosaques aux soldats de l'armée napoléonienne après le pillage auquel ils s'étaient livrés dans les églises de Moscou en 1812. Comme autres merveilles, la cathédrale contenait l'image miraculeuse de la Vierge de Kazan, des aigles impériaux, les clefs de vingt-huit villes étrangères et le bâton du maréchal Davout.

Avec ses magasins de luxe, ses hôtels particuliers et ses restaurants en vogue, cette artère était le rendez-vous des promeneurs élégants de Saint-Pétersbourg, et Diaghilev aimait y déambuler. Rien d'étonnant donc, si les traités de droit ne semblaient guère intéresser le jeune homme, passionné par ce sublime décor. Ses études étaient de toute façon un prétexte et non un but en soi.

Avec ses nouveaux riches, sa haute société, son demi-monde, la capitale de l'empire des tsars s'apparentait à une ville européenne. La fête y était partout. Sur la grande Néva qui ressemblait, le soir, à une coulée de métal, les bateaux traçaient un sillage noir. Des rires montaient des navires de plaisance, des clameurs s'élevaient des barques légères. Au printemps, sur les places, dans les rues, l'animation se poursuivait tard dans la nuit et à une heure avancée, on voyait la foule sortir des jardins publics qui abritaient des théâtres de plein air ou des estrades accueillant les orchestres dès le retour de la belle saison.

Le plus beau des jardins de la ville, Arcadia, possédait deux théâtres. Là, comme dans d'autres théâtres de la capitale, les pièces françaises faisaient depuis longtemps fureur. Diaghilev apprit vite les mœurs de Saint-Pétersbourg, avec leurs ragots et leurs bons mots. La grande littérature de Pouchkine, Tolstoï et Dostoïevski naquit ici, sur les rives de la Néva, dans cette ambiance de fête. Ce ne fut pourtant pas la littérature qui passionna notre Rastignac de Saint-Pétersbourg, mais la musique. Le ballet, l'opéra, les orchestres symphoniques, tout y était de très haute tenue. Les théâtres multipliaient les représentations.

À l'époque, la magie des mélodies de « son oncle » Tchaïkovski se cristallisa en profession de foi pour Diaghilev. Petit-neveu par alliance de ce compositeur de génie, le jeune Serge lui devait son éveil artistique. Sa musique allait avoir sur le jeune homme un effet décisif, à tel point qu'il n'oublia jamais son voyage initiatique chez cet « oncle », dans sa propriété des environs de Moscou, à Kline. Jusqu'à la fin de ses jours, il écoutera avec passion ses mélodies sublimes.

Le mystère de Tchaïkovski

Tchaïkovski frôlait alors la cinquantaine et semblait au sommet de la gloire, courant de concert en concert à travers l'Europe, ivre d'applaudissements et de mélancolie. Cependant, on chuchotait dans les coulisses des théâtres que sa vie intime connaissait des « bizarreries ». Il en éprouvait un vif sentiment de culpabilité et se montrait tourmenté. Sa force physique lui permettait de supporter des tensions qui se libéraient dans de démentielles explosions d'activité créatrice. Ce genre de pression convient au génie : les conflits peuvent entretenir un processus créateur, à condition qu'ils ne consument pas entièrement leur homme…

Pendant ses conversations avec les parents de Diaghilev, Tchaïkovski avait évoqué la mort de sa mère, survenue lorsqu'il avait quatorze ans. Le désespoir du compositeur à ce souvenir marqua profondément le petit Serge qui avait lui aussi perdu sa mère prématurément. D'autres similitudes rapprocheront les deux hommes…

« S'il n'y avait pas eu la musique je serais devenu fou », avoua un jour Tchaïkovski, précisant que la composition lui offrait un monde de « révélations ». Diaghilev qui, comme le compositeur, idéalisait le rôle du « surhomme » dans l'histoire, prit à cœur cette idée venue de l'Occident, influencée par les œuvres de Wagner et de Nietzsche. La musique s'apparentait aussi pour Diaghilev à « une perpétuelle réconciliation avec la vie ». Enfin, comme Tchaïkovski, le petit Serge ressentait un formidable besoin d'être aimé. Mais pour Tchaïkovski, la musique n'était pas tout…

Homosexuel, il choisit d'abord l'abstinence. Après une première dépression nerveuse en 1886, il voulut devenir « normal » en essayant de tomber amoureux de femmes. En vain. Ce n'était pas sa nature. Il ne le comprit qu'à l'âge de trente-deux ans, quand il partit en voyage en France avec son élève favori, Vladimir Chilovski, âgé de dix-neuf ans. Il fut heureux à Nice, comme le prouvent les morceaux de musique qu'il composa et dédia à son élève.

Quand le jeune homme tomba malade à Paris, Tchaïkovski abandonna tout pour courir l'y rejoindre. À la campagne, à ses côtés, il composa dans l'euphorie des retrouvailles *Le Lac des cygnes* et, saisit d'un débordement créateur, écrivit en dix jours *La Tempête*. Mais le jeune homme, tuberculeux, mourut précocement. Tchaïkovski ne dit rien sur cette idylle ; les gens, en effet, commençaient à jaser sur ses relations avec ses élèves du conservatoire.

Sans doute voulut-il mettre fin aux commérages en se mariant, en 1877. Il avait trente-sept ans – c'était le moment ou jamais – et se débattait dans les affres de la composition d'*Eugène Onéguine*. Le mariage passé, Tchaïkovski découvrit qu'il avait épousé une nymphomane. Sa souffrance fut terrible. Il passa même une nuit plongé jusqu'au cou dans les eaux glacées de la Néva, espérant attraper une pneumonie et en mourir. Une nouvelle dépression nerveuse suivit cette aventure. Ses médecins lui conseillèrent alors de voyager quelques mois à l'étranger. Ce fut finalement sa femme qui mourut dans une clinique psychiatrique.

Tchaïkovski se plaignait souvent de n'être pas compris. Le jeune Diaghilev, pourtant, comprenait bien son « oncle » Tchaïkovski ; sa symphonie préférée était d'ailleurs la *Pathétique*, consacrée à la lutte de l'homme contre le destin, composée peu avant sa mort. Elle reste son œuvre la plus tragique. À sa création, le 16 octobre 1893, le compositeur apparut au pupitre, petit, mince, élégant. Son beau et pâle visage à la moustache et aux sourcils encore sombres était auréolé d'une chevelure argentée et d'une barbichette grise soigneusement taillée. Lorsque les dernières notes se turent le silence régna dans la salle. Puis les applaudissements fusèrent de tous les côtés ; on entendit même les sanglots du jeune Diaghilev qui s'exclama : « Un véritable requiem ! » Le public demeurait tétanisé, tandis que Tchaïkovski restait debout, la tête baissée…

Pour Serge, il s'agissait au début d'une adoration, sans prétentions intellectuelles : le jeune homme avait une inclination naturelle pour les mélodies sentimentales du compositeur. Cette passion instinctive se transforma néanmoins très vite en un culte lucide et réfléchi, marqué par la culture européenne. Il y avait été réellement initié pendant la première de l'une des créations emblématiques de Tchaïkovski, le ballet de *La Belle au Bois dormant*, dont la musique lui était apparue comme une réponse à « toutes ses attentes inconscientes ». Elle joua par la suite un rôle majeur dans son activité. De fait, le spectacle réunissait un nombre d'artistes exceptionnels : le grand chorégraphe français Marius Petipa, des peintres, des danseurs brillants… On peut donc y voir une étape symbolique dans le cadre de notre récit.

Les « Pickwick de la Néva »

Le déclic fut donné par un groupe de jeunes gens amateurs passionnés de théâtre, qui assistaient souvent, jusqu'à quatre fois par semaine, aux représentations de l'opéra de Tchaïkovski *La Dame de pique* ou de son ballet *La Belle au Bois dormant*.

Le chef de file de ce groupe, baptisé les « Pickwick de la Néva », était un certain Alexandre Benois, alors âgé de vingt et un ans, fils d'un illustre architecte de la capitale. Cette famille avait des racines italiennes, françaises et allemandes. Son arrière-grand-père maternel, arrivé de Venise à la fin du XVIIIe siècle, était devenu « directeur de la musique » du tsar, et son grand-père, architecte, avait construit le célèbre théâtre Marie où officiait le chorégraphe français Marius Petipa.

Alexandre Benois suivit ses études au meilleur lycée de Saint-Pétersbourg où il s'était lié d'amitié avec des camarades de son âge, et avait organisé, dans la grande tradition de la capitale de l'empire des tsars, un « cercle ». Les membres de cette « société secrète » se réunissaient chaque semaine, le plus souvent dans l'appartement des Benois, au milieu de tableaux de maîtres et d'objets de collection variés, dans une atmosphère très libre et détendue où la bonne humeur et la plaisanterie semblaient de rigueur. Ainsi y tenait-on des conférences sur les grands chefs-d'œuvre de la peinture et de la musique.

Un autre pilier de cette joyeuse compagnie, Léon Rosenberg, un étudiant pauvre, allait entrer dans l'histoire de la peinture du XXe siècle sous le nom de son grand-père : Bakst. Ce jeune homme exubérant se désigna immédiatement comme « président » de cette honorable société, puisque son rôle consistait à organiser les débats. Sa fougue était telle qu'un jour, la clochette de bronze avec laquelle il rappelait à l'ordre ses camarades se fendit !

Ces derniers avaient le sentiment de former une assemblée d'êtres particuliers, uniques et exceptionnels, une sorte de cercle de poètes maudits appelés à transformer le goût esthétique en vigueur. Ces jeunes gens ambitieux, cosmopolites dans l'âme, voulaient entraîner la Russie sur la voie européenne en la sortant de son isolement.

Mais ces rêves ne seraient sans doute pas devenus réalité si « un cousin venu de province », un jeune homme énergique et plein d'assurance, n'avait pas rejoint le cercle. Il s'agissait de Serge Diaghilev. D'emblée, il frappa l'assistance par sa mine resplendissante, ses bonnes joues roses et ses dents d'une blancheur éclatante entre des lèvres d'un rouge prononcé. Malgré le sourire qui ne quittait pas son visage, il émanait de lui une sorte de froideur et de fatuité immense.

Logé chez sa tante au cœur même de la capitale impériale, Diaghilev partageait sa chambre avec son cousin Dimitri, un beau jeune homme svelte, marqué par « une tristesse infinie dans le regard ». Cette promiscuité allait engendrer une longue et tendre amitié entre les deux garçons. Il avait dix-neuf ans et leur liaison allait durer quinze ans… Ce fut donc Dimitri qui introduisit Diaghilev chez Alexandre Benois.

Les fastes de l'Empire

Les réunions du petit groupe prenaient l'allure d'agapes lorsqu'elles avaient lieu chez un autre cousin par alliance, Filosofov.

Dans la salle à manger, vaste et claire, une table spéciale était dressée pour les hors-d'œuvre, les célèbres zakouski russes. Quant à la vodka, il y en avait de plusieurs sortes : depuis la courante vodka blanche jusqu'à la vodka au poivre, en passant par une vodka plus savoureuse, la *zoubrovka*, ainsi nommée parce que l'herbe qui lui donnait son parfum était très recherchée par un animal en voie de disparition, le *zoubr*, une sorte d'auroch ou de bison.

Les flacons glacés brillaient au-dessus d'un extraordinaire étalage de victuailles que le maître de la maison détaillait à l'intention de ses invités : caviar frais, caviar pressé, filets de hareng, concombres à l'eau salée et aux aromates, esturgeon fumé, cochon de lait au raifort, saumon froid, petits pâtés chauds à la viande, au chou, au poisson…

Debout, les jeunes gens se servaient selon leur fantaisie, et accompagnaient chaque bouchée d'une rasade de vodka. « Ne buvez pas de vodka sans manger quelque chose », prévenait le maître de maison, quelque peu inquiet par l'enthousiasme de ses invités.

Il arriva que le jeune Diaghilev goûtât successivement trois vodkas. Mais bien qu'ayant suivi le conseil avisé de son hôte, ses yeux se brouillèrent. À chaque lampée d'alcool, sa gorge s'enflammait, un trait de feu perçait ses entrailles. Vite, il tendait la main vers les zakouski pour éteindre l'incendie sous un coussinet de caviar. La vodka appelait la nourriture, et la nourriture appelait la vodka. D'un petit verre à l'autre, Diaghilev avait l'impression que le bruit augmentait dans la pièce, il se sentait plus gai, plus léger, et une sensation de chaleur l'envahissait. Dans un valeureux effort pour demeurer lucide, il but du thé pour se dégriser.

Perdu dans la brume, le jeune homme voyait s'agiter devant lui des madrépores roses, qui étaient probablement des visages. Son cousin lui offrit une cigarette à long bout de carton. Le tabac avait un goût sucré, oriental. Les dames fumaient aussi. L'éclat des voix était assourdissant. Diaghilev, alourdi et écœuré, rêvait aux délices d'une longue sieste dans sa chambre. Mais le maître de maison le prit amicalement par le bras : il était temps de passer à table. Persuadé qu'il ne pourrait rien avaler de tout le repas, Diaghilev fut surpris de sentir l'appétit lui revenir à la vue d'un monumental esturgeon en gelée.

Deux maîtres d'hôtel en habit noir, cravatés et gantés de blanc, glissaient derrière les chaises. Leur manière de servir était parfaitement européenne, mais ils avaient des figures aux fortes pommettes et aux yeux bridés de conquérants mongols.

Le vin du Rhin coulait dans les verres. Les grands vins étaient tous français, bien qu'il existât de très bons crus de Crimée. Le champagne, pour séduire les connaisseurs, devait être non frappé, comme en France, mais littéralement congelé, au point que des aiguilles de glace apparussent en suspension dans la bouteille.

Pendant des années, Diaghilev allait fréquenter cette table des plus luxuriantes, dont les menus étaient établis en fonction des saisons et de la religion. Ainsi, la *paskha* – un délicieux gâteau de fromage blanc sucré – et le *koulitch* – une sorte de brioche – n'étaient servis qu'à l'occasion de Pâques ; les blinis – crêpes à la crème et au caviar – n'apparaissaient sur la table que pendant les jours gras ; il fallait attendre l'été pour manger l'*ohrochka* – potage froid, aigrelet et aromatisé, où nageaient des morceaux de poisson et des lamelles de glace ; et le retour des alouettes était fêté, le 9 mars, par la confection de petits pains torsadés en forme d'oiseaux, avec des raisins secs à la place des yeux.

Il existait néanmoins d'autres plats, innombrables, que l'on consommait toute l'année : le *borsch* – potage au chou et à la viande, servi avec de la crème –, les différents *koulibiac* à la viande, au riz ou au poisson, les côtelettes de Kiev, les côtelettes Pojarsky, sans compter toutes les préparations de la cuisine française, fort appréciée en Russie.

Les cousins des Benois s'enorgueillissaient d'avoir un chef français à leur service. Les repas étaient, la plupart du temps, panachés : mi-russes, mi-français. Les côtelettes de gelinotte à la russe voisinaient avec les croustades de caille aux truffes à la Périgueux, les petits sterlets de la Volga, ou le *rastigaï* au saumon, avec les poulardes à la Montmorency…

La conversation était générale. Diaghilev parlait de Chaliapine, ce merveilleux chanteur à la voix de basse profonde, de quelques danseuses célèbres que se disputaient les théâtres de Moscou et de Saint-Pétersbourg, de la jalousie existant entre ces deux grandes villes.

En effet, les Pétersbourgeois reprochaient aux Moscovites leur rude jovialité, leur insouciance puérile, alors que les Moscovites raillaient les Pétersbourgeois pour leur élégance faussement européenne, leur morgue et leur prétention à se considérer comme le centre de l'univers.

« Moscou, c'est la vieille Russie des marchands, des artisans, des artistes ; Saint-Pétersbourg, c'est la Russie neuve, occidentalisée », décréta Diaghilev en découpant une côtelette de volaille à la Kiev, recouverte de beurre fondu qui se répandit, chaud et fumant, sur son assiette.

Après le dessert – une gelée d'ananas fouettée au champagne et garnie d'une macédoine de fruits –, les messieurs se remirent à fumer leurs longues cigarettes à tubes de carton. Le café ne fut pas servi au salon, comme il était d'usage en France, mais sur la table même de la salle à manger. Si les tasses n'offraient rien de particulier aux regards, tout le monde admira les petites cuillers d'argent niellé, d'un style spécifiquement russe.

Il était quatre heures de l'après-midi quand on se leva de table. Diaghilev avait un brasier sur la langue et toutes les coupoles des églises de la capitale dans l'estomac. Son cousin Dimitri paraissait heureux et dispos. À tour de rôle, les invités s'approchèrent de la maîtresse de maison et lui baisèrent la main pour la remercier de les avoir si bien abreuvés et nourris, puis se dirigèrent vers le salon aux grandes plantes vertes.

La neige tombait dehors, mais ici, dans une chaleur de serre, s'épanouissaient des palmes et des fougères exotiques. Personne n'était pressé de partir. Sur les instances de ses amis, Diaghilev s'assit au piano et chanta de sa voix de baryton une romance tzigane langoureuse. Enhardi par un dernier verre de vodka, il déclara son ambition de devenir chanteur professionnel – il prenait déjà des cours au conservatoire de Saint-Pétersbourg. Mais s'il était initié à la musique, il connaissait mal la peinture. Quant à ses goûts littéraires, ses nouveaux amis les trouvaient « affligeants » !

Le « beau Serge »

Au début, avec ses éternels nœuds papillons, « le beau Serge » avait été perçu comme un grand gaillard, bon vivant, pas très intelligent et plutôt superficiel. Il se tenait d'ailleurs quelque peu à l'écart de ces étudiants plus éveillés et cultivés. Agacés par son attitude distante, ses sauts d'humeur et ses goûts bizarres, les membres de ce cercle le supportaient, à vrai dire, au seul titre de « cousin de province ». Prenant en main l'éducation de ce nouveau venu, l'animateur du cercle, Alexandre Benois, devint pendant un temps son mentor, une sorte de « tuteur intellectuel ».

Le printemps 1891 arriva. La nature reprit soudainement vie, attirant les citadins hors de leurs maisons et à la campagne. Ainsi Alexandre Benois eut-il l'occasion de découvrir un autre Diaghilev. Alors qu'ils se trouvaient en visite non loin de Saint-Pétersbourg, les deux garçons, fatigués par leur promenade, décidèrent de s'arrêter. Allongés sur l'herbe douce du verger en fleurs, ils fixaient le ciel bleu, écoutant les chants étouffés des paysans au loin. Après un long moment de silence, Benois s'engagea dans un long discours sur l'art – trop hermétique sans doute au goût de son interlocuteur.

En guise de réponse, son camarade se jeta sur lui en riant et lui asséna quelques coups de poings. Effrayé par cette puissance formidable, Benois constata ce jour-là que Diaghilev, son cadet de deux ans, était beaucoup plus fort que lui. Il se souvint toute sa vie de cette scène qui préfigurait leurs rapports futurs, car Diaghilev allait prendre le dessus sur lui.

En effet, totalement ignorant et indifférent à son arrivée à Saint-Pétersbourg, il se mit soudain à étudier avec passion et devint vite un fin connaisseur de l'art du XVIIIe siècle, au point de bientôt éblouir tout le monde par son puissant talent.

Ses principales qualités n'étaient pas liées à l'éveil artistique, mais à sa volonté de fer, à son énergie phénoménale et surtout à son étonnante aptitude à comprendre la psychologie humaine : « Lui qui avait la flemme de lire un roman était capable de parler pendant des heures avec passion de l'auteur du livre. Son verdict était ensuite d'une précision redoutable, il correspondait toujours à une vérité profonde qui n'est pas accessible à tout le monde[1]. »

1. D'après les *Mémoires* de Benois, éd. Naouka, Moscou, 1980.

La rage de vivre

Une nouvelle étape de l'évolution intérieure de Diaghilev fut marquée par son premier voyage à l'étranger, durant l'été 1891, couronnant son idylle avec son cousin Dimitri.

Élégants et distingués, les deux jeunes gens furent remarqués à Berlin, à Paris ou à Venise – où ils furent photographiés dans une gondole –, à Rome, puis à Vienne – où ils écoutèrent Wagner. Diaghilev voyait tout, entendait tout, saisissait tout ; examinait, comparait. Son intuition innée, sa sensibilité et sa mémoire phénoménale lui permirent d'assimiler à une allure vertigineuse un nombre incalculable de chefs-d'œuvre pour ne jamais les oublier. « D'une constitution puissante, le front haut, l'œil observateur, il possédait une mémoire visuelle exceptionnelle », témoigna le peintre Igor Grabar, son condisciple à l'université.

À son retour à Saint-Pétersbourg, ayant reçu un petit héritage, Serge quitta l'appartement de sa tante et s'installa dans le centre de la capitale, au 45 Liteïny Prospekt. Il y fit venir sa vieille nounou et son fidèle serviteur moustachu qui, pendant de longues années, remplira les rôles de garde du corps, de confident et d'homme à tout faire. Comme ces effectifs modestes ne pouvaient suffire à assurer les travaux d'entretien, Diaghilev avait pris, en outre, un abonnement auprès d'un couvreur qui vérifiait les toits au début et à la fin de l'hiver ; auprès d'un horloger allemand qui se chargeait de remonter toutes les pendules du logis ; auprès d'un fumiste qui s'occupait du chauffage central, et auprès d'un frotteur qui venait régulièrement avec son équipe astiquer les parquets et nettoyer les carreaux.

Diaghilev achetait des provisions pour plusieurs mois à l'avance, des montagnes de pommes de terre, des tonneaux de choux aigres et de harengs : la cave comme le cellier regorgeaient de boissons et de victuailles.

Faute de moyens, le jeune homme hésita à acquérir une automobile : une Mercedes Simplex à entrées latérales. Il espérait le faire plus tard. D'ici là, les Allemands auraient encore perfectionné leur mécanique. « Je ne les aime pas, disait-il, mais il faut reconnaître qu'ils sont ingénieux. » En vieux russe, les mots « allemand » et « étranger » sont synonymes : pour les Russes de l'ancien temps, tout étranger était un Allemand !

Partageant désormais sa vie entre la Russie et l'étranger, Serge Diaghilev utilisa astucieusement sa fortune et acheta de nombreux tableaux et meubles de valeur, en Allemagne, en Hollande, et surtout en Italie – où il acquit également une belle table Renaissance – et en France – où il obtint une série de chaises estampillées Jacob. À Paris, il fit également imprimer des cartes de visite au nom de « Serge de Diaghilew ». Dès lors, Français, Allemands, Italiens considérèrent comme un grand aristocrate ce Russe qui arborait un monocle, des vêtements bien coupés et menait grand train.

Les tablées de Diaghilev n'étaient pas moins prisées que certains restaurants à la mode de la capitale de l'empire des tsars, grâce à un savant mélange de cuisine française et de cuisine russe. Diaghilev, qui s'exprimait dans un français parfait, faisait venir ses cravates et ses chemises de la rue de la Paix, son champagne des caves d'Épernay. Le fleuriste, avec qui il avait passé une convention pour la décoration de son intérieur, livrait des brassées de fleurs fraîches, qu'il fallait disposer harmonieusement dans les vases. Puis surgissait le masseur, athlète aux cheveux coupés court et aux lunettes de professeur. Tout en pétrissant à pleines mains le corps de son client, il lui rapportait les derniers ragots de Saint-Pétersbourg. À peine le masseur avait-il fini son travail qu'une manucure le remplaçait. Le coiffeur attendait son tour dans la pièce voisine…

En Russie, Diaghilev avait affiché si ouvertement son homosexualité qu'il avait reçu, en cadeau anonyme, une houppette de poudre. De temps à autre, le téléphone sonnait, des amis proposaient au jeune homme un dîner, une sortie en traîneau, la visite d'une exposition. L'oreille à l'écouteur et l'œil à son miroir, Diaghilev bavardait agréablement avec un correspondant aussi passionné que lui…

Le jeune homme aimait accompagner ses amis dans leurs courses en ville ou leurs promenades en traîneau. Les plus beaux équipages se donnaient rendez-vous. D'une file à l'autre, des gens se reconnaissaient, se saluaient, échangeaient un cri, un signe de la main au passage. Les voitures de maîtres étaient attelées de trotteurs nerveux et conduites par des cochers énormes, aux houppelandes bleues ou vertes. Mais on croisait là aussi d'humbles traîneaux de louage, des calèches montées sur patins, de petites caisses emportées à vive allure par un cheval à la crinière de flammes noires. Le vent sifflait aux oreilles du jeune homme. Les yeux mouillés, le nez gelé, les pieds au chaud dans une chancelière de peau d'ours, une pelisse de velours doublée de zibeline le protégeant jusqu'au menton, il se sentait envahi par la fameuse joie de vivre héritée de son père.

Les troïkas cherchaient à se dépasser dans le tintement allègre des clochettes. Les cochers se tenaient raides sur leur siège, les bras tendus, une éponge de neige en guise de barbe. Ils donnaient de la voix pour encourager leurs bêtes. Diaghilev n'ignorait rien de la façon dont se conduisait un pareil attelage. Bien qu'alignés de front, les trois chevaux de la troïka couraient dans des styles différents. Celui du milieu était seul engagé dans des brancards. Un arc en bois surmontait son encolure. Tenu par deux guides, il était l'élément actif, pondéré, sérieux, de l'association. Son rôle était de trotter droit devant lui, la tête haute, alors que ses deux coéquipiers devaient galoper à ses côtés, d'une manière libre et fougueuse, la tête tournée en dehors, la bouche soufflant sur la neige.

Le cocher ne les dirigeait que par une rêne extérieure. Une simple courroie les rattachait au collier du limonier. Ainsi, les trois chevaux, avec leurs harnais d'argent, leur robe fumante et leur parure de clochettes, s'ouvraient en éventail devant la masse légère du traîneau. Habituellement, la voiture de Diaghilev était tirée par une paire de trotteurs. Mais ce jour-là, il avait loué plusieurs troïkas pour se rendre, en joyeuse compagnie, dans un des restaurants à la mode des environs de Saint-Pétersbourg.

Rêvant toujours d'exercer le métier de compositeur, il avait convié un public choisi à entendre des extraits de sa première œuvre, un opéra nommé *Boris Godounov*, dans lequel il interprétait lui-même le rôle principal de Dimitri l'Imposteur. Ce fut « un fiasco si complet », allait-il avouer plus tard, qu'il y renonça pour toujours. Désormais, quand on lui demandait quelle voix il possédait, Diaghilev répondait humblement « très forte et très laide ».

Dès lors, il se consacra aux arts plastiques, parcourant les grandes villes européennes, visitant les galeries de peinture, les ateliers d'artiste, et envisageant même de fonder son propre musée. Le contexte s'y prêtait car, à l'époque, l'industrie russe rattrapait le rythme de croissance des pays les plus dynamiques, comme les États-Unis. Même le leader de l'opposition radicale, Lénine, reconnaissait que la Russie avait donné vie à un « capitalisme industriel et financier moderne ».

Cette effervescence engendra une foule de nouveaux riches devenus de généreux mécènes, cherchant à assurer pour leur pays une place appropriée « dans la famille des peuples civilisés ».

Le monde de l'art

Dans cette atmosphère bouillonnante, Diaghilev appela haut et fort à « abandonner la vieille existence russe traditionnelle, et à s'approcher de la culture occidentale ».

En 1895, le jeune homme écrivit à sa marâtre :

« Premièrement, je suis un grand charlatan, mais un charlatan brillant ; deuxièmement, je suis un grand charmeur ; troisièmement, un grand impertinent ; quatrièmement, un homme doué de nombreuses qualités logiques et de rares principes ; et cinquièmement, je n'ai, semble-t-il, aucun don : tu sais, je crois avoir trouvé ma véritable vocation, celle de *mécène*.

J'ai tout, sauf l'argent, mais ça viendra. »

Cette lettre, d'une lucidité étonnante de la part d'un jeune homme de vingt-trois ans, se révéla prémonitoire. En effet, Diaghilev sut vite décrocher une aide financière importante pour organiser trois expositions exceptionnelles consacrées aux aquarellistes anglais et allemands, puis aux peintres scandinaves.

Leur inauguration se déroula dans un faste extraordinaire : un orchestre animait la salle d'exposition décorée de plantes et de fleurs exotiques, sans parler des vodkas et du champagne millésimé qui coulaient à flots. Désormais, ce « faste de Saint-Pétersbourg » allait devenir une sorte de label de « la maison de Diaghilev ».

À la fin de l'année 1898, ce « jeune homme insolent » réalisa enfin son vieux rêve en éditant une revue artistique. Créée dans l'esprit des meilleurs magazines européens, cette publication s'intitulait *Le Monde de l'art* et proposait un concept à la fois simple et révolutionnaire. Pour la première fois, une revue d'art était lancée par un petit groupe de jeunes amis désireux de changer le paysage culturel. Pour la première fois aussi, la revue était conçue comme un projet global couvrant tous les domaines artistiques. D'emblée elle séduisit par son aspect luxueux : grand format, papier de qualité, vignettes, bordures stylisées. Les élégants caractères typographiques de l'époque de la tsarine Élisabeth – du milieu du XVIIIe siècle – avaient été retrouvés par Diaghilev lui-même dans les archives. Le logotype de la revue, exécuté par Bakst, représentait un aigle perché sur un sommet montagneux, symbole de l'indépendance et de la liberté.

La revue était financée par une extravagante princesse, propriétaire d'une usine automobile, ainsi que par un fantasque marchand moscovite, qui avait fait fortune dans la construction des chemins de fer. Cette initiative contribua à développer l'artisanat russe : tissage, impression textile, faïence, porcelaine, verre. Diaghilev était prêt à aider ses sponsors à produire en quantité industrielle des objets d'art de qualité. Car, selon ses mots, « l'artisanat et l'art pur sont les jumeaux d'une même mère appelée beauté ».

Une fois encore, il agissait à la fois en artiste et en homme d'affaires. Promettant qu'on donnerait dans chacun de ses numéros des modèles de dessins et d'articles pour les artisans et les ouvriers, il accorda une attention particulière aux dessins pour le tissu, les meubles, la poterie, la porcelaine, la majolique, la mosaïque et le fer forgé.

Les intellectuels de Saint-Pétersbourg ne manquèrent pas de critiquer ces activités fébriles « trop terre à terre » à leur goût : « Ce petit cochon effronté et insolent essaie d'abonner à sa revue tous les marchands, les commerçants, les industriels de la Russie ! » écrivit Stasov, le critique le plus réputé du pays. Il désignait toujours Diaghilev sous le nom de « débrouillard décadent », et sa revue sous l'appellation de « cour des miracles », une image empruntée au roman de Victor Hugo *Notre-Dame de Paris*.

Même si la revue ne devint jamais un catalogue de l'artisanat russe, son influence révolutionna tous les domaines de la vie culturelle, notamment celui des arts appliqués. Les jeunes artistes discutaient avec ferveur ces idées avant-gardistes, la presse répandait de la boue sur Diaghilev. L'atmosphère devenait bouillonnante. Attirés par l'odeur du scandale, de riches clients et mécènes affluèrent dans les ateliers des artistes du *Monde de l'art*. Profitant de cette aubaine, notre énergique brasseur de talents lançait sans cesse de nouveaux noms, courants et conceptions artistiques…

Ses amis furent une fois de plus épatés par ce jeune provincial qu'ils avaient autrefois considéré comme « primitif et pas très intelligent ». Désormais, sa réputation d'organisateur d'expositions, de rédacteur de revue, d'homme d'affaires, était faite.

En juin 1900, Serge Diaghilev visita l'Exposition universelle à Paris, notamment le fameux « grand pavillon de l'empire des tsars ». Cette construction insolite, une reconstitution d'une maison de conte de fées dans le vieux style russe, séduisit le public. À son retour, il consacra à cette visite plusieurs articles dans sa revue.

Le succès du *Monde de l'art* renforça le statut de Diaghilev dans la société : ainsi s'installa-t-il au cœur de la capitale, sur le canal Fontanka, bordé par les palais des grands-ducs et des princes avec qui il entretenait des rapports privilégiés.

Cette vie semblait convenir à sa fougue, mais le destin allait lui jouer un tour inattendu. Fort de cette réputation, Diaghilev fut engagé au poste d'adjoint du directeur des Théâtres impériaux, chargé d'éditer l'annuaire des Théâtres.

Le roman du théâtre

Si la peinture avait été un tremplin vers le succès, la danse allait lui donner la possibilité de montrer toute la mesure de son génie.

Diaghilev se plongea donc avec délice « dans les eaux troubles des Ballets russes ». Quelques jours après sa nomination, il se rendit au théâtre Bolchoï de Moscou.

Le faste russe éclatait dans les dimensions gigantesques de cet édifice. En mettant pied à terre pour s'avancer vers les colonnes solennelles de l'entrée, couvertes de givre et éclairées par les boules laiteuses des lampadaires, Diaghilev eut le sentiment que le tsar en personne allait l'accueillir sur le seuil. Les traîneaux se rangeaient à tour de rôle devant le péristyle. Des gendarmes criaient des ordres d'une voix enrouée. Les cochers juraient en tirant sur leurs rênes.

Des nuages de vapeur montaient de la croupe des chevaux. Dans la lueur clignotante des lanternes de voiture, des valets s'affairaient pour aider à descendre quelque général à favoris blancs ou quelque jeune femme, poudrée de neige, qui riait en secouant son manteau de fourrure. Le vestibule, très lumineux, bourdonnait comme une ruche au soleil. Crânes chauves, diadèmes, épaules nues, fracs funèbres, uniformes constellés de décorations, tout un monde miroitant, scintillant, tournait sur place, bavardait et s'écoulait lentement vers la grande porte vitrée qui menait à la salle.

Fort de ce nouveau statut administratif, Diaghilev échangeait gaiement des saluts avec ses amis moscovites. C'était jour de ballet. Tous les abonnés se trouvaient là. Le spectacle commençait à huit heures. Chaque Moscovite de qualité possédait sa loge, louée pour la saison.

Un ouvreur à la tenue rouge et or, marquée des noirs aigles impériaux, précéda Diaghilev dans un long couloir convexe, orné de guirlandes et de médaillons, poussa une porte et s'effaça respectueusement pendant que le jeune directeur adjoint des Théâtres impériaux pénétrait dans un écrin de tissu pourpre.

Les dames se recoiffaient devant la glace du petit salon avant de s'asseoir aux premières places, dans la loge. Leurs lorgnettes se braquèrent immédiatement sur le parterre. Chaque visage de l'orchestre et des baignoires leur était connu. Elles jouaient de l'éventail et commentaient à mi-voix l'habillement et la coiffure des autres femmes.

En réfléchissant à ses nouvelles attributions, Diaghilev considérait avec un sentiment de vertige les étages pansus des balcons, leurs nobles arabesques, les bordures de velours supportant des boîtes de bonbons, des programmes ; un coude nu, des doigts froissant un mouchoir. En bas comme en haut, des figures se tournaient dans tous les sens, des sourires se répondaient d'une travée à l'autre. Au-dessus de ce gouffre flottait un énorme lustre de cristal. Face à la scène, la loge impériale était vide, mais ses hampes, ses lambrequins, ses blasons, son aigle bicéphale attestaient l'omniprésence du tsar Nicolas II.

Après ses séjours en Europe, toute cette richesse produisit sur ce jeune homme blasé une impression certaine.

Il était ravi de se retrouver avec tant de gens prêts à s'offrir le luxe d'un pareil divertissement.

Dans la fosse d'orchestre, pleine de musiciens en habit, les plastrons blancs se penchaient sur les partitions blanches. Des violons, des hautbois, des clarinettes préludaient discrètement. La salle s'obscurcit, le chef d'orchestre sortit de terre, tapa le bord du pupitre avec sa baguette, et une musique suave s'éleva vers le rideau cramoisi qu'éclairaient les feux de la rampe.

Diaghilev, qui avait gardé la fraîcheur des impressions de sa prime jeunesse – un don bien rare ! –, admira sans retenue les évolutions aériennes des danseuses et des danseurs, les dimensions imposantes du plateau et le décor agreste qui s'y trouvait planté : « Dommage qu'en Europe l'opéra soit plus reconnu que le ballet… Dommage que le talent des danseurs soit moins reconnu que celui des ballerines. Il faudra remédier à ces injustices… » répétait le jeune et ambitieux directeur adjoint des Théâtres impériaux.

En effet, au début du XXe siècle, les Russes éprouvaient une véritable passion pour la danse, et la rivalité de Moscou et de Saint-Pétersbourg prenait, dans ce domaine, l'allure d'une guerre ouverte. À Saint-Pétersbourg, l'opinion prévalait que les artistes de Moscou sacrifiaient la tradition à des effets faciles, tandis que pour les Moscovites, les artistes de Saint-Pétersbourg poussaient trop loin leur technique au détriment de la grâce et du sentiment. Chacune de ces deux villes possédait une école de danse, placée sous le patronage de l'empereur. Les pensionnaires de ces illustres établissements recevaient certes une instruction générale, mais le plus clair de leur temps était voué aux études chorégraphiques. Apprentis d'un culte qui les absorbait tout entiers, ils ignoraient les événements qui se déroulaient en dehors des murs de l'Institution, portaient des robes et des uniformes d'une coupe surannée, dormaient, mangeaient, travaillaient, rêvaient ensemble, et, pour leurs rares sorties, s'entassaient dans de grandes voitures aux fenêtres masquées, afin que nul regard ne pût surprendre leur visage pendant le trajet de l'école au théâtre. Après l'examen final, ils devenaient de véritables fonctionnaires de la danse, percevant un traitement annuel de 600 roubles pour les débutants et de 720 roubles pour les coryphées. Commençait alors une vie brillante, grisante, traversée d'hommages, d'intrigues, de succès, de déceptions.

À l'entracte, Diaghilev fit apporter du champagne et des chocolats dans le petit salon attenant à la loge. Puis il contempla la suite du spectacle. L'envol des tutus vaporeux continuait à charmer son regard, à tel point qu'il dodelinait de la tête sans y prendre garde.

La danseuse du tsar

L'engouement pour les ballerines était si vif en Russie que la plupart d'entre elles bénéficiaient d'un riche protecteur. Certains membres de la famille impériale donnaient l'exemple à cet égard. Mais en dehors de toute considération sentimentale, les balletomanes constituaient un public éclairé, exigeant et farouchement dogmatique. Ils connaissaient tous les ballets par cœur, suivaient les danseuses dans leurs progrès, s'indignaient de la moindre variante aux lois établies, attendaient avec fièvre l'instant où leur idole s'élancerait pour un pas difficile, et comptaient les « fouettés » avec une pointe d'angoisse dans la poitrine… Il eût fallu un cataclysme, une maladie mortelle, pour leur faire manquer une représentation de gala.

Quand la danseuse étoile et ancienne maîtresse du tsar, Mathilda Kchessinskaia, vint danser à Moscou, tous les premiers rangs de l'orchestre, au théâtre Marie de Saint-Pétersbourg, étaient restés vides, car les adorateurs de l'« incomparable » l'avaient suivie dans son voyage. « Une période fantastique, confiera-t-elle plus tard. Les hommes ne cachaient pas leur maîtresse à l'époque. Ils l'affichaient, ils dépensaient leur fortune pour elle… »

Pour celle qui écrivit ces lignes, tout commença le 4 janvier 1892 quand, jeune étoile montante du théâtre

Marie de Saint-Pétersbourg, elle attendait avec impatience de voir apparaître le futur tsar Nicolas II, rentré d'une tournée à travers le monde.

La loge impériale tendue de bleu ciel et éclairée par de nombreux chandeliers en bronze doré ressemblait à un immense appartement, avec une entrée et un foyer privé auxquels conduisait un vaste escalier particulier. Durant l'entracte, la ballerine quitta sa loge pour échanger quelques mots avec celui qu'elle affectionnait déjà...

Ce jour-là, nota-t-elle, « la providence nous a accordé une vraie rencontre ». Leur idylle dura deux ans. Mais la vie sentimentale de l'héritier de l'Empire était commandée par la raison d'État. En avril 1894, le Palais annonçait officiellement les fiançailles de Nicolas avec la princesse de Hesse-Darmstadt. Le tsar rompit alors avec Mathilda.

Néanmoins, cette ballerine douée d'une vitalité et d'une force de volonté stupéfiantes exerça longtemps une influence prépondérante sur le répertoire du théâtre Marie. Un directeur des Théâtres impériaux nota dans son journal : « Quelle corvée de diriger un théâtre où les affaires sont déterminées par une vedette qui vit avec deux grands-ducs à la fois ! »

Ses folies ne nuisaient ni à sa beauté ni à son humeur toujours joyeuse car, un mois avant de reparaître sur scène, elle se consacrait entièrement à son travail, cessant toutes sorties et s'entraînant des heures durant. Avant les grandes premières, elle s'alitait vingt-quatre heures, ne prenant qu'un très léger repas à midi, et arrivait au théâtre deux heures avant la représentation, afin de s'exercer encore. Elle ne laissait rien au hasard, calculant minutieusement les dates de ses représentations de manière à paraître toujours en pleine saison ; le reste du temps, elle prenait de longues vacances dans ses somptueux palais…

Diaghilev, avec son habilité légendaire, noua des relations étroites avec cette danseuse et prit même l'habitude de la raccompagner chez elle après les spectacles. Ainsi, il trouva souvent l'occasion de fréquenter ses protecteurs appartenant à la famille impériale…

La splendeur de Saint-Pétersbourg

Les spectacles du théâtre Marie n'égalaient pas la magnificence des représentations à la cour.

Ce jour-là, les grilles du palais s'ouvrirent devant notre jeune directeur adjoint des Théâtres impériaux. Les gardes en uniforme d'apparat le saluèrent. Diaghilev était ravi que ses nouvelles fonctions lui permettent de se trouver assez souvent face à face avec le tsar. Effectivement, à Saint-Pétersbourg, il fut régulièrement convié dans la salle de bal où se pressaient les membres du corps diplomatique. Couverts de rubans de satin dans leurs uniformes dont les ors se réfléchissaient dans les cristaux des lustres, les généraux arboraient toutes leurs décorations.

Aucune cour en Europe ne connaissait un service aussi varié et une hiérarchie aussi compliquée que la cour de Russie. À la tête de toute l'administration du palais se trouvait le ministre de la Cour impériale. Après lui, les charges du grand maréchal de la cour, du grand chambellan de la cour, du grand maître de la cour, occupaient l'étage supérieur de la pyramide, avec le grand échanson, le grand écuyer tranchant, le grand écuyer et le grand veneur.

Pourtant, le tsar Nicolas II passait le moins de temps possible à Saint-Pétersbourg, dont l'agitation et le protocole l'indisposaient. D'un tempérament doux, indécis et volontiers solitaire, il préférait vivre modestement, avec sa famille, dans ses résidences aux environs de la capitale, Peterhof ou Tsarskoïe Selo.

L'impératrice Alexandra Fedorovna, aussi timide et plutôt renfermée, partageait le sentiment de son mari sur ce point et ne connaissait de vrai bonheur qu'à l'écart du monde, entourée de ses trois filles. À cette époque, en 1900, l'aînée, Olga, avait cinq ans ; puis venaient Tatiana, âgée de trois ans et Marie, âgée d'un an. La grande-duchesse Anastasia Nicolaevna allait naître deux ans plus tard, et le grand-duc Alexis Nicolaevitch le 30 juillet 1904.

À Tsarskoïe Selo se trouvaient deux palais principaux : le magnifique palais Catherine – l'ancien palais –, réservé aux grands dîners, aux réceptions, aux cérémonies, et le palais Alexandre – le nouveau palais – où l'empereur menait auprès des siens une existence régulière et patriarcale.

Quand, pour la première fois, Diaghilev s'y rendit, à dix heures du matin, les salles du palais Alexandre étaient pleines de monde.

C'était pendant les fêtes de Pâques. Tour à tour, les différents services de la cour se dirigeaient, en costumes d'apparat, vers le salon où se tenaient le tsar et la tsarine. D'abord s'avancèrent les prêtres et les chantres de la chapelle impériale, ceux-ci en cafetans cramoisis à galons d'or. Sur leurs talons arrivèrent les horticulteurs, portant des paniers de fleurs et de fruits, les membres de la maréchalerie du palais, le grand maréchal en tête, les fourriers de la chambre en habit vermillon et bas blancs, les officiants aux tenues écarlates, les courriers en noir avec leurs chapeaux ornés de plumes d'autruche aux couleurs impériales, les Arabes coiffés de turbans, un châle d'Orient jeté sur l'épaule, les maîtres d'hôtel, les cuisiniers, les marmitons, le personnel des cuisines et du buffet.

À peine s'effacèrent-ils dans une dernière courbette, que le grand écuyer fit passer devant le tsar les officiers de l'équitation et de l'attelage, puis l'élégant hallebardier italien au pantalon en peau d'élan, à la veste blanche brodée d'or et aux bottes laquées. Derrière lui, comme pour créer un contraste, marchaient les cochers aux longues houppelandes doublées de ouate, plissées dans le dos et serrées à la taille par une écharpe de soie ; de nombreuses médailles brillaient sur leur large poitrine ; leurs cheveux, coupés à la russe, luisaient d'huile de bardane. Les palefreniers et les laveurs leur emboîtèrent le pas. Ils cédèrent rapidement la place aux officiers veneurs, aux gardes et aux rabatteurs de la chasse impériale. De longues tables supportaient des paniers remplis d'œufs multicolores.

Chaque employé, quel que fût son grade, s'avançait vers l'empereur. « *Khristos voshresse* », « Christ est ressuscité », disait Nicolas II. « *Vo istinou voshresse* », répondait l'employé. Puis l'empereur et son sujet s'embrassaient par trois fois. Après un profond salut, le serviteur du palais comparaissait devant l'impératrice, qui lui offrait un œuf pascal. Les œufs destinés aux gens des grades inférieurs étaient impériaux. Les dignitaires recevaient des œufs plus petits, taillés dans différentes pierres de l'Oural, dans la fabrique impériale de Peterhof. L'impératrice douairière recevait les félicitations du personnel dans un salon voisin. À l'issue de cette cérémonie, Leurs Majestés se rendaient dans la bibliothèque pour entendre le chœur de la chapelle impériale.

Notre jeune directeur adjoint des Théâtres impériaux eut aussi l'honneur de saluer le tsar. Il estima qu'en deux jours, plus de mille six cents personnes défilèrent ainsi devant Nicolas II.

Pourtant, ce n'était pas à cette occasion que la cour se montrait dans toute sa splendeur. Si Diaghilev voulait voir la haute société de Saint-Pétersbourg assemblée autour de son maître, il lui fallait assister à un grand bal au palais d'Hiver. Dès le matin, des fourriers de la maison impériale parcouraient la ville, portant, de maison en maison, la liste des élus conviés pour le soir. Chacun savait en principe depuis longtemps à quelle date aurait lieu le bal, mais l'invitation officielle prenait la forme d'un ordre signifié le jour même. D'après l'étiquette, il déliait de tous les engagements antérieurs envers les particuliers et levait même les sévères consignes du deuil. La perte d'un être cher ne dispensait pas les intéressés de paraître à la cérémonie. Bien mieux, une femme n'avait pas le droit de se présenter en vêtements noirs devant le souverain et la souveraine, sauf lorsque le défunt dont elle vénérait ainsi la mémoire était un parent de la famille impériale.

L'ouverture du bal était fixée à vingt et une heures, mais les invités devaient être assemblés bien avant dans les salons, pour attendre l'entrée du tsar.

Des files de traîneaux et de voitures glissaient de tous les coins de la ville vers le palais brillamment éclairé. Ce jour-là, sur les différents perrons enneigés, se pressaient des silhouettes voilées de châles, emmitouflées de pelisses. Un cortège d'uniformes et de robes à traîne, de diadèmes et de décorations, d'épées et d'éventails, se répandait dans la grande galerie et gravissait l'escalier d'honneur entre deux haies de chevaliers de la garde, géants immobiles sous leur cuirasse et leur casque ailé.

Ayant conduit leurs maîtres à destination, les cochers se groupaient autour des foyers allumés dans des kiosques de tôle. Tandis que, sur la place gelée, se tenait ce bivouac, là-bas, dans le vestibule étincelant de marbres et de cristaux, les fourrures tombaient, révélant des épaules nues.

Diaghilev, maussade, se tenait dans un angle, près d'une fenêtre, dissimulant ses doutes sous un sourire, une lueur hautaine dans les yeux, affectant de ne pas prendre part au divertissement général.

Dans l'immense salle Blanche, les statues dominaient un paysage de palmes et de roses. La foule des invités ondulait mollement sous les feux des lustres. Déjà, tous les regards se fixaient sur les portes.

Neuf heures du soir. Soudain, les gestes se figèrent, les conversations se turent une à une, et la porte principale s'ouvrit à deux battants. Dans un silence parfait, une voix forte annonça : « Sa Majesté impériale. » Commença alors, selon la formule de Diaghilev, « un véritable spectacle slave », qu'il reconstitua souvent par la suite avec sa compagnie des Ballets russes.

L'empereur en uniforme s'avança escorté de tous les membres de sa famille, chacun au rang que lui assignait son degré de parenté. L'orchestre, niché dans un boqueteau de plantes vertes, lança les premiers accords de la traditionnelle « polonaise ».

Le grand maréchal et la grande maîtresse de la cour prirent la tête du défilé. L'empereur donnait la main à l'une des grandes-duchesses, l'impératrice au doyen du corps diplomatique. Les autres couples se formaient à leur suite et tournaient à pas mesurés autour de la salle. À cette gracieuse promenade en musique, succédèrent les quadrilles, les valses, les mazurkas…

En évoquant le tourbillon du bal, Diaghilev avait toujours le feu aux joues : « Quelles parures ! Quelles toilettes ! Quels bijoux ! Un simple nœud de rubans a pour boucle une plaque de pierres précieuses qui représente une fortune ! » En effet, certaines robes d'apparence tout unie revenaient plus cher que des dalmatiques en brocart d'or et d'argent !

Mais le jeune directeur adjoint des Théâtres impériaux savait que tout cela n'était rien en comparaison du faste des bals costumés donnés dans ce même palais d'Hiver. Ainsi, toujours marqué par l'esprit théâtral, Diaghilev apprécia quand Leurs Majestés arborèrent des costumes russes du XVIIe siècle, tels que les portaient les tsars et les tsarines avant Pierre le Grand.

C'était une véritable débauche de brillants, de perles, de pierreries, de soies, de velours et de fourrures rares. La robe de l'impératrice pesait à elle seule trente-trois kilos. Son long camail de toile d'or était fermé, à hauteur de la poitrine, par une griffe ornée d'un énorme spinelle, la plus belle pierre sans doute de tout le trésor impérial. « Dans ces habits raides comme des armures, nos souverains bien-aimés arboraient le visage même des anciennes icônes ! » déclara notre héros.

Si le grand public vivait loin de ces festivités, il avait aussi une réelle passion pour le théâtre, même s'il n'était qu'imparfaitement renseigné sur les différentes théories qui agitaient les intellectuels.

À vrai dire, au début du XXe siècle, la société cultivée russe vivait dans un climat de fièvre créatrice. Pour entendre le célèbre chanteur Chaliapine, pour assister à un spectacle du Théâtre artistique ou pour se laisser subjuguer une fois de plus par les pas d'une grande danseuse, des centaines d'étudiants sacrifiaient leurs économies. D'ailleurs, l'esprit théâtral, l'amour forcené du théâtre, paraissaient à Diaghilev l'un des traits essentiels de « l'âme slave ». Ainsi, des familles aisées conduisaient leurs enfants, très jeunes, à des représentations d'opéra et de ballet. La distraction favorite de tous les potaches consistait à « jouer au spectacle ».

Au XIXe siècle déjà, à côté des grands Théâtres impériaux, des gentilshommes avaient fondé des scènes privées où, souvent, se produisaient des serfs, acteurs de talent. Vers 1825, un certain Varguine, marchand de Moscou et propriétaire terrien, avait installé dans sa maison une troupe qui, en se développant et en s'affirmant, avait pris le nom de Maly Théâtre (Petit Théâtre). Cette scène devait accueillir les plus belles œuvres de l'art dramatique russe : *Le Malheur d'avoir trop d'esprit* de Griboïedov – peinture du milieu des fonctionnaires nobles avec leur platitude et leur servilité – ou encore *Le Revizor* de Gogol – satire violente des mœurs de l'administration[1].

En tant que directeur adjoint des Théâtres impériaux, Diaghilev était directement concerné par toutes ces activités. Les nobles et les dignitaires de l'Empire considéraient que leur présence aux spectacles de ballet et d'opéra du théâtre Marie relevait à la fois d'un privilège et d'une obligation. Pour les représentations d'opéra du mardi et du vendredi, et pour celles du dimanche – opéra en matinée, ballet en soirée –, on pouvait, avec quelque chance, obtenir des billets à la caisse du théâtre, ou, plus sûrement, et en payant plus cher, chez les nombreux revendeurs qui hantaient les abords de l'établissement. Les autres jours, presque toutes les places étaient retenues par abonnement. L'aristocratie russe, fidèle au théâtre Marie, appréciait également les pièces françaises

1. Au début du XXe siècle, il existait en Russie cinq scènes publiques, dépendant de l'administration impériale et rattachées au ministère de la Cour. À Saint-Pétersbourg : le théâtre Marie (opéra et ballet), le théâtre Alexandra (drame et comédie), le théâtre Michel (où jouait en permanence une troupe française).

du théâtre Michel. Le théâtre Alexandra, en revanche, était plutôt fréquenté par la petite noblesse, les intellectuels, les fonctionnaires, les marchands, les étudiants.

En 1883, le tsar Alexandre III avait enfin supprimé le monopole des Théâtres impériaux, ouvrant la voie aux entreprises dramatiques privées : de nombreuses troupes s'étaient immédiatement créées dans les deux capitales.

L'énigme de Tchekhov

Si Diaghilev devint plus tard symbole de la modernité artistique, il ne fut toutefois pas à l'origine de la première véritable révolution de la scène qui se préparait à Moscou.

Le 22 juin 1897, le jeune acteur et animateur Stanislavski rencontrait le dramaturge Nemirovitch-Dantchenko et, au cours d'un débat passionné, fixait les conditions de la renaissance théâtrale russe.

De cette conversation devait naître le fameux Théâtre artistique de Moscou. Ce fut un marchand moscovite, Sawa Morozoff, qui finança cette entreprise révolutionnaire. Le même homme finança aussi la revue de Diaghilev *Le Monde de l'art* et – paradoxe caractéristique de « l'âme slave » de ce milliardaire pas comme les autres – les activités révolutionnaires de Lénine… Construit grâce à ses subventions, le nouveau bâtiment du Théâtre artistique de Moscou fut inauguré en 1902.

Les deux fondateurs de ce théâtre étaient doués d'un extraordinaire talent pour la mise en scène qui « trouva sa voie » et atteignit le sommet de la perfection artistique grâce aux pièces de Tchekhov qu'il rendit célèbres, notamment *La Mouette*. Devenant bientôt l'emblème du théâtre, une mouette stylisée se posa sur le rideau de scène et sur les programmes.

Ses autres pièces – *La Cerisaie*, *Oncle Vania* et bien sûr *Les Trois Sœurs* – furent des triomphes autant pour le théâtre que pour leur auteur. Même les Pétersbourgeois reconnaissaient que, cette fois-ci, les Moscovites avaient marqué un point dans la compétition opposant les deux villes.

Ce fut la dramaturgie de Tchekhov qui détermina l'esprit de ce théâtre. Il est significatif que, selon le témoignage de Lifar, Diaghilev considérait l'œuvre de Tchekhov comme « une expression absolue de l'âme de ce pays ». Ne serait-ce que pour cette raison, ce génie du théâtre mérite un détour dans notre récit.

Son grand-père, qui était serf, avait acheté sa liberté pour trois mille cinq cents roubles. Tchekhov, dans son enfance, vendait des chandelles derrière le comptoir d'une épicerie. Son père, petit négociant, perdit sa fortune vers 1870. Toute la famille Tchekhov s'installa alors à Moscou, à l'exception du petit Anton, qui resta à Taganrog, en Russie du sud-est, pour y achever ses études secondaires. Bachelier, il ne se rendit sur les rives de la Moskova qu'au cours de l'automne 1879, pour s'inscrire à l'université.

Ses premiers récits furent écrits pour venir en aide à ses proches. Devenu à dix-neuf ans le seul soutien d'une nombreuse et extravagante famille, le jeune homme exerça le métier de journaliste tout en achevant ses études de médecine. Il connut toutes les difficultés, toutes les misères de la vie, toutes les laideurs des quartiers pauvres.

Une fois diplômé de la faculté de Moscou, il devint l'assistant du médecin d'arrondissement d'une petite ville de province, véritable laboratoire d'observation : paysans venus se faire soigner à son dispensaire, militaires – il y avait un régiment en garnison dans cette petite ville, dont on retrouve certains officiers dans *Les*

Trois Sœurs – ou encore ces innombrables personnages caractéristiques de province, qu'il fit revivre plus tard dans ses nouvelles.

Ce qu'il réalisa, il l'obtint de grande lutte, car rien – mis à part le talent et une remarquable force de volonté – ne lui fut donné. Tchekhov se décrivait lui-même ainsi : « Essayez donc d'écrire l'histoire d'un jeune homme, fils d'un serf, ancien boutiquier, chantre à l'église, lycéen, puis étudiant. Dressé à courber l'échine, à baiser les mains des popes ; soumis aux idées d'autrui ; reconnaissant pour chaque morceau de pain ; cent fois rossé ; courant, misérablement chaussé, donner quelques leçons ; bagarreur ; aimant torturer les animaux ; acceptant avec gratitude les dîners des parents riches ; hypocrite devant Dieu et devant les hommes, sans besoin aucun, simplement par conscience de sa propre nullité. Racontez donc comment ce jeune homme essaye de se libérer, goutte à goutte, de l'esclave qui est en lui… »

Oncle Vania

Tolstoï et Tchekhov dominaient alors la littérature, voire toute la culture russe.

Tolstoï, avec ses chefs-d'œuvre *Guerre et Paix* et *Anna Karenine*, achevait une époque ; Tchekhov incarnait la transition, le pont entre cette époque, révolue, et la suivante – l'âge d'argent de la culture russe –, inaugurée par Diaghilev et ses amis.

Plongeant par toutes ses racines dans l'histoire de son pays, Tolstoï fut en quelque sorte l'émanation de sa classe et le héros de son temps, par ses goûts, par tout le style de sa vie et de sa pensée. Cet aristocrate appartenait bien plus au XVIIIe qu'au XIXe siècle. Ainsi, son penchant pour l'utopie, sa haine de la civilisation, sa passion pour la vie champêtre et pour la paix de l'âme portée à l'infini, tout cela s'apparentait étroitement à l'esprit de Rousseau, de Voltaire et de Diderot. Mais son génie exacerbé le poussait à critiquer et à saper toutes les institutions divines et humaines.

Tchekhov en revanche, tel son héros l'oncle Vania, était un vrai fils du XIXe siècle. De par son intelligence orientée vers les sciences exactes, sa profonde foi dans le progrès et l'impressionnisme de son style. Tout en sachant que, quoi qu'il en soit, « sur cette terre nous ne pouvons rien comprendre. Seuls les imbéciles et les charlatans comprennent tout ».

Diaghilev connut Tchekhov pendant les dernières années de sa vie (1898-1901) qui eurent la Crimée pour décor. Tchekhov y vivait seul avec sa sœur dans sa maison de Yalta. Olga, sa femme, n'y faisait que de brèves apparitions. Selon Serge Lifar, la solitude de Tchekhov marqua à jamais Diaghilev. Le fondateur des Ballets russes en garda une sorte de hantise, « la peur de vivre plus tard la même chose ».

L'auteur des *Trois Sœurs* ne se montrait guère tendre avec ses contemporains et ne mâchait pas ses mots. Ainsi écrivait-il à propos de Sarah Bernhardt : « L'événement déplace les foules, mais, nous avons beau regarder, écouter en ouvrant tout grand nos oreilles, nous n'en tirons rien de particulier. Tout est banal au-delà de toute attente, banal à pleurer. »

À l'occasion d'une rentrée théâtrale, il écrivit encore : « À nouveau les soirées succéderont aux soirées, les actes aux actes, les critiques aux critiques. [...] Vodka, fumoir étouffant, cohue des vestiaires... En sortant du théâtre, il y aura de la boue, il fera froid, le ciel sera gris, les cochers seront transis. Va-t'en faire de l'humour et écrire des chroniques badines quand tu n'as que cette perspective et que tu es certain que ce que tu pressens va se réaliser ! »

« Une ville faite pour lire »

En bon Russe, Tchekhov séjourna à plusieurs reprises en France, notamment à Nice où, rue Gounod, se trouvait un hôtel tenu par une compatriote. L'hôtel Oasis, autrefois baptisé Pension russe, fut un lieu mythique de la fin du XIXe siècle.

L'implantation de la colonie russe à Nice remonte à 1856, année qui vit l'impératrice douairière Alexandra Fedorovna débarquer sur la Côte d'Azur, entraînant sur ses pas les aristocrates fortunés. C'est elle surtout qui permit la construction de la première église russe orthodoxe. En effet, la communauté russe souhaitait bâtir son église rue de Longchamp mais les autorités catholiques s'y opposaient. La solution fut finalement trouvée et le lieu devint le siège d'une association. Une bibliothèque au rez-de-chaussée et une chapelle au premier étage. Pas de cloches, interdites, et pas de clocher. L'iconostase en chêne massif est finement ouvragée et les peintures sont dans la pure tradition byzantine. L'église fut enfin consacrée en 1859.

« Très nombreux ici, les Russes ont une église et un cimetière, quelques palais, quelqu'un pour les défendre… » écrivait Tchekhov qui s'y rendait souvent. Il y retrouvait ses souvenirs d'enfance. « Il faut croire en Dieu, confiait-il encore dans ses lettres, mais si on n'a pas la foi, il faut la chercher, seul, face à face avec sa conscience. »

En 1891, il avait fêté Pâques à l'église russe, émerveillé d'entendre le chœur. Et en octobre 1897, ce modeste médecin écrivain atteint de tuberculose posait ses valises dans le salon encombré de meubles vieillots de la Pension russe. La patronne, Mme Vera Krougopoleva, faisait un prix à ses concitoyens. Elle octroya à son hôte une chambre au rez-de-chaussée, donnant sur le jardin.

Tchekhov étant dramaturge, ses amis niçois l'invitèrent souvent au théâtre. Le théâtre municipal avait brûlé en 1881 ; un nouveau fut érigé, somptueux : velours, moulures dorées, peinture maniériste au plafond, grand lustre. Ainsi Tchekhov eut-il l'occasion de revoir Sarah Bernhardt, qu'il n'aimait guère, comme nous l'avons pu constater : « Chaque soupir, la moindre larme, ses pâmoisons ne sont qu'une leçon parfaitement apprise qu'elle applique avec intelligence… » En outre, comprenant mal le français, il préférait l'opéra.

Le dramaturge suivait de loin le déroulement d'un drame qui avait lieu à Paris, un drame qui le concernait et dont il allait faire plus tard une comédie, *La Mouette*. Une jeune Russe, Lika Mizinova, était follement éprise de Tchekhov. Lui l'aimait aussi, sans oser assumer cette affection. Aussi la jeune fille se jeta-t-elle par dépit dans les bras d'un homme marié, le bon ami de Tchekhov. « Oh, comme les Russes se conduisent mal ici ! » s'exclame, à l'occasion d'une situation semblable, un personnage d'une de ses nouvelles.

Ce qui intéressait le plus Tchekhov à l'étranger, c'étaient les cimetières et les cirques. Dans son *Récit d'un inconnu*, qui se déroule à Nice, une jeune fille meurt en couches après avoir ingéré du poison et on l'enterre au cimetière russe.

Au moment où la communauté russe de Nice bâtit l'église de la rue de Longchamp, elle acquit aussi une oliveraie située sur les hauteurs de Caucade, pour y établir un petit cimetière orthodoxe, au milieu des hibiscus, des bougainvillées et des rosiers. La vue sur la mer y est imprenable, à travers les petites coupoles en forme d'oignon, bleues ou dorées, qui coiffent parfois les cryptes.

Après six mois passés à la Pension russe, Tchekhov quitta Nice à regret. Il y revint en décembre 1900, dans la même grande chambre du rez-de-chaussée de la rue Gounod, pour y achever l'un des chefs-d'œuvre de la littérature mondiale, *Les Trois Sœurs.*

Son ami écrivain Potapenko le rejoignit. Il voulait gagner un million à la roulette pour continuer d'écrire sans se soucier du lendemain. Les deux hommes achetèrent alors une roulette pour essayer de trouver une martingale, avant de jouer le soir à Monte-Carlo. Tchekhov n'était pas joueur. Il accompagnait ses amis au casino de Monte-Carlo et misait, pour se distraire, des sommes insignifiantes. Mais il s'amusait néanmoins du spectacle. L'opulence, l'étalage des richesses, le clinquant des salles de jeu l'impressionnaient. En même temps, il écrivait à son frère : « Le luxe du casino offense le bon sens et rend vulgaire la nature même, il salit le bruit de la mer et la lune. »

Dans sa chambre du rez-de-chaussée de la pension, dont le lit immense ressemblait « à celui de Cléopâtre », il recevait Olga, riche orpheline d'une quinzaine d'années qui voulait traduire ses récits en anglais. Après leur travail, ils quittaient la pension bras dessus, bras dessous, et se promenaient ensemble sur la promenade des Anglais.

Malade, Tchekhov s'essoufflait vite. La Pension russe se trouvait à un quart d'heure de la mer. Mais il aimait cette dernière. Il avait grandi dans un port et portait sur le front une cicatrice, trace d'un plongeon raté… Il ne prenait plus de bains de mer, mais il aimait la regarder. Il racontait qu'il en avait trouvé la meilleure description dans le cahier d'un écolier : « La mer est grande. »

Depuis le milieu du XVIIIe siècle, la mairie de Nice avait fait prolonger le trottoir bordant la baie des Anges. Il mesurait désormais six bons kilomètres. Tous les jours, Tchekhov se promenait sous les palmiers jusqu'au pied du château et s'arrêtait dans l'un des cafés du cours Saleya. Il prévoyait toujours dans ses poches de la petite monnaie pour les musiciens ambulants.

À Nice, il se sentait heureux : « Les rosiers sont en fleur, il fait doux, le soleil brille. »

Mais il était temps de retourner à Sébastopol…

La Crimée

À la fin de sa vie, Tchekhov passa de longs mois sous le soleil de Crimée, entouré de quelques amis fidèles dont les plus chers étaient deux écrivains, Gorki et Bounine, futur premier prix Nobel russe. Gorki souffrait également de la tuberculose. Bounine, le jeune « marquis » comme l'appelait Tchekhov, était un fidèle de la maison.

L'ambiance chez le dramaturge était mélancolique. Contigu au mur du jardin s'étendait un antique cimetière tartare, toujours vert, silencieux et désert, avec les vieilles pierres de ses tombes abandonnées. Les oiseaux pépiaient dans les branches des vieux acacias. Tchekhov aimait à les écouter, tôt le matin, quand tout dormait encore et qu'assis près de la fenêtre de son bureau, il contemplait les jardins en pente descendre vers la mer, et la mer elle-même, cernée par des maisons blanches s'étageant en gradins. À gauche, à droite et derrière la maison, se dressaient les montagnes. Et, au-dessus de ces collines, un ciel toujours sans nuages. Le soir, dans son bureau ouvert sur la nuit étoilée, le silence n'était rompu que par le tic-tac de l'horloge, le grattement d'une souris ou les soupirs de Bromure, sa petite chienne.

Certes, une marée d'admirateurs, de visiteurs et d'amis lui rendait visite mais, au sein de cette multitude, sa solitude restait totale : « De même que je serai couché, seul, dans ma tombe, de même, somme toute, j'ai vécu seul », écrivit-il dans ses *Carnets*[1].

Pourtant, Tchekhov avait rencontré sa femme, Olga Kinipper, en 1890. Alors jeune actrice à Moscou, elle répétait *Le Tsar Fédor* d'Alexis Tolstoï. La rampe inexistante avait été remplacée par une rangée de bougies fichées dans des goulots de bouteille.

S'étant liée d'amitié avec sa sœur Marie Tchekhov, Olga rencontrait souvent l'écrivain. Quand les représentations étaient suspendues, elle venait dans leur propriété des environs de Moscou, une maison charmante avec ses portes-fenêtres ouvertes sur un verger en fleurs, sa chambre « Pouchkine » ornée d'un portrait du plus grand poète russe, son confort désuet. Le jardin comportait un minuscule pavillon en bois où fut écrite *La Mouette*, et un étang rempli de carassins et de tanches, sur les bords duquel Tchekhov passait des heures à rêver, à penser, à élaborer ses pièces.

Tout cela séduisit Olga. Douée d'une sensibilité et d'une imagination très vives, elle se sentait comme envoûtée par l'atmosphère poétique de cette étrange famille Tchekhov. Mais, plus que tout, la séduisait le charme du maître de maison… Lui aussi la trouvait gaie, spirituelle, charmante. Elle savait tout faire : chanter des romances de Tchaïkovski, jouer la comédie, discuter de littérature, parler avec chaleur, de la poésie ou des plats qu'elle préférait. Cependant Olga, volontaire, intelligente et ambitieuse, n'avait pas l'intention d'abandonner une carrière brillante.

À l'automne, le Théâtre artistique rappela Olga à Moscou. L'hiver qui suivit, Tchekhov se trouva de nouveau seul en Crimée. Presque chaque jour, une lettre parfumée

1. Tchekhov, *Carnets*, éd. Bourgois, Paris, 2005.

et portant le timbre de Moscou se trouvait dans la pile de lettres et de journaux qu'il recevait. Les lettres se trouvaient là, à portée de sa main, mais il n'avait pas envie de les relire. C'était une présence dont il avait besoin, entendre une voix chaleureuse, un rire éclatant, sentir autour de lui le mouvement et la vie, cette vie ardente qu'il aimait tant.

Au mois d'avril 1900, le directeur du Théâtre artistique, Stanislavski, débarquait à Sébastopol avec toute sa troupe pour jouer devant Tchekhov *La Mouette* et *Oncle Vania*, sa dernière pièce, qu'il n'avait pas pu aller voir à Moscou. « Nous nous sommes dit, raconte-t-il dans ses souvenirs : Tchekhov ne peut pas venir à nous parce qu'il est malade, alors c'est nous qui irons à lui : si Mahomet ne peut pas aller vers la montagne, c'est la montagne qui va vers Mahomet. »

Après deux jours de voyage, un wagon rempli d'acteurs accompagnés de leurs familles, de décors et d'accessoires divers, arriva par une brillante matinée d'avril à Sébastopol, ville blanche et ensoleillée, où la mer, le ciel bleu et le chaleureux accueil méridional créent aussitôt une atmosphère de fête.

Les deux pièces remportèrent un succès triomphal. Venu spécialement de Yalta, Tchekhov fut heureux de retrouver sa mère qui tint elle aussi à assister au triomphe de son fils. Elle sortit pour la circonstance une antique robe de soie et Tchekhov s'écria avec effroi : « Petite mère en robe de soie va voir jouer la pièce ! Mais, voyons, c'est impossible ! » Et aussitôt, il rit jusqu'aux larmes tant la vision d'une vieille mère, parée de sa plus belle robe et se rendant au théâtre applaudir la pièce de son fils, lui paraissait comique et d'un sentimentalisme suranné.

Sébastopol puis Yalta fêtèrent à la fois la jeune troupe moscovite et leur auteur préféré. Les jeunes filles du pays guettaient Tchekhov à chacune de ses promenades.

Le printemps méridional et les représentations du Théâtre artistique avaient en effet attiré en Crimée un grand nombre d'artistes et d'écrivains connus. Tous venaient chez Tchekhov, déjeunaient, flânaient dans le jardin, s'installaient dans son bureau, à la grande joie de ce dernier qui aimait tellement la vie, l'animation, les échanges d'idées, le talent, la gaieté. Deux jeunes écrivains déjà célèbres se mêlaient aux comédiens : Maxime Gorki, avec sa blouse russe brodée, ses cheveux roux, son nez camard et sa fulgurante renommée, et Ivan Bounine, mince, élégant, pétillant de drôlerie et d'esprit, qui savait mieux que personne faire rire Tchekhov et qui frappa l'assistance par son extraordinaire don de mime et d'acteur. Sans oublier la figure emblématique de la troupe, Stanislavski, avec sa belle tête de lion à la chevelure grisonnante, aux yeux noirs et brillants, et tant d'autres encore, tous jeunes, pétillants de vie et pleins d'esprit, animés par une passion commune : le théâtre.

La sœur de Tchekhov et sa mère s'affairaient dans la maison, secondées par Olga, manches retroussées, débordante d'énergie et d'activité. Mais tout a une fin, même ces journées de printemps si riches en joies simples et en couleurs éclatantes. Le Théâtre artistique, et avec lui Olga, rentra à Moscou. Pas pour longtemps car, à la fin du mois de juin, Olga était de nouveau à Yalta chez les Tchekhov. Ce nouveau séjour allait être décisif : c'est de cet été inoubliable que date la vraie rencontre de l'écrivain et de l'actrice.

Le soir, la mère et la sœur de Tchekhov montaient se coucher. En bas, dans le bureau, une seule lampe éclairait la table, les feuillets blancs, le livre abandonné. La large fenêtre à l'italienne ouvrait sur un jardin nocturne, sur un ciel étoilé au-dessus de l'arc plus sombre de la baie. Une brise légère apportait une odeur de pins, mêlée à d'autres indéfinissables et mystérieuses senteurs.

La joie avait de nouveau rempli la maison. Le silence lui-même paraissait autre, riche, profond et lourd de tendresse. Pour la première fois, le soleil luisait sur la mer, les fleurs embaumaient, le pain et le vin avaient retrouvé pour Tchekhov la saveur d'autrefois, le goût oublié de ses vingt ans. Pour la première fois, il ne se sentait plus « seul devant les glaciers muets de la vieillesse ».

« Merveilleux été ! écrivit-il. Les pauvres arbres, surtout de cette face-ci de la montagne, n'ont pas reçu, de tout l'été, une seule goutte d'eau et maintenant, ils sont tout jaunes ; il arrive pareillement que des hommes ne reçoivent de toute leur vie pas une goutte de bonheur. Sans doute, il faut qu'il en soit ainsi. »

Mais pour lui, cet été fut une oasis de douceur, de joie, de tendresse partagée. Pour la première et la dernière fois de sa vie, le système de défenses intérieures, longuement, péniblement élaboré, s'effondrait et le libérait. Pour la première fois, l'orgueilleux silence de l'homme qui se sent incompris et mal aimé était rompu. Il parlait, racontait, se livrait. Il aimait. Mais à la fin du mois d'août, Olga quitta Yalta.

Le merveilleux intermède estival était loin désormais. À Moscou, Olga avait repris sa vie mondaine dans un tourbillon de répétitions, de réceptions, de sorties, de triomphes. De nouveau seul et malheureux, Tchekhov se consola dans son art. Pendant de longs mois, derrière sa table de travail, s'accumulèrent les feuillets des *Trois Sœurs*. Par le truchement de cette nouvelle pièce, Tchekhov murmurait à Olga toute sa nostalgie : « Je pense souvent : et si l'on recommençait sa vie, mais cette fois, en toute conscience ? Si l'on vivait sa vie comme on fait un devoir, au brouillon et qu'on la revive ensuite au net ? Alors, chacun de nous essaierait de créer des conditions de vie différentes, une maison fleurie, pleine de lumières… »

Diaghilev y voyait l'œuvre la plus parfaite de Tchekhov. À l'époque, il étudiait attentivement les méthodes du Théâtre artistique et sa dramaturgie. Il inclut donc Tchekhov tout entier dans « le Panthéon de son âme ».

Les Trois Sœurs, œuvre emblématique de ce théâtre, était une pièce sans sujet. Selon les dires de Tchekhov, en effet, « dans la vie, il n'existe pas de sujets, tout y est entremêlé, le profond et le mesquin, le grand et le médiocre, le tragique et le ridicule ».

Poète, Tchekhov sentait intuitivement que l'élément lyrique n'admet pas de solutions, que l'inexprimé, l'inachevé, l'informulé portent en eux un pouvoir tragique intrinsèque. Et puis, sa vie fut marquée par tant de séparations, la maladie, la solitude…

Si Diaghilev fut subjugué par la dramaturgie de Tchekhov, le grand prophète de l'époque, Léon Tolstoï, n'avait même pas voulu lire *Les Trois Sœurs*. Pendant sa visite en Crimée, il ne manqua pas de dire à Tchekhov, avec sa brutalité habituelle, tout le mal qu'il pensait de ses pièces. Le théâtre en général était durement critiqué par Tolstoï. Sur la terrasse qui dominait la mer, les deux hommes discutaient, ou plutôt, Tolstoï parlait, pour dénigrer Tchekhov. On sait à quel point il détestait Racine – « Le drame de Racine, cette plaie poétique de l'Europe, n'existe pas et, Dieu merci, n'existera pas chez nous ! » – et tout au long de sa vie il nia le talent de Shakespeare.

En revanche, Diaghilev vit dans *Les Trois Sœurs* « une expression parfaite de l'essence même de l'âme slave »,

« un coin du grand art russe, un des coins miraculeusement préservés ».

En mai 1901, enfin, Tchekhov épousa celle pour qui il avait écrit cette pièce. Mais même après leur mariage, Olga continua à vivre et à jouer à Moscou, tandis que lui restait cloué à Yalta.

En 1904, quoique très malade, le dramaturge décida de faire une apparition à la première de *La Cerisaie*. Le public ne s'y attendait pas et le couvrit d'un tonnerre d'applaudissements. Toute l'élite de l'intelligentsia moscovite se trouvait là. Il y eut d'interminables discours. Tchekhov apparut si épuisé, sa faiblesse était si visible, que l'on entendit crier dans la salle : « Asseyez-vous ! Asseyez-vous ! »

Peu de temps après, il entreprit son dernier voyage pour une cure, cette fois-ci à Badenweiler, en Forêt-Noire. À son arrivée, il lui restait exactement trois semaines à vivre. Il s'éteignit le 2 juillet 1904, loin de sa famille et de ses amis, au milieu d'étrangers, dans une ville étrangère.

La disparition de Tchekhov attrista profondément Diaghilev. Mais la Russie avait la tête ailleurs, vivant déjà « dans la prémonition de la révolution »…

Tchekhov, tout comme Diaghilev, n'adhéra jamais au mouvement politique, non qu'il fût indifférent à la condition déplorable des petites gens, mais parce qu'il ne pensait pas que la politique fût sa vocation : il servait lui aussi son peuple, mais d'une autre manière. Il était convaincu que c'était de justice qu'on avait le plus besoin, et il s'éleva toute sa vie contre toutes les formes d'injustice ; mais il le fit en écrivain, comme Diaghilev le fit en artiste. Tous les deux étaient avant tout des individualistes et des créateurs.

La politique entra néanmoins sur le devant de la scène avec fracas quand, le 9 janvier 1905, les ouvriers de Saint-Pétersbourg se dirigèrent en cortège vers le palais d'Hiver, pour demander au tsar de satisfaire leurs revendications : augmentation de salaire, journée de travail de huit heures. L'armée tira sur le peuple. Selon les données officielles, on dénombra quatre-vingt-seize morts et trois cent trente-trois blessés. Lénine parla de centaines de morts. Au mois de février 1905, les révolutionnaires organisèrent une nouvelle vague d'attentats. Les durs du régime les utilisèrent alors comme prétexte pour éliminer les éléments réformateurs au sein du pouvoir, en imposant ce slogan : « Ne ménagez pas les cartouches ! »

Sous l'instigation de Lénine, le Premier Soviet des députés du peuple était créé dans la capitale de l'Empire. Les principales unions professionnelles se formèrent à travers tout le pays ; le drapeau rouge fut hissé sur le cuirassé *Potemkine* ; les partis révolutionnaires et les syndicats organisèrent la première grève politique générale de l'histoire de la Russie, qui devait aboutir à l'insurrection armée. Cependant, les concessions du pouvoir (le 17 octobre 1905, Nicolas II signa un manifeste marquant formellement la fin du pouvoir absolu en Russie), et l'utilisation de la force accompagnée par les réformes proposées par le Premier ministre Stolypine, tuèrent dans l'œuf le mouvement de révolte, obligeant les révolutionnaires à prendre de nouveau le chemin de l'exil.

La campagne de France

Sur cette toile de fond agitée, Diaghilev resta, selon ses mots, « au-dessus de la mêlée ». Cette attitude attentiste ne fut pas payante car son statut de haut fonctionnaire allait bientôt être menacé.

Après l'échec de la révolution, les conservateurs avaient le vent en poupe, dans le domaine politique mais aussi culturel. Plus d'un protesta contre les pouvoirs accordés à notre jeune et ambitieux directeur adjoint des Théâtres impériaux, soupçonné de « velléités révolutionnaires », du moins dans le domaine artistique, car il voulait « aller trop vite et trop loin ».

Diaghilev demanda en effet à son administration l'autorisation de monter des spectacles novateurs et de superviser personnellement ces productions, dont les décors seraient exécutés par son ami peintre Benois.

Mais le milieu conservateur se rebiffa. Pour aplanir les difficultés, on suggéra alors que les spectacles fussent présentés sous le nom du directoire. Diaghilev refusa tout compromis et en appela même au tsar. En vain, puisqu'il fut démis de ses fonctions par le tsar lui-même, et banni des Théâtres impériaux. Ce limogeage brutal allait cependant lui permettre de poursuivre son chemin avec pugnacité.

Ainsi trouva-t-il bientôt d'autres buts à son impérieux besoin d'organiser, de construire, de réaliser.

Paris accueillit donc Diaghilev en 1906, dans le cadre du salon d'Automne au Grand Palais, pour la première rétrospective de peinture russe organisée par ses soins. Douze salles y étaient consacrées. Bakst avait reconstitué la décoration de l'exposition de Moscou, Benois avait rédigé le catalogue. Compte tenu de son importance pour le rayonnement de l'art russe, cette manifestation fut en grande partie financée par les deniers personnels du tsar.

Dans le comité d'organisation de ce salon figurait la richissime présidente de la Société des concerts français, musicienne et épouse du comte Greffulhe. Elle inspira à Proust la duchesse de Guermantes de *À la recherche du temps perdu*. Diaghilev lui fut présenté.

De prime abord, cette aristocrate distinguée se demanda ce qu'on pouvait bien trouver « à ce jeune snob » qui avait l'air d'un aventurier douteux.

Mais lorsque Diaghilev commença à commenter les tableaux de sa collection, son avis changea du tout au tout. Elle le trouva extraordinairement intéressant, conquise désormais par cet homme qu'elle trouvait « différent des autres ». Ayant plus d'une corde à sa lyre, Diaghilev se dirigea alors vers le piano et joua des mélodies de compositeurs russes inconnus de la comtesse. Charmée par son jeu, qu'elle jugea excellent, et par cette musique « si nouvelle, si merveilleusement belle », la dame promit sans hésitation d'aider Diaghilev à lancer un festival de musique russe à Paris.

Ainsi, en 1907, cet ambitieux impresario, novice dans le métier, réussit une autre entreprise périlleuse en organisant une série de cinq concerts historiques russes. Chaliapine, le plus grand artiste lyrique de sa génération, chanta des airs tirés du *Boris Godounov* de Moussorgski, Serge Rachmaninov joua du piano en virtuose et le chef d'orchestre austro-hongrois Arthur Nikisch dirigea des œuvres de Scriabine et de Rimski-Korsakov.

Les Parisiens appréciaient de plus en plus ce jeune Russe, parfait trait d'union entre l'Europe et son pays. Mais Diaghilev voyait plus loin. Depuis plusieurs années déjà, l'idée l'habitait de faire venir les Ballets russes dans la capitale française, où l'on considérait encore la danse comme un vulgaire accessoire de l'opéra.

Afin de pouvoir louer la salle de l'opéra Garnier pour l'année suivante, il se rendit, toujours sur le conseil de son amie la comtesse Greffulhe, dans le bureau du plus influent des impresarios parisiens, Gabriel Astruc, directeur de la Société musicale.

Le bureau de ce personnage célébrissime se trouvait au rez-de-chaussée d'un pavillon du XVIIIe siècle, boulevard des Italiens. Le directeur de la Société musicale portait un bracelet en or et ses doigts potelés arboraient des émeraudes ; à sa boutonnière était épinglé un œillet cramoisi – qu'il remplacerait plus tard par la rosette de la Légion d'honneur. Lorsqu'il vit entrer Diaghilev, la moustache aussi impeccablement taillée que le costume, il fut frappé par son « chic authentique ». Il allait l'être davantage encore par son bagout.

Après avoir exposé son parcours – sans oublier de se présenter « comme envoyé spécial de la chancellerie impériale du tsar Nicolas II » –, Diaghilev conclut ainsi : « L'année prochaine [en 1908], je compte monter *Boris Godounov* à l'Opéra de Paris, avec Fédor Chaliapine dans le rôle-titre. J'ai ensuite avec les Théâtres impériaux des projets de ballets qui ont reçu le soutien enthousiaste du grand-duc Vladimir et de notre amie la comtesse Greffulhe. Voulez-vous être l'administrateur de ces représentations ? Il nous faut des appuis puissants et de l'argent. Nous avons les soutiens ; à nous deux, nous trouverons les subsides. »

Ce récit – rapporté plus tard par Astruc lui-même – témoigne du don de séduction exceptionnel dont Diaghilev possédait le secret.

« Je suis votre homme », répondit d'emblée son influent interlocuteur, pourtant habituellement si prudent et pondéré.

Ainsi, au printemps 1908, Diaghilev offrit à l'Opéra de Paris une brillante production de *Boris Godounov* dans son intégralité. Une fois encore, le timbre de basse si extraordinaire et si chaud de Chaliapine enchanta le public parisien.

Dès le début de l'automne, toujours diligent, Diaghilev commença à préparer sa première Grande Saison à Paris en mai 1909. Pour l'heure, il ne s'agissait pas de présenter les ballets seuls, car cette discipline apparaissait encore comme secondaire, mais de les produire en alternance, en mettant en exergue la magnificence des opéras russes du répertoire classique. Grâce au soutien du grand-duc Vladimir, il obtint l'accord du tsar pour subventionner ce projet.

Le pas décisif fut franchi lors d'un dîner entre Diaghilev et Astruc, le 2 juin 1908. Évoquant son admiration pour les danseuses russes, l'impresario parisien allait fournir à Diaghilev un prétexte pour accélérer la venue des Ballets russes à Paris. Il avança alors de nouveaux arguments :

« Vous, les Français, bénéficiez de ballerines talentueuses, mais vous n'avez pas idée de ce qu'est un grand danseur. Nous avons, nous, un danseur étoile, Nijinski, un Vestris des temps modernes !

– Danse-t-il seul ? demanda Astruc.

– Oui, et parfois avec une partenaire, qui excelle non seulement dans la danse classique mais aussi dans la danse de caractère : la Pavlova. D'ailleurs, elle ne danse pas, elle *flotte* ! »

Dans la foulée, il expliqua l'esprit novateur des créations de son maître de ballet, Fokine, et rédigea sans façon, sur le dos de la note du restaurant, les clauses principales du futur contrat dont il devait assumer la responsabilité financière, tandis que la partie française prenait à sa charge la publicité, la vente des billets et l'administration. Il parvint même à obtenir de son futur partenaire une réduction exceptionnelle de 50 % sur sa commission.

Deux jours après ce fameux souper, les deux complices rencontraient la princesse de Polignac qui promit de mettre à leur disposition son formidable réseau d'aristocrates amateurs d'art.

Deux facteurs avaient déterminé la réussite de cette entreprise. D'abord, le jeune maître de ballet de grand talent, Michel Fokine, avait commencé à élaborer une nouvelle forme de chorégraphie. Ensuite, deux danseurs de génie – Anna Pavlova et Vaslav Nijinski – s'imposaient sur la scène de Saint-Pétersbourg.

L'engouement pour les Russes, en vogue à l'époque, a également joué. À la fin du XIXe siècle, la mode orientaliste, illustrée par Pierre Loti, s'essoufflait, mais le public avait pris goût à cet exotisme. « L'âme slave » offrait une autre terre à explorer.

Ainsi Diaghilev apparaissait-il comme ce Slave qui allait révolutionner toutes les habitudes intellectuelles. Avec lui, « les Parisiens entrèrent au cœur de Moscou, dans cette insolite cathédrale Saint-Basile… » raconta Melchior de Vogué, présentant cette « âme slave » que Diaghilev allait désormais incarner.

Fort de son association avec les influents aristocrates amateurs d'art, Diaghilev regagna Saint-Pétersbourg le cœur gai.

Le clown de Dieu

À ce stade décisif, Diaghilev allait associer pleinement à ses fascinants projets un jeune prodige.

À dire vrai, le corps râblé de l'étoile montante des Théâtres impériaux, Vaslav Nijinski, l'avait déjà séduit. Ses manières frustes, sa timidité et ses origines polonaises l'avaient rendu irrésistible à ses yeux.

Le grand public découvrit les dons singuliers de ce génie de la danse alors qu'il n'avait que quinze ans. Petit de taille, les jambes musclées, le visage blême aux pommettes saillantes, il ressemblait à un héros de Dostoïevski. Une sorte d'idiot magnifique, incroyablement beau et étonnamment laid, otage de son destin.

Fils d'un couple de danseurs de folklore, il naquit à Kiev en 1889. Ce garçon gauche et timide, se tenant souvent à l'écart, éblouissait par son talent ses camarades de classe de l'école de ballet de Saint-Pétersbourg où il étudiait. Une force phénoménale le propulsait dans les airs. Une musculature unique et un exceptionnel travail d'orteil et de cou-de-pied lui procuraient une détente et une technique incomparables. Cette pulsion transformait alors son saut en envol, et semblait irradier son visage et même sa silhouette. Bientôt, les danseuses étoiles allaient s'arracher ce « partenaire bondissant ».

En 1907, il fut engagé au théâtre Marie où il accéda rapidement au rang de premier danseur, grâce au soutien de l'influente *prima ballerina* Mathilda Kchessinskaïa, qui préféra ce partenaire à tous les autres.

Nijinski avait souvent aperçu Diaghilev au théâtre ou dans un luxueux cabaret en vogue de la capitale russe, le Cuba, dont le propriétaire, d'origine française, avait été cuisinier du tsar. Les artistes s'y retrouvaient souvent en compagnie de leurs mécènes.

Diaghilev, quant à lui, avait surtout remarqué la physionomie farouche de ce « Tartare » qui paraissait quelque peu étrange, un être à part, marqué par la maladie de son frère aîné enfermé dans un asile psychiatrique. Sa sœur, de deux années plus âgée que lui, était également engagée par le théâtre Marie, bien que cette famille manquât toujours de moyens depuis le départ de M. Nijinski père du domicile conjugal.

La personnalité de Nijinski se démarquait sans doute essentiellement par sa sensualité débordante. Il livra dans son *Journal* sa version de ses premiers amours : « Un jour, j'ai rencontré un prince russe qui m'a présenté à un comte polonais… Celui-ci m'a acheté un piano. Je n'ai pas fait l'amour avec lui parce que j'aimais le prince. »

À l'époque, effectivement, le danseur s'affichait en compagnie du prince Lvov, personnage célèbre de Saint-Pétersbourg. Cet homme imposant aux tempes grisonnantes, beau parleur, amateur de danseurs et de sportifs de haut niveau, se montrait toujours prêt à rendre service.

Mais en automne 1908, le destin du danseur prit un nouveau départ « par une fin d'après-midi où une avalanche de nuages glissait dans l'argent du ciel de Saint-Pétersbourg ». Intimidé par Diaghilev, homme influent et plus âgé que lui, le jeune homme affirmait avoir peur devant lui, au point de « trembler comme une feuille ».

Ce jour-là, Diaghilev avait commandé une troïka chez le loueur de voitures, pour se rendre au restaurant en compagnie de Nijinski. En fin d'après-midi, alors qu'il sortait du débit de tabac où il avait acheté quelques cigares, un ouragan passa devant lui : les pompiers !

En tête de la formation galopait un grand diable coiffé de cuivre, armé d'un fouet à longue lanière. Les joues gonflées, la prunelle terrible, il sonnait de la trompette. Les voitures s'écartaient, les piétons fuyaient en désordre à son approche. Derrière lui glissaient follement des traîneaux rouges bourrés de casques, d'échelles, de tuyaux et de haches. Tout cela cahotait, tintait, brillait… En un clin d'œil, la vision disparut.

Diaghilev y vit rétrospectivement l'annonce d'une tempête d'amour…

La nuit commençait à tomber quand arriva la troïka. Le cocher, engoncé dans sa houppelande, ne put même pas descendre de son siège pour accueillir les clients. Les chevaux piaffaient, dansaient sur place.

Diaghilev et Nijinski s'installèrent sur des banquettes moelleuses et s'emmitouflèrent jusqu'à la poitrine dans des couvertures de laine et des fourrures d'ours. Les clochettes tintèrent en sourdine et ils entendirent le fouet du cocher.

Une neige sèche fouettait aussi les visages. Pas l'ombre d'un passant sur les trottoirs blancs, quelques fenêtres allumées et embuées, des silhouettes à contre-jour dans la lumière diffuse d'un lustre, une guérite rayée à la porte d'un palais, la casquette à plumet d'un gendarme.

Des traîneaux se dépassaient, avec leur charge de fêtards, pelotonnés en boule. Puis, alors que tous les attelages prenaient de la vitesse, un traîneau d'exception, attelé d'un seul cheval, rattrapa la troïka de Diaghilev qui reconnut tout de suite à qui il avait à faire.

En effet, il existait alors une sorte d'aristocratie des cochers russes, les *likhatch*. Ils achetaient très cher leurs bêtes, des demi-sang, des chevaux de course réformés. Personne ne pouvait rivaliser en rapidité avec eux. Ils pratiquaient d'ailleurs des tarifs très élevés[1].

Le cocher de Diaghilev avait en revanche une autre corde à son arc, il possédait une voix admirable et chantait à tue-tête. L'illustre passager tapa du poing sur le dos de son chanteur pour l'inviter à ralentir. Docile, le cocher se rangea sur la droite, et le traîneau le dépassa en trombe.

Mais quel somptueux repas attendait Nijinski ? Il en salivait rien que d'y penser ! Des cochons de lait venus tout droit de l'élevage de Novgorod ? Un *koulibiac* à douze étages farci de viandes, de poissons, de champignons… ? Du champagne ?

Au bord de la route, les arbres d'un parc inclinaient leurs ramures de résilles blanches. La troïka volait à travers des dentelles de froid. D'autres troïkas la suivaient. Dans la nuit, le tintement des clochettes se mêlait à des éclats de chansons, à des perles de rire. Très loin scintillaient des lumières de fête.

Hors des ténèbres neigeuses apparut un énorme bloc de glace, éclairé de l'intérieur. Le toit et les murs du restaurant étaient vitrés. À proximité se trouvaient un *traktir* – une sorte de gargote pour les cochers – et une écurie pour les bêtes. Le traîneau ralentit, s'arrêta.

1. Selon la légende que Rudolf Noureev me rapporta en 1987, le passager de ce *likhatch* n'était autre que le fameux Raspoutine, l'éminence grise du tsar et de la tsarine. Afin d'aller plus vite encore, Raspoutine fouettait lui-même les chevaux hors d'haleine, et parfois même les piétons quand ils ne s'écartaient pas assez rapidement.

Un portier galonné se précipita sur les voyageurs, les aida à descendre et épousseta la neige de leurs vêtements avec un balai.

Dans l'entrée, d'autres valets les débarrassèrent de leurs pelisses, de leurs galoches et de leurs bottes. Émergeant de la nuit polaire, Diaghilev et Nijinski pénétrèrent dans une immense salle surchauffée, illuminée, où flottait l'odeur pénétrante du caviar et des sauces fines. Épanouie au cœur de l'hiver, une flore tropicale entourait les convives. Des palmiers aux troncs écailleux et velus montaient jusqu'au plafond de la serre. Sur la périphérie, des grottes artificielles tenaient entre leurs mâchoires de pierre de petites tables blanches entourées de visages roses. Des fontaines bruissaient dans des vasques, des cascades tombaient au flanc des rochers. Sur une estrade jouait un orchestre hongrois.

Un maître d'hôtel accourut vers Diaghilev, le salua avec toute la déférence due à ce visiteur de marque et convoya les nouveaux venus jusqu'aux places qui leur étaient réservées. Encore étourdi par la course en traîneau, Nijinski retrouva avec joie cette foule de soupeurs aux visages réjouis et aux fourchettes bruyantes, si différents de ses amis du théâtre Marie.

Il remarqua de loin un personnage lourd et barbu, marchand de son état : un jour de liesse, il avait payé une somme exorbitante pour faire scier l'un des plus beaux palmiers de la salle, qui lui cachait l'orchestre. Deux serveurs entraînaient avec politesse un homme en habit, visiblement ivre : on allait le rafraîchir et le raisonner aux toilettes.

Des Tziganes aux châles bariolés et aux médailles scintillantes – les fameux « charmeurs et charmeuses » – étaient assis, çà et là, parmi la clientèle.

Sur l'estrade, de petites Hongroises, très jeunes et très jolies, vêtues de vestes à brandebourgs et chaussées de bottes souples, jouaient sans conviction un pot-pourri d'opérettes viennoises. La violoniste, la pianiste, la flûtiste avaient chacune un soupirant, qui, seul à sa table, attendait avec impatience la fin de la musique. Puis des chœurs tziganes, hongrois et russes chantèrent à tour de rôle autour des tables. Le directeur lui-même recommandait des chanteurs à ses clients. Il connaissait les goûts de chacun. Diaghilev préférait les choristes russes, plus tendres que les Hongroises, dont le baragouin le déconcertait.

Ce soir-là cependant, Diaghilev ne prêtait pas attention aux réjouissances musicales. Il n'avait d'yeux que pour son compagnon… À peine assis, il décida que lui et Nijinski seraient mieux installés dans un cabinet particulier, et, de nouveau, le maître d'hôtel et les garçons s'affairèrent obséquieusement.

Meublé d'une table, de quelques chaises, d'un canapé et d'un piano drapé d'un châle à franges, le cabinet particulier ouvrait par une baie vitrée sur la salle commune.

On leur servit du champagne glacé « en aiguilles » et des eaux de fruits, du caviar frais, des foies au madère, des perdreaux à la crème…

Au dessert, Diaghilev convoqua un groupe de chanteurs russes avec leurs balalaïkas. Après les cinq chansons réglementaires, ils cédèrent la place à un chœur tzigane. Il ne s'agissait pas, comme il l'expliquait à Nijinski, d'artistes de grand talent, mais adulés par la haute société et pourvus de pourboires princiers, ils avaient pour la plupart amassé des fortunes – comme en témoignaient leurs bijoux – et collectionné de nombreuses aventures.

Un peu plus tard entrèrent trois musiciens vêtus de tuniques rouges à manches fendues et rejetées sur le dos. Le soliste, d'âge mûr, aux yeux noirs et aux pommettes proéminentes, posa un verre de champagne sur une assiette retournée et entonna une chanson à boire en s'avançant vers Diaghilev qui avala d'un trait une énorme rasade de champagne. Un hurlement de joie salua cette performance. La cérémonie se répéta avec Nijinski qui, l'œil vif, ne cachait pas son contentement.

Ensuite, une soliste chanta d'une voix rauque une mélopée qui fit monter les larmes aux yeux du danseur. Il ignorait lui-même d'où lui venait ce désir d'être triste. Plus il écoutait les Tziganes, plus il avait envie de boire, comme pour préparer la matière de son corps à une merveilleuse révélation. Les bouteilles de champagne se succédaient sur la table, pour le chœur et les convives.

Tout à coup, Nijinski se sentit léger, empli d'une ivresse infiniment noble et poétique. Il ne voulait plus jamais quitter Diaghilev. Il allait vivre avec lui, jusqu'à la fin de ses jours[1].

Le lendemain, pour oublier leurs excès, Diaghilev et Nijinski visitèrent les bains de vapeur russes. On comptait une centaine de *banya* dans la ville. Il en existait de luxueux, avec cabinets particuliers, à trois et quatre roubles l'entrée, et d'autres, pour le peuple, à partir de cinq kopecks par personne, offrant une salle commune pour les hommes et une autre pour les femmes. Les gens se rendaient aux étuves tous les samedis. C'était une véritable fête.

1. Selon la version tardive de Nijinski, Diaghilev lui aurait fait des avances le premier, et il aurait ajouté : « Je cherchais fortune. Je la trouvai à ce moment-là. » D'après le *Journal* de Nijinski, éd. Gallimard, Paris, 1978.

Diaghilev conduisit évidemment son ami dans un établissement de premier ordre où ils prirent un « cabinet particulier » pour deux.

À peine furent-ils seuls dans la petite pièce, que Diaghilev se dévêtit complètement. Il riait et s'appliquait des claques sur le ventre. Sa croix de baptême brillait sur sa poitrine. La robuste simplicité de cette attitude encouragea Nijinski. Il venait de se dépouiller de sa chemise, quand deux gaillards pénétrèrent dans le réduit en roulant des épaules. C'étaient les baigneurs que Diaghilev avait loués à l'entrée, vêtus d'une tenue très légère : un pantalon de toile serré à la taille, surmonté d'une montagne de muscles. On passa dans la pièce suivante, dallée, surchauffée, embuée, où persistait un léger parfum de chair moite. En un clin d'œil, les clients se transformèrent en pâte à modeler sur une table de marbre blanc. Le baigneur de Nijinski l'aspergea des pieds à la tête avec de l'eau bouillante, fit mousser du savon dans un torchon de fibres et en frotta violemment les oreilles, le cou, les bras, toute la formidable anatomie de sa victime. À côté, Diaghilev gémissait sous les efforts de l'autre énergumène au crâne rasé et qui portait un scapulaire sur sa poitrine velue. Tourné, retourné, assis de force, étendu à plat ventre, pétri, étrillé, massé, gratté, lavé, Nijinski n'eut pas le temps de retrouver ses esprits, qu'on le poussait déjà, par une petite porte, dans un étouffant nuage de vapeur. Plongé non loin de lui dans la même nébuleuse, Diaghilev se fouettait furieusement le corps avec un balai de brindilles, pour activer la circulation du sang. Son visage rouge, luisant de transpiration, se balançait dans les émanations fuligineuses du poêle. Il se frappait, il se punissait, il expiait avec délices la faute d'être un homme à l'épiderme salissant. Diaghilev tutoya alors son ami pour la première fois :

« Essaye, toi aussi, mon cher ; c'est merveilleux ! » l'encouragea-t-il d'une voix haletante.

Prêt à rendre l'âme, Nijinski refusa. Quand il ne fut plus qu'un quartier de viande échaudé, énervé, une douche froide s'abattit sur ses épaules. Il se retrouva dans le vestiaire, avec un pédicure assis devant lui sur un tabouret. Diaghilev, allongé sur une banquette, avait allumé un cigare et savourait, les yeux mi-clos, la volupté d'être propre « comme un kopeck neuf ».

Le personnel de chaque étuve était issu d'une même commune, ou, tout au moins, d'une même région. L'apprentissage commençait très tôt. Ainsi le baigneur de Nijinski avait débuté à onze ans. Un parent à lui, un baigneur « arrivé », s'était rendu dans son village natal pour y passer quelques jours de repos. Chacun avait pu admirer ses bottes neuves, sa casquette à la visière vernie, sa montre, qu'il portait attachée autour du cou et qui descendait sur son ventre au bout d'une longue chaîne. Ses proches, qui avaient un fils à caser, supplièrent le fastueux citadin de le prendre avec lui quand il retournerait en ville. Le gamin pourrait y apprendre le métier parmi des gens qui ne lui seraient pas véritablement étrangers. Le baigneur accepta. On fit alors établir un passeport au nom du garçon, en trichant sur son âge. En effet, la loi interdisait d'employer des enfants de moins de douze ans dans n'importe quelle industrie et de moins de quinze ans dans les industries nuisibles à leur santé. Bien entendu, il fallait tout de même verser un pourboire au fonctionnaire qui ajoutait quelques années sur le document…

Le petit savait à peine lire, mais il avait appris à signer son nom. Chaussé d'une paire de *lapti* – sorte de chaussures tressées en corde de tille –, muni d'un peu de linge et vêtu d'un vieux manteau, il partit vers le travail et la fortune. Dans l'établissement de bain où il débarqua, tout ahuri, on lui coupa les cheveux, on le récura, on lui enseigna à saluer très bas les visiteurs importants.

Les jours de fermeture des étuves, le lundi ou le mardi, il faisait des courses pour le patron, nettoyait les salles à grande eau, aidait ses aînés à mettre de la bière en bouteilles ; tous les autres jours, il préparait les petits balais en brindilles de bouleau dont on faisait grandement usage. Les veilles de fête, dans les maisons importantes, on en distribuait près de trois mille, qui mollissaient et se déchiraient vite entre les mains des flagellants. Ainsi l'enfant devenait-il un baigneur accompli…

Après ces escapades, Nijinski fut persuadé d'avoir rencontré en Diaghilev l'instrument de son destin. Il se sentait fasciné. Immédiatement, le danseur changea son train de vie. Il loua un appartement dans le plus beau quartier de Saint-Pétersbourg, le meubla somptueusement, emplit sa garde-robe de costumes commandés à Londres, de linge expédié de Paris. Aux questions étonnées de ses amis, il répondit qu'il avait reçu de Diaghilev un acompte de vingt-cinq mille roubles sur le futur contrat aux chiffres astronomiques qui allait le lier à la compagnie des Ballets russes : cent soixante mille roubles pour la première année, avec une augmentation de dix mille roubles par an. Et il ne s'agissait que d'un engagement de quatre mois d'été, le reste du temps appartenant au théâtre Marie.

Lorsque sa mère et sa sœur vinrent s'installer auprès de lui, le danseur organisa une pendaison de crémaillère. Une fois ce rituel accompli s'ensuivit un épisode tout à fait révélateur du caractère de Nijinski. Plus que jamais possédé par la passion du jeu, il se rendit au palais du prince Youssoupov, transformé par ce dernier en cercle mis à la disposition des artistes. Un de ses amis, ayant perdu tout ce qu'il avait, emprunta cent roubles à Nijinski. Celui-ci accepta de les lui prêter à la seule condition qu'ils dépensent ensemble les gains, selon les directives du danseur. La chance sourit au joueur, qui emporta cinq cents roubles. Nijinski demanda alors à son ami de le suivre. Sous l'arcade d'un café situé sur la perspective Nevski se réunissaient après minuit les prostituées les plus misérables de Saint-Pétersbourg. Contemplant les malheureuses, qui de leur voix avinée mendiaient des cigarettes, Nijinski en invita six à l'accompagner, moyennant de l'argent bien sûr. Il les fit ensuite monter deux par deux dans des fiacres et prit place dans le dernier. Les cochers reçurent l'ordre de les conduire dans un restaurant. On commanda alors de la vodka et Nijinski envoya les portiers chercher des viandes, du pain blanc, du caviar, des fruits et des vins. Les femmes se ruèrent sur la nourriture, empoignant les morceaux de viande, y mordant comme des bêtes. Après leur avoir distribué les quatre cents roubles qui lui restaient, Nijinski disparut bien vite, précisant : « Maintenant que la chance m'a souri, j'ai voulu apporter quelques heures de bonheur aux créatures les plus misérables. Mais c'est trop terrible. Je ne le ferai plus. »

« L'éducation stoïcienne »

Le 10 octobre 1908, Nijinski passa un contrat officiel avec Diaghilev. Il devait percevoir deux mille cinq cents francs en échange de sa participation à la Saison parisienne de 1909.

Cependant, le fondateur des Ballets russes avait l'ambition de donner une formation complète à ce danseur de génie, naturellement sensible à la musique mais ne connaissant rien à la peinture, aux arts visuels et aux effets scéniques.

Dès lors, Diaghilev entama, selon sa formule, « son éducation stoïcienne » : il l'emmena partout, dans les galeries d'art, les musées, surveilla ses lectures, sa nourriture, etc.

Cette union allait changer l'histoire artistique à travers le monde et donner naissance à de nombreux chefs-d'œuvre.

Tout d'abord, Diaghilev associa pleinement Nijinski à la préparation de la Saison parisienne en l'introduisant dans son fameux comité artistique, régulièrement réuni dans son appartement, quai des Anglais sur la Néva.

Pendant ces délibérations, le danseur ne parlait guère, si ce n'est pour répéter les derniers mots prononcés par son mentor. L'univers de la parole ne lui était pas familier. Il s'exprimait autrement, à travers les gestes, la danse et la musique. C'est pour cela que les grands créateurs, comme Stravinski ou Picasso, le considérèrent comme un génie « tout court », et les bourgeois bornés comme un « idiot génial ».

Diaghilev réunissait tout son monde[1] dans la salle à manger, offrait du thé parfumé aux cerises et des petits gâteaux autour d'une longue table recouverte par un tapis de Boukhara, faisant toujours preuve de diplomatie et d'astuce. Il manifesta ainsi, lors de l'un de ces conciliabules, son désir de modifier substantiellement le ballet *Cléopâtre* dont il n'aimait pas la fin, s'installant au piano pour expliquer le rythme des danses orientales qu'il souhaitait introduire dans le ballet.

Anna Pavlova, *prima ballerina absoluta*, interprétait Ta-Hor, mais qui allait incarner Cléopâtre ? Depuis quelque temps déjà, Diaghilev entendait parler d'une jeune et jolie femme du monde, d'une beauté étrange mais captivante, fille d'un richissime marchand. Les yeux d'un bleu-vert énigmatique allongés vers les tempes, un nez assez proéminent qui aurait pu être disgracieux, lui donnaient au contraire du caractère. Le visage de Cléopâtre fut tout choisi, bien que cette créature de rêve ne fût ni actrice ni danseuse professionnelle. Ainsi apparut dans le monde des Ballets russes Ida Rubinstein…

Beaucoup, au sein de l'équipe, se montrèrent réticents, mais Diaghilev, avec son génie des relations publiques, accepta cette idée avec enthousiasme, certain que la présence d'une femme riche et élégante au sein de la troupe ne nuirait pas à cette dernière. Malgré son appartenance à la troupe des Ballets russes, Ida ne toucha jamais un

1. Les peintres Benois, Bakst et Serov étaient toujours présents, ainsi que le général Bezobrazov, parrain du ballet de Saint-Pétersbourg, et Serge Grigoriev, régisseur de Diaghilev.

cachet. Le bruit courut même qu'elle obtint de participer à la tournée en finançant l'entreprise de Diaghilev.

Les décors des opéras et du ballet *Le Pavillon d'Armide* devaient être prêtés par les Théâtres impériaux, mais il fallait fabriquer ceux de *Cléopâtre* et des *Sylphides*. Pour cela, l'influent protecteur de la troupe, le grand-duc Vladimir, avait obtenu de l'empereur une subvention de cent mille roubles.

Au début de l'année 1909, ces projets se trouvaient sur le point de se réaliser. Mais, en février, le destin frappa de plein fouet le grand-duc Vladimir, qui décéda. « Je suis arrivé au palais présenter mes condoléances, raconta plus tard Diaghilev. Comme je me tenais près de lui, j'aperçus à travers mes larmes le visage d'un homme sortant de l'ombre. C'était l'empereur. S'approchant de moi, il murmura : il vous aimait beaucoup. »

Diaghilev était inconsolable. Il avait perdu non seulement un ami, mais aussi le principal soutien de sa compagnie… La situation se détériora rapidement. Le fils du défunt, jaloux de l'influence qu'exerçait Diaghilev sur son père, se plaignit directement au tsar, dénonçant « cet art décadent ». La subvention du tsar fut aussitôt supprimée.

Diaghilev, qui n'était pas homme à renoncer à ses projets, déclara furieux : « Le tsar ne peut pas se conduire ainsi. Même s'il me propose de l'argent maintenant, je refuserai. Et puisque la Russie ne veut pas m'aider, je vais m'adresser aux étrangers ! »

Sur-le-champ, ce prestidigitateur de l'art se travestit en chasseur de subsides. Il faillit trouver la solution assez rapidement, grâce à un fabricant de chaussures prêt à dénouer les cordons de sa bourse pour la troupe, si Diaghilev parvenait à le faire anoblir. La grande-duchesse, épouse de feu le grand-duc, accepta d'écrire une lettre de recommandation au tsar pour soutenir la démarche. Mais finalement elle se désista, influencée par son fils hostile à Diaghilev. Tout semblait perdu…

Sans plus attendre, Diaghilev partit pour Paris où il réussit finalement à décrocher des subventions de quelques « amis français[1] ».

Il rentra à Saint-Pétersbourg triomphant. Cependant, d'autres pièges l'attendaient sur son parcours, car la lettre de délation du grand-duc Andrei selon laquelle l'art du fondateur des Ballets russes « salissait la mémoire de son cher papa » avait entraîné l'interdiction d'utiliser les salles et les décors des Théâtres impériaux. Il fallut donc changer le programme des opéras, fabriquer très vite un décor pour les ballets et surtout, trouver un nouveau lieu pour les répétitions…

En compagnie de son secrétaire, Diaghilev visita personnellement, en une après-midi, toutes les salles de Saint-Pétersbourg susceptibles d'accueillir ses artistes. Il trouva finalement un lieu pour les répétitions au canal Catherine. Les préparatifs de la Saison parisienne historique de 1909 purent entrer dans leur phase finale.

1. Le baron de Rothschild, Mme Greffulhe, Mme Edwards – future Misia Sert, qui deviendra vite l'une de ses plus fidèles amies – et la richissime princesse de Polignac – d'origine américaine et fille d'Isaac Singer, l'inventeur de la machine à coudre.

À la recherche des racines

En ces jours de grande fébrilité, le directeur de la compagnie des Ballets russes tint à relire le journal intime de Bashtirtseff, figure légendaire de l'affinité franco-russe.

Marie Bashtirtseff… Ce nom évoquait pour Diaghilev le romantisme absolu de l'âme slave. La vie de cette jeune femme fut tragiquement courte. Elle avait choisi de vivre et de mourir en France où elle fut emportée par la tuberculose, à Paris, en 1884, quelques jours avant son vingt-quatrième anniversaire. Véritable artiste, peintre de talent incontestable, elle exposait ses toiles au salon de Paris. Peu avant sa mort, elle se lança dans une correspondance énigmatique avec Guy de Maupassant. Ce jeune prodige rêvait d'un amour absolu et d'une gloire mondiale. Pressentant que sa vie serait courte, elle avait absorbé impressions et connaissances avec une intensité étonnante, passant très vite de l'état d'enfant surdouée à celui de personnalité puissante à multiples facettes. Le journal qu'elle tenait depuis l'âge de treize ans et qui reflétait cette évolution prodigieuse fut d'ailleurs publié par le poète André Terrier après sa mort et lui apporta les honneurs posthumes.

Avant de rejoindre Paris pour s'occuper des derniers préparatifs de sa saison, Diaghilev eut un autre geste inattendu : il alla prier au monastère de La Trinité-Saint-Serge près de Moscou. Il partit aux aurores, emportant pour déjeuner quelques œufs cuits, du pain noir et du sel. En ce dimanche de printemps, il traversa les remparts de l'enceinte aux treize églises par la Porte sainte. Les coupoles bleues parsemées d'étoiles de la cathédrale de l'Assomption brillaient sous le soleil, tout comme les dômes dorés des cathédrales de la Dormition et de l'Archange. Il choisit d'entrer se recueillir à La Trinité, la plus ancienne et la plus austère de ces églises.

Diaghilev n'était pas pratiquant, mais il demeurait très sensible à la beauté des rites. La messe orthodoxe, à ses yeux, était un acte de foi collectif qui révélait l'âme de la nation. Depuis sa tendre enfance, il appréciait le faste de la liturgie russe. Il suivit un office en ville, à l'église du Sauveur. Pas le moindre banc dans la vaste nef, chacun se tenait debout. L'église, élevée en souvenir de la délivrance de Moscou en 1812, était disposée en forme de croix grecque. Quatre énormes piliers soutenaient le dôme central où flottait l'image de Dieu Sabaoth. Tout autour de l'église, le long d'une galerie, des plaques de marbre portaient les noms des héros tombés sous les balles françaises et la liste des batailles gagnées sur Napoléon. L'iconostase, en marbre également, comportait plusieurs étages et rayonnait d'une blancheur éblouissante, irréelle. L'or ruisselait partout, des niches, des balconnets et le long des colonnes. Des centaines de chandeliers suspendaient leurs constellations de flammes sous les voûtes peintes.

Le fondateur des Ballets russes semblait vouloir emporter avec lui en France toute la beauté de cette âme slave qui émanait des murs de ces hauts lieux de la spiritualité.

1909

Diaghilev arriva le 3 mai 1909 à la gare de Lyon. Puis la troupe des Ballets russes s'achemina vers Paris, animée par un étrange sentiment d'impatience et d'appréhension : la capitale française n'était-elle pas la ville des plaisirs ?

La grande aventure artistique commençait. Ces Russes arrivant en caravane de Tziganes dans un petit hôtel du boulevard Saint-Michel suscitèrent l'étonnement. D'une chambre à l'autre, on entendait des exclamations qui résonnaient comme les appels de la steppe. Car même un Moscovite bien élevé ne parvient pas à contenir ses sentiments[1] !

Les représentations devaient avoir lieu au Châtelet, entièrement rénové et réaménagé pour l'occasion. Le Pont au Change, leur passage obligé pour se rendre au Châtelet, devint une véritable curiosité pour les badauds. Certes, les femmes russes, avec leur don inimitable pour s'intégrer, s'étaient fondues dans le décor, avec leurs

1. Ce chapitre suit fidèlement la version des protagonistes de ces événements, la *prima ballerina* Karsavina et le décorateur emblématique des ballets russes Alexandre Benois. D'après Tamara Karsavina, *Theatre Street*, Heinemann, Londres, 1930 et Alexandre Benois, *Early Memories of Diaghilev*, introduction au catalogue de l'exposition Diaghilev, 1954.

petits chapeaux et leurs bas de soie. Mais d'après les témoins, les hommes eurent beaucoup de peine à s'acclimater…

Les Ballets russes jetèrent leur dévolu sur certains restaurants, comme Bouillon Duval ou Bouillon Durand, sans oublier le Tourtel, boulevard de la Madeleine, où Diaghilev fit la démonstration de ses accès de colère. Il venait d'apprendre que son ami et secrétaire s'était épris d'une étoile de la troupe. La jeune ballerine avait répondu à ses avances et le maître se déchaîna contre le traître.

La quinzaine qui précéda les premières représentations de la saison 1909 fut donc pleine de fièvre. Au Châtelet, des machinistes à l'administration, tous prenaient ces Russes pour des fous. Tandis que les ouvriers clouaient et sciaient, les répétitions se déroulaient tant bien que mal. Elles duraient jusque tard dans la nuit. Plus le jour fixé approchait, plus il semblait improbable qu'un spectacle bien ordonné pût jamais émerger de ce chaos. Impossible d'apprendre aux figurants engagés pour l'occasion à marcher en mesure sur la musique. La porte de la trappe grinçait. Le chorégraphe Fokine fulminait chaque jour d'avantage.

Mais finalement, ce mois de mai 1909 vit la foudre russe tomber sur la scène du Châtelet. Les journalistes parisiens découvraient les excès de l'âme slave et commentaient « l'arrivée des barbares ». Paris recevait en plein visage ce vent frais venu des steppes sauvages qui, d'un coup, dépoussiérait l'art occidental.

Serge Diaghilev, magicien et chef de bande, avait réussi son entrée. En adoptant Paris comme champ de bataille, le fondateur des Ballets russes avait d'abord suivi son goût, partageant pleinement avec ses artistes l'amour pour la culture française. Sans doute le choix de cette ville était-il calculé car ce « tsar des artistes » agissait avec une stratégie de joueur d'échecs et prévoyait le contrecoup de chaque décision.

Un jour, le peintre Jacques-Émile Blanche lui demanda : « Pourquoi ne vous passez-vous pas de nos suffrages, au moins pour quelque temps, vous que l'on désire et appelle partout à la fois et qui vous plaignez d'une tendance réactionnaire en France ? » Diaghilev, avec son à-propos plein de panache, répondit : « C'est que nous ne travaillons que pour vous. Vous êtes trente personnes à Paris ! »

Afin que chacun comprenne cette miraculeuse métamorphose, Diaghilev invita des personnalités du monde artistique et des journalistes à assister à certaines répétitions. Cocteau, plus sensible que quiconque au style révolutionnaire de Diaghilev, et tous les critiques en vue répondirent présents. Des peintres à la mode esquissaient des croquis de Nijinski dans toutes ses attitudes. Anna de Noailles et Cocteau s'extasiaient sans retenue. Une nouvelle société officieuse commençait à se former : les amis des Ballets russes, une sorte de fantôme insaisissable et redoutable.

Parmi tous ses talents, Diaghilev possédait cet extraordinaire art de la publicité. Tandis que sur toutes les colonnes Morris s'affichait l'image de Pavlova, le murmure des salons, porté par les confidences de Diaghilev, lors des soupers de la capitale, ne bruissait plus que d'un nom : Nijinski.

« Il paraît que vous comptez parmi vos danseurs un prodige, un garçon d'un talent formidable ? » Cette question répétée à l'envi suscitait un sourire malicieux chez Diaghilev, satisfait des progrès de sa propagande. En regardant ce garçon au physique somme toute ordinaire, de taille moyenne, avec une grosse tête, aux yeux bridés hérités de l'invasion tartare et au cou épais, on ne pouvait deviner qu'il était un génie de la danse. Pendant les répétitions, à la générale même, il restait dans cette léthargie qui ne laissait rien prévoir. Seule la scène, la présence du public, opérait sa fabuleuse métamorphose pour le transfigurer en une perfection chorégraphique. Son costume jaune et blanc aux parements d'argent recouvrait un corps dont la danse allait révéler une présence divine.

Cette éblouissante saison commença le 19 mai 1909 avec *Le Pavillon d'Armide* et une suite de danses intitulées *Festins*.

Les Russes dansèrent avec une telle force, une telle grâce et une telle passion, que le public haletant retenait son souffle. Il regarda le trio s'élever et retomber. Quand à la fin de la danse, au lieu de courir après les deux ballerines, Nijinski choisit soudain « un saut d'impulsion » – le premier de ses célèbres sauts puissants et extraordinaires qui allaient faire sa renommée –, l'auditoire exulta dans un tonnerre d'applaudissements.

Nijinski, en effet, faisait preuve non seulement d'une maîtrise absolue, mais aussi d'un don d'élévation surhumain. En moins de trois minutes, il avait changé l'histoire de l'art. Désormais, on évoquait l'avant et l'après Ballets russes !

« Je me rendis compte qu'il se passait autour de moi une chose inhabituelle, se rappela par la suite la *prima ballerina* Karsavina, une chose à laquelle je ne pouvais donner de nom, si énorme qu'elle en était presque terrifiante. Les barrières familières entre la scène et le public étaient renversées… Une telle foule de spectateurs avait envahi la scène qu'on pouvait à peine bouger. Des centaines d'yeux étaient braquées sur nous… “C'est un prodige”… et des chuchotements admiratifs : “C'est elle.” »

Vint alors la représentation de *Cléopâtre*. Ce soir-là, Ida Rubinstein laissa glisser de ses superbes épaules les voiles de la reine d'Égypte. En acceptant d'interpréter l'extase de l'amour devant le public, elle coupa le souffle des Parisiens pourtant habitués aux extravagances. L'éblouissante danseuse se tenait là, dévêtue, les pommettes pâles, la bouche entrouverte…

Son apparition en reine antique, entourée de ses amants insolents, portée par la musique de Glazounov, dans le costume transparent dessiné par Bakst qui cachait à peine sa nudité splendide, cette apparition provoqua un choc profond qui demeurera à tout jamais dans les annales de la danse. On attendait une petite actrice dans un déshabillé, c'est la tsarine des magiciennes qui surgit, métamorphosant la salle par sa « sorcellerie ».

Tout était nouveau, tout était révolutionnaire, tout était inattendu. Les décors de Bakst et Benois, avec leurs roses choquants, leurs jaunes agressifs et leurs violets tranchés, annonçaient les couleurs de la peinture moderne. Les cheveux des danseurs, comme ébouriffés par une tempête intérieure, figuraient des flambeaux au-dessus de leurs costumes de pourpre et d'or. La musique elle-même sonnait de manière si déconcertante pour des oreilles françaises que certains parlèrent du « vandalisme musical de l'âme slave ». Chacun comprit pourtant qu'un véritable sommet de l'art avait été offert à ses sens.

Sur les planches du théâtre transformé en temple, les artistes du corps de ballet s'adonnaient sans pudeur aux jeux de l'amour. Pleines de grâce, elles déployaient leurs caresses lascives. On aurait hurlé à la vulgarité, si la touche géniale du chorégraphe Fokine n'avait transfiguré cette scène en un chef-d'œuvre. Tout le monde attendait une tournée heureuse, un divertissement charmant, mais personne n'avait prédit ce coup de foudre.

Pour la première fois, on atteignait la perfection : costumes, musiques, décor et peinture apparaissaient en absolue symbiose, et sur cet ensemble étonnant passait un souffle nouveau créant un genre inédit : le spectacle total.

Benois – décorateur emblématique de la compagnie – légua un précieux témoignage sur cette période :

« Notre primitivisme sauvage, russe, notre simplicité et notre naïveté se sont révélés à Paris, dans cette ville culturelle par excellence, plus sophistiquée, plus fine et, par conséquent, plus avant-gardiste que l'art élaboré sur place. Nous avons besoin de nos spectacles russes pour la gloire de la Russie, mais ce qu'il y a de plus surprenant, c'est que Paris en a encore plus besoin que nous. »

Nouveaux thèmes, nouveaux visages, nouveaux corps, nouveaux sentiments. Nouvelle ère dans l'art…

Les jongleries financières de Diaghilev paraissaient soudain sans importance, les mille facettes du diamant qu'il tailla ce soir-là.

Désormais, Diaghilev s'imposait aussi comme la figure à la mode, véritable leader du milieu artistique, adulé par les plus jeunes, comme Cocteau, mais aussi par leurs aînés, tels que Proust.

Quant à ses vedettes – surtout Nijinski, Karsavina et Chaliapine –, il veillait sur elles avec soin, les emmenant toujours souper au bois de Boulogne ou chez Larue après les représentations.

La dernière de la saison eut lieu le 18 juin, laissant place à la saison des bals. Au terme du mois de juillet, après ces fastueuses réceptions, le Tout-Paris se dispersait. Les uns s'en allaient dans leur château familial, festoyer avec les châtelains locaux, les autres dans de luxueuses villas sur la côte normande ou dans les grands hôtels de Cabourg, avant de gagner la campagne pour se reposer de l'air marin et de la fièvre des casinos. Les artistes des Ballets russes quittèrent eux aussi Paris.

La gloire

La saison parisienne des Ballets russes se termina donc sous une auréole de gloire… et un monceau de dettes. Mais les Français gardèrent dans leur cœur la rutilance des décors de Bakst et les bonds prodigieux de Nijinski.

La plupart des danseurs appartenait encore aux troupes des Théâtres impériaux et venait en France avec l'autorisation de l'administration. La tournée parisienne terminée, chacun devait reprendre ses engagements en Russie.

Ida Rubinstein, qui n'était pas attachée aux théâtres d'État, passa tout le mois de juillet 1909 en Italie. Pendant ce temps, Diaghilev et Bakst accompagnaient Nijinski durant plusieurs semaines à Karlsbad, puis à Venise où ils parcoururent les palais et les musées, et se baignèrent. Bakst peignait Nijinski contre la lagune bleue, sur la plage du Grand Hôtel des Bains de Mer du Lido. Diaghilev emmenait ses deux amis aux réceptions de la société vénitienne, tout excitée de les recevoir.

Dans un palais du Grand Canal, ils rencontrèrent les écrivains et les artistes célèbres, notamment d'Annunzio et Isadora Duncan qui, ce soir-là, osa même proposer à Nijinski d'avoir un fils avec lui ! Le « clown de Dieu » se contenta de sourire en guise de réponse.

Les succès artistiques et mondains de Diaghilev avaient chassé les soucis d'argent hors de son esprit. Le directeur des Ballets scella même ses « fiançailles » avec Nijinski par une grosse bague Cartier ornée d'un saphir.

Pourtant, les affaires allaient plutôt mal. Les dépenses avaient dépassé les recettes, rendant l'entreprise déficitaire. Le directeur des Ballets russes ne pouvait rembourser que la moitié de sa dette à son associé Astruc[1]. Celui-ci saisit alors la justice et, suite à la décision du tribunal, Diaghilev dut céder les accessoires et les costumes de la légendaire saison de 1909. Astruc s'empressa de les vendre à bon prix au directeur de l'opéra de Monte-Carlo qui se hâta de monter sa propre version d'*Ivan le Terrible* en utilisant les biens précieux qu'il venait d'acquérir.

Un être raisonnable eût songé à rembourser ses dettes. Mais le directeur des Ballets russes, lui, se mit en quête d'argent pour la saison suivante. Plusieurs mécènes offrirent leur soutien financier, dont le richissime industriel russe, le baron Dimitri de Gunsbourg, qui accepta de solder la dette et de racheter les décors et les costumes de la compagnie. En échange, il obtint sa nomination au titre honorifique de « codirecteur des Ballets russes ».

Durant cet été 1909, Diaghilev eut même le toupet d'écrire à Astruc pour lui demander le renvoi des partitions musicales et le retour d'un dessin emblématique de Serov, l'original de l'affiche représentant Pavlova[2].

Tandis que Lénine préparait à Paris le renversement du régime tsariste, Diaghilev y lançait déjà sa révolution artistique. Pourtant, au moment crucial de notre épopée, en 1909, le retour de Diaghilev dans la capitale russe ne fut pas salué par des hommages.

1. 76 000 francs.
2. Appartenant au docteur Botkine.

Si le Tout-Saint-Pétersbourg avait eu vent du formidable succès des Ballets russes, on avait également entendu parler de ses péripéties financières. Quant à son artiste vedette, Nijinski, il allait bientôt recevoir l'ordre de démissionner du théâtre Marie. Comme le raconta Tamara Karsavina : « Je me rappellerai toujours cette représentation de *Gisèle* juste après notre retour de Paris. Il me semblait que Nijinski n'avait jamais atteint une pareille perfection. Il avait revêtu un costume dessiné par Benois qui se composait d'un maillot et d'un très court justaucorps ; il se refusait, en effet, à porter les hauts-de-chausse réglementaires. »

Fut-ce l'insubordination de Nijinski qui poussa la direction à le congédier ? Ou l'impératrice, présente dans la salle, désapprouva-t-elle ce costume et donna-t-elle l'ordre de renvoyer le célèbre danseur ? Quoi qu'il en soit, il fut « demandé » à ce dernier de présenter sa démission dès le lendemain.

Le bruit courut alors que Diaghilev avait consciemment provoqué cet incident en incitant le danseur à porter un costume inconvenant. Toujours est-il qu'il sut brillamment manipuler les médias, en gonflant ce scandale. Désormais, les liens des Ballets russes avec l'entourage du tsar étaient rompus.

Une fois Nijinski libéré de son contrat et sans revenu, Diaghilev l'installa tout naturellement dans son appartement, quai des Anglais. Ce faisant, il coupait son danseur fétiche du reste du monde. Mais Nijinski avait lui-même besoin d'être possédé. Il ne vécut jamais dans la réalité. Il n'existait que par la danse, les Ballets russes formant son seul univers.

Après cet épisode, Diaghilev ne pouvait plus compter que sur le soutien de ses artistes pour sa prochaine saison et devait chercher de nouvelles têtes « capables de conquérir l'Europe ». Dans ce contexte dramatique, un jeune élève du compositeur Rimski-Korsakov, Igor Stravinski, allait être sa grande découverte musicale. Leur coopération s'amorça pendant cet hiver 1909-1910, quand le directeur des Ballets russes lui confia la composition de *L'Oiseau de feu*, première partition d'une série de trois ballets, avec *Petrouchka* et *Le Sacre du Printemps*.

Diaghilev tint à sélectionner pour Nijinski un répertoire spécial. Ainsi apparut-il dans le *Carnaval* de Schumann et surtout dans *Schéhérazade*, deux créations que le danseur, par son génie, allait rendre mondialement célèbres en continuant à les interpréter jusqu'à la fin de sa carrière. Ce ballet « érotico-exotique » inspiré des *Mille et Une Nuits* se déroulait dans un harem. Il fut mis en scène sur une musique de Rimski-Korsakov.

Toute la magie de l'Orient s'y déployait et offrait un véritable dépaysement. Avec *Schéhérazade* prenaient corps les rêves érotiques des Européens pour qui l'exotisme avait été nourri de Gautier, Loti, Delacroix, Moreau... Ils s'incarnèrent dans les corps des jeunes Russes. Proust, qui appréciait particulièrement le talent de Bakst, déclara au sujet de *Schéhérazade* : « Je n'ai jamais rien vu d'aussi beau. »

Alexandre Benois décrivit sa création dans ses *Mémoires* : « La foudre et l'éclair des nègres en rose et ambre, la féroce orgie des étourdissantes caresses, la mort en spasmes prolongés soulignée par la stridence des violons... » Bakst décora la scène de rideaux émeraude et de lampes d'argent, la joncha de tapis de Boukhara et de coussins en soie. Nijinski et Karsavina lui donnèrent vie.

Pour endosser le rôle de l'esclave d'or, Nijinski maquillait sa peau avec du noir cendré et appliquait autour de ses yeux du mauve et du bleu, ce qui lui donnait une allure étrange. Il ajustait ensuite sur sa tête un crâne vide, dur et de forme parfaitement ronde, qu'il dissimulait presque entièrement sous un turban. Lorsqu'on lui demanda pourquoi, malgré cette chaleur, il revêtait cette cuirasse presque invisible aux yeux du public, il répondit : « Si je ne sentais pas que j'ai la tête d'un Noir, je ne pourrais pas danser… » L'accessoire en question s'avéra cependant fort utile quand, après un bond prodigieux, l'esclave retomba sur la tête !

Schéhérazade fut un triomphe, surtout pour Bakst. Ses talents de décorateur de ballet avaient pu cette fois-ci se révéler pleinement à travers les splendeurs d'un Orient imaginaire. Ce spectacle influença tout Paris et, avant tout, les femmes à la mode habillées par Poiret. Désormais, les motifs orientaux ainsi que les couleurs violentes et tranchées dans les tons émeraude et corail s'affichèrent.

Comme à l'accoutumée, les artistes furent invités à de nombreuses réceptions. Nijinski, qui n'avait rien d'un mondain et ne parlait toujours pas français, y suivait malgré tout Diaghilev. Mais le danseur était protégé par son mentor de tout ce qui pouvait le détourner de son art, notamment les femmes.

La deuxième saison de 1910 terminée, le gros de la compagnie rentra à Saint-Pétersbourg tandis que Diaghilev et Nijinski gagnèrent pour quelques semaines de *dolce farniente*, comme l'année précédente, Karlsbad et l'Italie.

L'itinéraire des Ballets russes était à peu près le même chaque année. Paris, la Côte d'Azur et Monaco… Bien que l'entreprise fût encore très jeune, elle s'était solidement enracinée en Europe occidentale et l'aventure féerique des deux premières saisons se transforma bientôt en une sorte de rite.

Avant de rejoindre la capitale française, la troupe s'arrêtait toujours sur la Côte d'Azur pour clore la saison d'hiver. La saison des Ballets suivait souvent celle du plus célèbre des chanteurs russes, Chaliapine. Selon un accord avec le théâtre Impérial, il donnait un certain nombre de représentations à Moscou et à Saint-Pétersbourg pendant l'hiver, et le reste du temps se produisait dans les capitales d'Europe ou en Amérique.

Stravinski

La saison qui suivit n'allait pas être moins brillante. Le sommet des créations de Nijinski fut incontestablement *Le Spectre de la rose*. Ce petit ballet réglé par Fokine en 1911, sur la musique de l'*Invitation à la valse* de Weber, créa d'un coup le mythe Nijinski. Bien sûr, l'élévation du danseur était à elle seule extraordinaire. Mais la possibilité lui fut alors offerte de se livrer à ses incomparables « ascensions verticales[1] » qui incarnaient l'idéal sublime de la danse.

Le théâtre de Monte-Carlo se dressait face à un jardin ombragé par de gigantesques magnolias sur lequel donnaient également l'Hôtel de Paris et le Café de Paris. L'intérieur, bien que petit, était rectangulaire, orné de dorures et de grands miroirs, meublé de chaises recouvertes de velours rouge. Cette ambiance rappelait aux artistes éblouis les splendeurs des Théâtres impériaux de leur Russie natale. Et, tandis que la *prima ballerina* Matilda Kchessinskaïa soupait à l'Hôtel de Paris en compagnie de quatre grands-ducs, le compositeur emblématique de la troupe, Stravinski, rejoignait la compagnie depuis Baulieu.

C'est en Suisse, au cours d'une promenade au bord du Léman, que Stravinski trouva le titre du ballet qui

1. La formule est de Lévivson.

allait exprimer en un seul mot le caractère de la musique qu'il voulait composer : « *Petrouchka* ! L'éternel et malheureux héros de toutes les foires, de tous les pays ! » Et un autre symbole de l'âme slave…

Quelques jours plus tard, Diaghilev se rendit chez le compositeur à Clarens, où il habitait alors. Quand celui-ci lui joua sa petite composition, le directeur des Ballets russes en fut si bouleversé qu'il lui demanda sur-le-champ de développer le thème des souffrances du pantin et d'en faire tout un spectacle. Stravinski avait la vision précise d'un pantin « subitement déchaîné ». Le ballet reconstituait l'atmosphère pittoresque des carnavals hivernaux de Saint-Pétersbourg décrits au début de ce récit, comme tous les artistes de la compagnie les avaient connus dans leur enfance.

À l'occasion de la générale de *Petrouchka*, il régnait dans les coulisses du Châtelet une agitation rappelant ces grandes kermesses russes. Ulcéré que son portrait du Charlatan ait été repeint par Bakst, Benois se disputait avec Diaghilev, tandis que Stravinski discutait encore des rythmes avec le chef d'orchestre. Toute la compagnie se plaignait que la scène fût trop encombrée, et les musiciens trouvaient la musique trop difficile à jouer. Alors que, quelques minutes avant le lever du rideau, le chorégraphe Fokine, le décorateur Benois et le compositeur Stravinski imaginaient encore la bouleversante scène finale, le costumier menaçait Diaghilev d'emporter tout son matériel s'il n'était pas payé séance tenante. Durant vingt minutes, la salle resta plongée dans la pénombre, le rideau toujours baissé.

Le public finit par montrer son impatience en murmurant et toussotant, puis un crescendo de protestations s'éleva. Chacun s'interrogeait sur ce retard, quand Diaghilev, le visage décomposé, fit irruption dans la loge de son amie pianiste et mécène de sa troupe, Misia Edwards, et lui demanda si elle pouvait lui donner sur-le-champ quatre mille francs pour payer les costumes. Comprenant qu'un drame se tramait, elle partit immédiatement chez elle et revint dix minutes plus tard ! Le costumier fut payé et le rideau se leva enfin.

Le décor flamboyant abritait une fête populaire à Saint-Pétersbourg avec son grouillement de cochers, nourrices, soldats, montreurs de bêtes, curieux élégants. Les Parisiens furent réellement bouleversés par ce pantin sans défense et pourtant indomptable. Plus inspiré que jamais, Nijinski semblait incarner là son propre destin, prisonnier de ce « charlatan » impitoyable et exigeant qui n'était autre que Diaghilev.

Ce spectacle rappelait l'une des œuvres les plus malicieuses de Tchaïkovski, son ballet *Casse-Noisette*. On y retrouvait la frontière menue qui séparait l'homme de la poupée, du jouet mécanique qui s'anime. Ce thème chorégraphique fut ainsi repris sur la musique de Stravinski.

En créant ce chef-d'œuvre, Stravinski fut très certainement saisi du désir inconscient de se mettre à l'abri des passions destructrices de la révolution russe, des avalanches de désordre et d'anarchie à venir. Le ballet et la musique semblaient être le dernier refuge, le dernier havre de paix avant les futures catastrophes et la disparition inéluctable de cet univers romantique et festif de Saint-Pétersbourg.

Si le message caché du compositeur n'était pas accessible au grand public, Diaghilev le déchiffra et divulgua ses visions prémonitoires. Le spectacle se révéla en effet prophétique, laissant présager les tourments de « l'âme slave » au XXe siècle. Cette fois, contrairement à la tradition de Tolstoï et de Dostoïevski, l'impulsion fut donnée non par la littérature mais par « l'art total » des spectacles des Ballets russes.

Et, aussi étonnant que cela puisse paraître, le public français le comprit immédiatement. *Le Gaulois* écrivit subtilement à ce propos : « … Voilà tout ce qui reste de ce luxe impérial, de ce monde éblouissant et presque oriental, de ce colossal empire qui semblait la sentinelle géante de l'Europe, placée en faction devant l'Asie mystérieuse… C'était toute l'âme slave, la Russie avec ses danses, avec sa musique, tantôt primitive, tantôt d'un raffinement morbide, qui nous pénétrait aussi profondément que l'œuvre de ses grands romanciers… Décor ! Fumée ! Rêve ! L'évanouissement d'un peuple ! La démence d'une nation… »

L'année suivante, en 1912, Diaghilev voulut que Nijinski passe à une nouvelle étape de sa carrière. Aussi lui demanda-t-il de chorégraphier le *Prélude à l'après-midi d'un faune* de Debussy. Pour expliquer le sens de sa méthode chorégraphique, Nijinski écrivit dans son *Journal* : « Je suis un homme bondissant… C'est pourquoi je me suis mis à annoter mon ballet selon mon système d'annotation… » Cette méthode consistait à bouger sur chaque note de la partition. Ses prédécesseurs avaient déjà fait céder le cadre rigide du ballet du XIXe siècle, mais ils restaient influencés par la tradition classique.

Nijinski effectua la rupture totale. Si l'avant-garde parisienne soutint cette chorégraphie insolite, le public regarda éberlué le faune simulant un orgasme sur scène, allongé sur l'écharpe de la nymphe.

La première représentation de l'*Après-midi d'un faune* suscita un torrent d'applaudissements, de hurlements et de sifflements. Une querelle, célèbre dans les annales de l'art, éclata même entre deux loges. Furieux, Diaghilev se dressa du fond du parterre et, dominant le vacarme, déclara de sa voix de stentor : « Laissez le spectacle s'achever. »

Le public, qui attendait d'être diverti, fut en fait choqué par la forme radicale de la chorégraphie de Nijinski. Si *Le Figaro* protesta contre « ce spectacle indécent », le génial sculpteur Rodin, lui, s'enflamma : « Plus de saltations, rien que les attitudes et les gestes d'une animalité à demi consciente… »

Pourtant, cette odeur de scandale ne déplut pas au directeur des Ballets russes car il contribua à assurer le succès de la saison. Mieux encore, les propositions de contrats commencèrent à affluer du monde entier.

Au mois de mai 1913, Diaghilev présentait les deux œuvres nouvelles qui allaient bouleverser le cours de la musique et des ballets, les *Jeux* de Debussy et *Le Sacre du Printemps* de Stravinski, toujours dans une chorégraphie de Nijinski. *Jeux*, le premier ballet en costume moderne, fut fraîchement accueilli par le public. La musique de Debussy ne fut pas davantage comprise. Les rythmes chaotiques, les accords implacables, répétitifs et les dissonances insolites du *Sacre du Printemps* allaient pour leur part provoquer un nouveau tollé général.

D'ailleurs, Diaghilev lui-même n'accepta pas tout de suite la musique de Stravinski. Lorsque celui-ci joua pour la première fois *La Danse des adolescentes* à Venise, Diaghilev, qui avait tendance à couper les partitions, demanda : « Mais combien de temps cela va-t-il durer ? » Le compositeur lui répondit sèchement : « Le temps qu'il faudra… »

Ressentant instinctivement l'imminence d'une guerre mondiale et les futures catastrophes en Russie, Stravinski traduisit dans ce ballet toute l'horreur du siècle à venir. Dans sa chorégraphie du *Sacre*, Nijinski utilisait des mouvements brisés et brusques, exprimant ainsi la barbarie des tribus primitives. Et, encore un paradoxe, dans cet archaïsme apparent éclatait tout le modernisme de Diaghilev. Nijinski y signait une métamorphose du monde.

Lors de la première, le tumulte couvrit l'orchestre. Nijinski hurlait des coulisses les mesures aux danseurs, Diaghilev éteignait et rallumait les lumières pour calmer le public qui sifflait et s'agitait. Au deuxième acte, une danseuse devait trembler de la tête au pied pendant de nombreuses mesures en tenant ses mains fébriles contre sa joue. Cette attitude provoqua des moqueries restées célèbres dans les annales du théâtre : « Un médecin ! » cria quelqu'un. « Un dentiste… Deux dentistes ! » renchérit un autre.

Qu'importe ! Les spectacles de Diaghilev gagnèrent une réputation sulfureuse. Même Debussy, qui avait pourtant joué *Le Sacre* avec Stravinski dans la version du compositeur pour deux pianos, fut selon sa formule « atterré » en entendant l'orchestration assourdissante : « C'est de la musique sauvage avec tout le confort moderne. » Dans la même veine, il dit de Stravinski : « C'est un sauvage qui porte des cravates tumultueuses et baise la main des dames en leur marchant sur les pieds. Vieux, il sera insupportable[1]. » Stravinski n'allait guère être plus tendre pour son collègue français, déclarant plus tard *Pelléas et Mélisande* « d'un grand ennui dans l'ensemble… malgré de nombreuses pages merveilleuses ».

Si Diaghilev s'était plutôt amusé du tollé provoqué par *Petrouchka*, la première du *Sacre* lui fit craindre que ce dernier scandale nuise aux finances de la troupe. En

1. Debussy fit part de sa déception dans une lettre adressée à André Caplet. Citée dans *Histoire de la femme russe*, Chachkov, éd. A. Souvrine, Saint-Pétersbourg, 1879.

effet, la réalisation du spectacle avait coûté très cher. Et sa compagnie avait dû déployer énormément d'efforts pour quatre représentations seulement ! Une fois de plus, Diaghilev fut obligé de renflouer les caisses. Il comptait pour ce faire sur la tournée américaine de sa compagnie.

Insatiable, le fondateur des Ballets russes exigeait beaucoup de lui-même mais aussi de son entourage. Il agissait comme un directeur de cirque, demandant à sa vedette de réaliser des numéros de plus en plus risqués. Il avait remarqué par exemple que la moitié du saut final d'un spectacle se perdait, vu de la salle. Aussi demanda-t-il à Nijinski de sauter double, de se nouer en l'air en coulisse et d'y retomber à pic. « On l'y recevait, raconte Cocteau dans son recueil de souvenirs *La difficulté d'être*, comme un boxeur, avec des serviettes chaudes, des gifles et l'eau que son domestique lui crachait à la figure. »

Écrasé tant par ces exigences que par la forte personnalité de son mentor, Nijinski commença à ressentir le besoin de respirer ou même de fuir cette cage aux barreaux dorés. Et comme un chat, il se faufila de nouveau chez les prostituées, pour revenir immédiatement dans le lit de Diaghilev, se sentant coupable d'agir de façon « épouvantable ».

Les relations entre les deux hommes entremêlaient en une symbiose insolite des sentiments contradictoires, l'amour, la haine, l'amitié sincère et l'intérêt artistique.

La fuite

Le samedi 16 août 1913, Nijinski embarquait avec la troupe pour l'Amérique du Sud, à bord du vapeur *Avon*. Ce premier périple outre-Atlantique devait durer plus de deux mois. Diaghilev n'était pas du voyage.

On attribue généralement ce désistement à sa superstition. Une Gitane lui avait en effet prédit qu'il périrait sur l'eau. Mais cette phobie ne fut pas l'unique raison pour laquelle il préféra passer la fin de l'été à Venise. Depuis un certain temps, de fréquentes et virulentes disputes avaient altéré ses rapports avec Nijinski.

Le paradoxe régnait dans la vie amoureuse de Diaghilev. Il était, avec succès, amoureux de sa « création », mais la finalité de cet amour résidait dans l'art. Il se montrait aussi impitoyable que sensible, mais c'était l'artiste en lui qui le rendait impitoyable.

Lorsque son élève arrivait au sommet de son art et n'avait plus rien de nouveau à offrir, il passait au suivant. Dans le cas de Nijinski, cette attitude provoqua un déchirement puis une vraie tragédie. Les exigences de son art rendaient Diaghilev intransigeant. Tout son entourage en fut témoin car il suffisait de regarder ses yeux pour saisir son âme, sa recherche jamais satisfaite d'un idéal esthétique, d'un au-delà de la vie et du temps. Devant cette personnalité écrasante, Nijinski ne parvenait plus à assumer ce fardeau ; il provoquait constamment des scandales publics, humiliant le directeur des Ballets russes, au point qu'au début de 1913, Diaghilev constatait avec amertume que personne ne l'avait jamais traité ainsi…

Pourtant, appliquant les conseils de sa sœur, Nijinski s'était montré plus aimable envers Diaghilev durant la semaine de vacances passée ensemble à Karlsbad, avant son départ en Amérique. Ils avaient même discuté d'un projet de ballet sur une musique de Bach, et Diaghilev l'avait emmené « comme autrefois » dans les musées afin de lui faire découvrir la peinture, les costumes et l'architecture de l'époque baroque.

Mais la véritable réconciliation n'avait pas eu lieu. Chacun se sentait blessé, Nijinski étouffait et Diaghilev, excédé, était las des sauts d'humeur de son amant.

Pendant la traversée vers l'Amérique, Nijinski, plus détendu et paisible, travaillait au projet d'un nouveau ballet. Chapeau haut de forme, gants beurre frais, bottines à boutons laqués, il arpentait lentement le pont, méditant sur son destin.

Au début du voyage, il faisait froid, un vent violent battait les eaux grises et faisait claquer les pavillons. L'air marin s'engouffrait dans les manches et sous les vestes des passagers qui plissaient les yeux. Un goéland solitaire accompagnait le navire, tantôt suivant la poupe, tantôt s'éloignant dans l'étendue vide du crépuscule naissant. Cette vision revêtit une dimension symbolique et Nijinski fut pris d'un vague à l'âme.

À ses côtés, une femme avec une immense coiffure et boucles d'oreilles, en robe blanche et escarpins assortis, regardait la mer, légèrement penchée en arrière. Un quart d'heure plus tard, le danseur dînait en sa compagnie. Vers la fin du repas, dans la fumée des cigarettes, tout le monde parlait plus fort, il ne se sentait plus seul. Cette dame, du nom de Romola Pulszky, avait en effet entrepris de le choyer…

Aristocrate hongroise, elle lui vouait une sorte d'adoration sans limites depuis qu'elle l'avait vu danser à l'opéra de Budapest presque deux ans auparavant. Déjà à Paris, elle avait monté un subtil stratagème pour détourner l'attention de Diaghilev de ses véritables desseins, laissant entendre qu'elle était éprise d'un autre danseur.

Ainsi, elle réussit à se faire engager dans la troupe afin d'être du voyage. La jeune femme avait un an de moins que Nijinski. Sa mère, une actrice célèbre, tenait la vedette du théâtre de Budapest. Son père, membre du Parlement et directeur du Musée d'art national hongrois, appartenait à une famille polonaise originaire d'une lignée de huguenots français qui avait accumulé une fortune considérable en exploitant des mines dans le nord de la Hongrie.

En achetant des tableaux pour le musée, le père de Romola Pulszky commit quelques impudences et fut interpellé pour détournement de fonds publics. S'il avait réalisé quelques très bonnes affaires pour son musée, ce fonctionnaire peu scrupuleux en aurait également profité pour acquérir plusieurs pièces retrouvées par la suite dans ses collections privées. Après ce scandale, il disparut de la circulation et ne donna plus signe de vie. Trois ans plus tard, une lettre annonçait son suicide. Cette disparition fut un cruel traumatisme pour sa petite fille âgée de cinq ans, qui se mit à haïr les hommes – une fois séparée de Nijinski, artiste efféminé, elle allait d'ailleurs s'engager dans une aventure amoureuse avec une femme.

Le célèbre danseur laissa parler son cœur et demanda bientôt la belle en mariage. Il aborda la jeune Hongroise sur le pont et, mimant le geste de glisser une bague à l'annulaire de sa main gauche, dit dans un français très approximatif : « Mademoiselle, voulez-vous, vous et moi ? » Romola ne parlant pas le russe, elle acquiesça d'un signe de la tête et répondit, radieuse, trois fois « oui ». Le danseur lui prit la main et l'invita à s'installer dans une chaise longue. Ils restèrent ainsi côte à côte à contempler les étoiles sans rien dire.

Certes, Nijinski était flatté par tant d'adoration de la part d'une charmante jeune fille de dix-huit ans. Cependant, ce mariage représentait pour lui le moyen idéal d'échapper à l'emprise étouffante de son mentor : la révolte de l'esclave contre la domination du maître Diaghilev. Dès l'arrivée à Rio, le couple se fit conduire sans attendre dans une bijouterie pour y choisir les alliances.

Les amis de la jeune Hongroise l'avertirent alors du caractère des relations de son fiancé avec Diaghilev. Pour la majorité des artistes des Ballets russes, ce mariage était une folie qu'il fallait, selon la formule de Benois, « arrêter avant qu'il ne fût trop tard ». En vain. Le 6 septembre, la troupe débarquait à Buenos Aires. Afin de prévenir toute intervention « intempestive », on avança la date du mariage, désapprouvé par les proches d'un côté comme de l'autre.

La nouvelle parut dans les journaux du monde entier. Diaghilev, anéanti, eut beau envoyer des télégrammes désespérés, il était trop tard. La blessure fut terrible pour le « tsar des artistes ». Sans doute cette histoire rouvrait-elle de vieilles plaies datant de l'époque de sa prime jeunesse où il avait été abandonné par son premier amour. Mais cette fois, il s'agissait de la fin d'une grande aventure, non seulement sentimentale mais aussi artistique.

Diaghilev, impitoyable et sensible, sanglota sans retenue, puis se mit dans une effroyable colère, vociféra, insulta, brisa quelques meubles et objets précieux. Quand il cessa de gesticuler et de hurler, une expression de détresse marquait son visage. Cette crise de jalousie devint légendaire.

Désormais échaudé, il fera surveiller encore plus étroitement ses compagnons. Le fondateur des Ballets russes se séparera d'eux sans états d'âme quand d'autres amours parviendront à s'infiltrer dans leur existence malgré cette féroce vigilance. À dire vrai, Diaghilev se montrait tout aussi jaloux de ses collaborateurs et supportait mal qu'ils participent à d'autres entreprises que les siennes.

Nijinski fut lui-même très ébranlé par ce brusque changement dans sa vie. En Amérique latine, son épouse fit quelques maladroites apparitions dans *Le Lac des cygnes* et *Schéhérazade*. Très vite, Nijinski s'aperçut que celle qu'il avait épousée était tout bonnement incapable de danser. « J'éprouvai, nota-t-il plus tard dans son *Journal*, mon premier chagrin trois ou quatre jours après notre mariage. Je lui avais demandé d'apprendre à danser car pour moi, il n'y avait rien de plus important au monde… Mais elle prit peur et cessa de me faire confiance… J'eus alors le pressentiment de la mort. Je me rendis compte que j'avais commis une erreur, une erreur irréparable. J'avais remis ma vie entre les mains de quelqu'un qui ne m'aimait pas. »

En attendant, chacun redoutait le renvoi de Nijinski. Malheureux et toujours furieux, Diaghilev partit pour Florence et Naples où il se livra aux pires débauches. Vodka, drogue, garçons… Puis au bout de trois semaines, le directeur des Ballets russes confia à son régisseur : « Je me sens comme quelqu'un qui a déposé un fardeau et peut enfin respirer librement… »

Ragaillardi, il reprit le chemin de la Russie où, en cet hiver précoce, son âme tourmentée allait trouver le réconfort.

La vengeance

Une neige fine tombait sur la boue gelée. Les maisons que Diaghilev voyait défiler à travers les fenêtres du wagon devinrent immenses et d'un blanc bleuté. Demain serait un autre jour…

Pris d'une frénésie de mouvement, Diaghilev se rendit au théâtre Marie le soir même de son arrivée à Saint-Pétersbourg.

Reliant dix-neuf îles par de nouveaux ponts, entrecoupée par des canaux et par le large lit de la Néva, la ville lui semblait flotter entre le ciel et l'eau. Comme à l'accoutumée, il arriva au théâtre le premier pour voir se remplir le parterre vide. Il jeta son manteau de fourrure d'ours dans les bras du portier – qui ne l'appréciait pas seulement pour son pourboire généreux, mais aussi parce qu'il était le meilleur connaisseur du monde de la danse. Ensuite, il essuya ses moustaches avec un mouchoir blanc et, retrouvant soudain son calme, s'installa sous les lustres étincelants de la salle bleu et or. Après la représentation, il soupa avec ses amis. Durant les jours qui suivirent, il se plongea dans les fastes de Saint-Pétersbourg, se rendit à des bals donnés par la haute aristocratie dans les palais impériaux et vit les plus belles femmes de Saint-Pétersbourg danser le fameux quadrille persan avec leurs partenaires, guidés par le grand-duc Boris…

Comme pour conforter son ego, un télégramme de Nijinski arriva à la fin du mois de décembre au cours d'un dîner tardif. Le danseur y faisait part de son désir de revenir au sein de la troupe. Il y annonçait également que sa femme attendait un bébé.

Face à cette perspective d'un retour du fils prodigue, un sourire impitoyable se dessina sur les lèvres du directeur des Ballets russes. Sans attendre, il dicta à son régisseur le télégramme suivant : « En réponse à votre télégramme adressé à M. Diaghilev, je voudrais vous informer de ce qui suit : en manquant à Rio l'interprétation du ballet *Carnaval*, vous avez rompu votre contrat et il ne désire plus à l'avenir utiliser vos services. Signé : Grigoriev, régisseur. »

Ce fut la blessure la plus profonde infligée à Nijinski durant son orageuse carrière, remplie de triomphes et de souffrances. Le 9 décembre 1913, en plein désarroi, le danseur écrivit à son ami Stravinski : « Je suis allé avec ma femme voir ses parents à Budapest et j'ai immédiatement envoyé un télégramme à Serge en demandant quand nous pouvions nous voir. En réponse, j'ai reçu une missive du régisseur mentionnant que je ne me produirais plus sur la scène cette saison et que l'on n'avait pas besoin de moi. »

Diaghilev resta imperturbable. Ayant ainsi assouvi sa vengeance, il rentra dans sa suite de l'hôtel Europe. Contemplant les clochers multicolores de l'église Saint-Sauveur-sur-le-sang-versé, il proclama : « Personne n'est irremplaçable ! »

Et il se tourna alors de nouveau vers son chorégraphe des débuts des Ballets russes, Fokine, qu'il avait renvoyé sans états d'âme deux années auparavant. Après cinq heures d'âpres discussions téléphoniques, il réussit à le convaincre de mettre en scène *La Légende de Joseph* de Strauss. À la suite des scandales de ces dernières années, quelque chose de plus sage calmerait l'opinion…

Les crépuscules russes

Heureux, Diaghilev se rendit dans un haut lieu de la vie culturelle russe, la fameuse « Tour ». Il s'agissait du salon de Viatcheslav Ivanov, chef de file du mouvement poétique symboliste. On appelait ainsi son appartement parce qu'il se situait dans un immeuble dont la façade était arrondie, en forme de tour. De 1905 à 1912, la Tour d'Ivanov servit de laboratoire spirituel où se faisaient et se défaisaient gloires, courants et fortunes. On y parlait belles-lettres, philosophie, art, croyance, politique dans une ambiance intime et amicale où la tolérance était de mise.

Le vin mais aussi la gaieté et l'élégance de la maison aidant, on s'enivrait d'idées, de bons mots, des paysages de Saint-Pétersbourg, et de musique aussi car le compositeur en vogue, Scriabine, venait souvent s'y produire.

Selon un rituel établi, la soirée commençait par un exposé sur des sujets tels que « Religion et mystique », « Individualisme et Art nouveau » ou encore « La solitude »... S'ensuivait un débat passionné. Mais la nuit s'achevait toujours sur la poésie et l'amour... Les invités arrivaient le mercredi vers minuit et se séparaient au petit matin. L'affable maître de maison, avec son pince-nez, ses gants noirs et ses boucles blondes, rappelait un personnage énigmatique des contes fantastiques.

Ce soir-là, il s'avança d'un pas cadencé de danseur à la rencontre de son hôte illustre, et l'accueillit chaleureusement. Les invités discutaient déjà avec passion du *Prométhée* de Scriabine, œuvre grandiose pour piano, orchestre symphonique, chœur et orgue.

Toute l'avant-garde intellectuelle de Saint-Pétersbourg était là, aux côtés de son compositeur favori ; des symbolistes, cyniques et impudiques, mais indolents et peu actifs dans la vie réelle, prononçaient toutes sortes de mots incompréhensibles, persuadant leur public qu'un grand mystère se dissimulait derrière ces sentences.

Diaghilev considérait cet univers comme « un monde aveugle des crépuscules russes » où les acolytes du symbolisme s'amusaient à des combats oiseux, à de vaines querelles. Les hôtes de ce salon se détournaient de la tragique réalité de la Russie, désolée et sans armes. En un sens, ce fut la révolution avant la révolution : des ponts aventureux jetés en direction de l'avenir.

Mais en même temps, cette audace se combinait, selon la formule de Diaghilev, « avec une décomposition impossible à freiner, l'impression d'être en train de mourir, d'être des fantômes, d'être en sursis ». C'était Rome au temps de la décadence. Le dernier acte d'une tragédie… Pas un seul mot clair, uniquement des allusions, des non-dits.

Pour oublier cette ambiance fumeuse, Diaghilev rôda pendant plusieurs nuits dans une boîte à la mode, le Chien errant. Dans cette cave qui leur était destinée, les véritables artistes vivaient « pour eux-mêmes » et « pour le public » loin des débats fumeux de la Tour Ivanov. Ils incarnaient la vraie bohème de la capitale de l'empire des tsars. Eux aussi se rassemblaient généralement passé minuit et ne se séparaient qu'au petit matin.

Le principe fondamental qui présidait à ce lieu chaud de Saint-Pétersbourg était la division de l'humanité en deux catégories inégales : les artistes et les « pharmaciens », terme générique qui désignait tous les autres, quelles que soient leurs activités et leur profession. L'entrée était gratuite pour les artistes, en revanche les « pharmaciens » devaient débourser une somme rondelette. Pourtant, ils acceptaient de la régler sans broncher, car c'était bien le seul endroit où ils pouvaient côtoyer les poètes à la mode et les vedettes des Ballets russes.

Sous les voûtes du Chien errant recouvertes de fleurs et d'oiseaux, un « art intime » était en gestation. Que de noms aujourd'hui fameux : Kandinsky, Chagall, Malevitch… Les musiciens et acteurs présents dans la salle étaient simplement invités à monter sur l'estrade. Quasiment personne ne refusait. Ainsi la *prima ballerina* de Diaghilev, Tamara Karsavina, exécuta sur un miroir des danses imaginées par Mikhail Fokine. La poétesse Anna Akhmatova, qui vivait à l'époque une histoire d'amour avec Modigliani, y récita ses poèmes, apparaissant moulée dans une robe de soie noire, un gros camée à la ceinture. Elle n'hésitait pas à donner des recettes pour être une bonne maîtresse de maison : « Les chiffons doivent être en gaze pour essuyer la poussière et faire la vaisselle. Les tasses doivent être en porcelaine fine et le thé fort… »

Après ces folles nuits, pour fuir la rigueur de l'hiver, Diaghilev fit un saut à Paris en janvier, où il signa un contrat avec l'agent de Richard Strauss. Mais il était urgent de trouver un nouveau Nijinski pour interpréter le rôle de Joseph. Il se rendit alors par le train à Moscou.

Le retour aux sources

Envahi par ses états d'âme, Diaghilev constata avec amertume que la Russie seule semblait vivre à l'écart, dans une réserve méfiante. Alors qu'un Français n'aurait pas eu besoin de passeport pour aller à Berlin ou à Londres, il dut en demander un pour se rendre à Moscou.

« Cachets, timbres, signatures… Le triomphe de la bureaucratie ! Tous ces efforts d'ouverture artistique servent-ils à quelque chose ? » grommela-t-il. Il dépassa les wagons verts de troisième classe, les wagons jaunes de deuxième classe, pour s'installer dans un wagon bleu de première classe. Il prit ses aises sur l'une des deux larges banquettes à dossiers amovibles puis alluma une cigarette.

Le convoi s'ébranla après les trois sonneries d'usage : le premier coup de cloche en guise d'avertissement ; dix minutes plus tard, deux coups de cloche ; enfin, trois coups de cloche, et le train s'ébranla. Notre illustre voyageur regretta un peu d'avoir réservé tout le compartiment à son usage personnel. La rançon du luxe, c'est la solitude. Six roubles de supplément pour n'avoir personne à qui parler… Aussi se rendit-il rapidement dans la voiture-restaurant. Après son séjour parisien, il était heureux de retrouver un samovar fumant et un monceau de hors-d'œuvre. Les garçons en tablier blanc couraient entre les tables, tandis que des visages las se penchaient sur la nourriture.

Avant de regagner son compartiment, Diaghilev alla fumer une nouvelle cigarette sur le quai. À chaque station importante, le contrôleur passait prévenir les voyageurs. Ceux qui désiraient prendre l'air faisaient fermer leur compartiment à clef ou confiaient la surveillance de leurs bagages à un « commissionnaire ».

De nouveau installé dans le compartiment, il ouvrit sur ses genoux un petit volume à couverture rouge. Le célèbre poète Pouchkine lui procurait toujours un grand réconfort. Et en cette année tourmentée, il en avait grand besoin.

Un paysage blanc et plat glissait depuis des heures derrière la fenêtre embuée du wagon. La locomotive sifflait d'ennui dans la plaine neigeuse. La fin du voyage approchant, les gens s'agitaient dans les compartiments voisins. Diaghilev se hasarda dans le couloir, essuya la buée d'un carreau avec le plat de sa main et, tout à coup, très loin, dans un horizon irréel de brume et de neige, aperçut les coupoles dorées de Moscou…

En sortant de la gare, le directeur des Ballets russes reçut la ville en plein visage, avec ses maisons basses, sa neige piquante, ses silhouettes emmitouflées et le bourdonnement lointain de mille cloches qui se répondaient.

Un porteur à tablier blanc trottait devant lui, une lourde valise en travers de l'épaule, une autre au bout du bras. Sur l'esplanade s'allongeait une file de petits traîneaux, dont les cochers s'égosillaient pour attirer le client.

Diaghilev aimait ces sombres journées d'hiver, quand, au crépuscule, les réverbères aux lueurs froides s'allumaient, les vitrines des magasins s'illuminaient chaudement, la ville, libre du labeur du jour, s'animait. Les traîneaux se faisaient plus rapides, le ronflement des tramways plus sourd. Il allait retrouver avec plaisir ses tables préférées, comme le restaurant Prague, rue Arbat, ou la grande verrière de l'hôtel Métropole. Ce fut d'ailleurs lors de sa première soirée à Moscou qu'un vieux comédien lui parla d'un jeune acteur, un certain Miassine. « Il possède une étincelle de Dieu », avait-il affirmé.

Ce garçon avait suivi ses études à l'école théâtrale de Moscou où il suivait à la fois des cours de danse et d'art dramatique. Il avait déjà interprété ses premiers rôles au théâtre Maly, une des deux principales scènes russes déjà évoquées. Après avoir achevé sa formation de danseur, il débutait comme figurant au Bolchoï. Quelques jours après l'arrivée de Diaghilev, Miassine y faisait ses premiers pas dans la tarentelle du *Lac des cygnes*. Le directeur des Ballets russes décida donc d'aller le voir danser.

Quand le regard du maître se posa sur le jeune figurant à la beauté byzantine, il ne le lâcha plus. Le soir même, toujours diligent, Diaghilev lui proposait de l'engager dès le lendemain dans sa troupe. Mais le jeune homme désirait poursuivre sa carrière dans le théâtre dramatique et non au ballet. De plus, il connaissait la sulfureuse réputation de son illustre interlocuteur et son faible pour les beaux garçons. Il refusa tout d'abord l'offre, avant de finalement l'accepter.

Le jeune homme, prudent et taciturne, avait cédé presque contre son gré, bien que l'impresario l'attirât peu. « Je n'arrive toujours pas à comprendre ce qui m'a poussé à consentir. Il faut dire que je n'avais que dix-huit ans », expliquera-t-il plus tard.

Selon son habitude, Diaghilev changea le nom de Miassine en supprimant le premier « i ». Il entreprit également de parfaire l'éducation de son compagnon et l'emmena dans les musées. Il l'entraîna ensuite dans les magasins de la capitale. Les boutiques de mode, de fourrures, de bijoux, étaient dans l'ensemble aussi bien tenues que les meilleurs magasins de Paris, mais on trouvait aussi quelques « curiosités » comme le marché Khitrov.

Ce marché ressemblait à un repaire de brigands. Massine le connaissait bien car, par souci de réalisme, il s'était déjà rendu plusieurs fois sur les lieux pour étudier, d'après nature, le langage, l'habillement, le comportement de cette population déshéritée qu'il devait ensuite représenter sur la scène. Aussi s'inquiétait-il d'emmener Diaghilev, désireux de s'y rendre.

De fait, cette cour des miracles moscovite représentait une autre facette de la Russie, loin des fastes de Saint-Pétersbourg. Elle s'étalait sur une vaste place, au centre de la vieille capitale. Des ruelles tortueuses descendaient dans une sorte de cuvette, entourée de maisons basses, aux façades de plâtre écaillé et pourri. Était-ce la proximité du cours d'eau qui maintenait en ce lieu une nappe de brume ?

Dans des vapeurs fuligineuses grouillaient des fantômes aux faces blêmes, aux vêtements de haillons et de crasse. D'innombrables échoppes enracinées dans la neige offraient, sur des planches, une provision de saucisses, de harengs et de concombres. De la soupe fumait dans des marmites, comme une lessive de pauvre. L'écrivain proche des bolcheviques et le plus en vogue à l'époque, Gorki, s'inspira des mœurs de ce quartier pour écrire sa pièce emblématique *Les Bas-fonds*.

Le directeur des Ballets russes se sentit quelque peu mal à l'aise dans ses vêtements à la mode parisienne et ses chaussures sans trous. Des ombres menaçantes l'entouraient, le bousculaient. Tout le marché n'avait d'yeux que pour lui.

« Et ces maisons, autour de la place, demanda-t-il, à quoi servent-elles ?

– Ce sont des asiles de nuit.

– Toutes ?

– Oui. On peut y loger plus de dix mille miséreux à cinq kopecks par tête. »

Chaque matin, des compagnies entières d'ouvriers venaient droit de la gare au marché, s'alignaient sous un auvent et, le balluchon à la main, attendaient d'être embauchés par des contremaîtres pour un travail en ville. L'après-midi, les chiffonniers s'installaient sous ce même auvent pour traiter leurs affaires avec les gueux. Ceux-ci se dévêtaient, se déchaussaient sur place, vendaient leurs bottes, leur touloupe, et repartaient à demi nus avec quelques kopecks dans leur poche. En se dépouillant, ils avaient gagné de quoi passer encore deux ou trois nuits sous un toit. Chaque asile accueillait d'ailleurs une clientèle spécifique. Dans une masure voisine, une dizaine d'hommes en guenilles étaient assis autour d'une table, la tête penchée et la plume à la main. Personne ne leva les yeux au passage de nos visiteurs. Mais Diaghilev, grâce à sa précédente fonction de directeur adjoint des Théâtres, savait ce qui les occupait. Ils recopiaient des pièces de théâtre... Cette besogne était toujours urgente et rarement bien payée. Les plumes grinçaient. Les dos se courbaient. Les vieux écoliers peinaient, coude à coude, sur leurs devoirs.

« Tels que vous les voyez, dit Massine, ils travailleront toute la nuit. Puis, au petit jour, ils choisiront l'un d'eux pour livrer la marchandise. Qui lui prêtera ses bottes, qui son manteau, qui son chapeau, afin de lui donner un air présentable. Ainsi attifé, il se rendra chez l'entrepreneur de spectacles et reviendra avec l'argent. Cinquante kopecks par acte ! »

Une femme passa, la face terreuse, ravinée, les épaules couvertes de chiffons sordides, un bébé grelottant dans ses bras.

« Voici une mendiante professionnelle, poursuivit Massine, elle a dû louer l'enfant pour la journée.

– On loue des enfants ? s'étonna Diaghilev.

– Bien sûr ! Ils sont même très recherchés par les mégères qui vivent de la charité publique. Avec ce paquet baveux et croûteux, elles sont sûres d'attendrir leur monde ! »

Les deux visiteurs poursuivirent leur chemin jusqu'à un autre asile, un refuge de mendiants professionnels et surtout de tailleurs, qu'on appelait des « crabes » parce qu'ils ne mettaient jamais le nez dehors.

Au milieu de la nuit, des voleurs arrivaient en se bousculant dans la chambrée, les bras chargés de balluchons pleins de pelisses, de manteaux doublés, de capes élégantes. Immédiatement, les tailleurs se partageaient la besogne et transformaient tous les vêtements. Comment un policier aurait-il pu retrouver la rotonde de zibeline dont on lui avait signalé la disparition dans ces bonnets de fourrure et ces chaussons d'appartement ? Quel rapport pouvait-il y avoir entre cette veste bien coupée et le pardessus qu'un monsieur se plaignait d'avoir perdu dans le vestiaire d'un établissement de bain ? Le lendemain matin, des revendeurs emportaient par brassées tous les articles confectionnés en quelques heures, à la lueur d'une mauvaise lampe à pétrole, par ces tailleurs à demi nus. Les gains de l'opération étaient répartis avec équité. Pas de tricherie entre compagnons d'une même affaire. La loi du milieu était impitoyable. Quiconque faussait le jeu finissait, un jour ou l'autre, avec un poignard dans le dos.

Cette visite tant désirée par Diaghilev le rendit dubitatif quant à l'avenir de la Russie…

Le 9 mars, jour des Quarante Martyrs, l'arrivée des alouettes fut prétexte pour Diaghilev à servir à son ami des petits pains en forme d'oiseaux, avec des ailes tressées sur le dos et des yeux en raisins, comme le voulait la coutume. Puis la sixième semaine du Grand Carême arriva. Pour préparer le dimanche des Rameaux, tous les saules de la campagne voisine furent taillés le vendredi par leurs propriétaires. Une forêt de branchages aux tendres chatons, d'un gris argenté, s'achemina vers Moscou par convois et se déversa sur la place Rouge. Les murs crénelés de la forteresse et la cathédrale de Basile le Bienheureux se trouvèrent cernés de taillis pelucheux et mouvants. En même temps surgissaient de toutes parts des marchands de ballons, tenant en laisse d'énormes grappes multicolores, qui oscillaient au moindre souffle de la brise. Des gamins couraient dans la foule, soufflant dans des mirlitons, agitant des crécelles. Les ménagères choisissaient avec circonspection les rameaux qu'elles feraient bénir à l'église.

Le samedi, un étrange carrousel s'organisa devant le Kremlin. Glissant sur le sol boueux, des traîneaux, des calèches, des landaus, promenaient en rond des familles entières aux visages épanouis. Parmi eux, Diaghilev et Massine souriaient, lorgnant les ballons rouges. Au centre de l'immense boucle formée par la procession se tenaient des policiers débonnaires, en capote grise, regardant au loin et frisant leur moustache.

Après les fêtes de Pâques, Massine fut convoqué à Saint-Pétersbourg pour y passer une audition. Dûment prévenu, le chorégraphe Fokine accepta à contrecœur ce débutant, à qui il fit passer un examen symbolique. Pour mesurer son élévation, il le fit seulement sauter au-dessus d'une chaise ! Après quoi, Diaghilev emmena le jeune garçon au musée de l'Hermitage. L'éducation de Massine continuait donc à Saint-Pétersbourg…

Le jeune homme fut ébahi de voir à quel point la ville bouillonnait. De luxueuses voitures à cheval roulaient sur les pavés de la principale avenue de la capitale et transportaient des dames « hautaines et mystérieuses, belles et coquettes – de tendres Européennes », dit d'elles un poète. Les plus fortunées possédaient leur propre équipage tiré par des pur-sang. Les chevaux n'avaient déjà plus peur des tramways qui circulaient depuis peu, mais l'odeur de l'essence les faisait renâcler. Quant aux timons des attelages, ils étaient munis de lampes électriques qui fonctionnaient avec des piles. Des laquais se tenaient debout sur les marchepieds des carrosses, en livrée aux couleurs des armoiries peintes sur les portières ; les laquais des carrosses du palais impérial portaient une livrée et une pèlerine écarlates, ornées de galons dorés. Diaghilev leur préférait les uniformes des militaires, surtout portés par les hussards qui caracolaient hardiment, coiffés de casquettes rouge vif. Quant à Massine, il se prit de passion pour la perspective Nevski, observant hauts fonctionnaires et simples employés, officiers de la marine et de l'armée de terre, nouveaux riches et artistes. Certains marchaient d'un pas vif et plein d'assurance, d'autres jouaient les badauds, se retournaient sur le passage des jolies dames et essayaient de les aborder.

En vue de son futur séjour à Paris, le jeune danseur caressait d'un œil gourmand les articles en provenance de la France que les magasins proposaient : huîtres de Normandie, fleurs de Nice…

Diaghilev emmena son compagnon dans son magasin anglais préféré où, comme le raconta plus tard Vladimir Nabokov, on pouvait acheter « toutes sortes de choses séduisantes et délicieuses ; du cake, des sels parfumés, du savon de chez Pears, des cartes à jouer, des puzzles, des blazers rayés, des balles de tennis d'une blancheur immaculée et des maillots de football aux couleurs des universités de Cambridge et d'Oxford ».

En regardant les affiches publicitaires et les enseignes, comme celle du fabuleux joaillier Fabergé, notre illustre promeneur constata fièrement que la majorité d'entre elles s'inspiraient du style de sa revue *Le Monde de l'Art* !

Le lendemain, ils partaient déjà pour Paris. En guise de devise, Massine cita la formule de Dostoïevski dans son roman *Les Frères Karamazov* : « Je veux visiter l'Europe ! »

Diaghilev, amoureux de Massine, croyait avoir trouvé un nouveau Nijinski. Mais le jeune homme était un être très indépendant. Certes, il avait de nouvelles idées à offrir, ce qui plaisait à Diaghilev, mais cela n'allait pas sans conflits. En revanche, il partageait pleinement l'enthousiasme de son mentor pour la capitale française.

Massine y fut la vedette du spectacle *La Légende de Joseph* donné à Paris, Strauss lui-même dirigeant l'orchestre, au printemps de 1914. L'instinct de Diaghilev ne l'avait pas trompé, bien que le jeu de Massine fût plus remarquable que sa danse. La beauté austère, impassible du jeune homme, vêtu d'une succincte tunique de berger, produisit une plus profonde impression. D'aileurs, le public rebaptisa le ballet « Les jambes de Joseph »...

Nijinski assista au spectacle, dans l'insupportable rôle de spectateur d'un ballet initialement conçu pour lui.

« Paris vaut bien une messe… »

Depuis les légendaires Saisons russes de 1909, les Slaves étaient incontestablement redevenus à la mode en France. Les Parisiens raffolaient de leurs traditions, comme les œufs de Pâques ou les costumes, les blouses à la Tolstoï ou les toques de fourrure. La gastronomie et la littérature venues des neiges flottaient dans l'air du temps. Le public français découvrait des écrivains russes – notamment grâce aux efforts de Melchior de Vogüé et de son livre *Le Roman russe* – et s'enflammait dès qu'on évoquait le « charme slave ».

Diaghilev, quant à lui, se limitait à quelques lieux précis de Paris, notamment les hôtels de luxe – il préférait le Ritz – ou quelques restaurants comme le Pré Catelan, quelques rares promenades au bois de Boulogne, les galeries d'exposition et les musées – le Louvre surtout – qu'il fréquentait assidûment, un certain nombre de maisons et d'hôtels particuliers comme ceux des Beaumont, des Noailles. Il ne fréquentait jamais les lieux à la mode, tels que les boîtes de nuit. Il se promenait aussi dans les quartiers de l'immigration russe. Il longeait tout d'abord le boulevard Montparnasse puis le boulevard de Port-Royal, jusqu'à la Closerie des Lilas qui n'était au début du siècle qu'un modeste café.

Ilya Ehrenbourg, alors jeune exilé politique, attira son attention. En choisissant la Closerie, ce jeune homme se situait à mi-chemin entre deux mondes : celui des artistes du carrefour Vavin et celui des révolutionnaires, qui commençait derrière le boulevard du Montparnasse et se prolongeait dans le XIVe arrondissement jusqu'à la rue Marie-Rose, où habitait Lénine, leader des révolutionnaires radicaux, familiers du parc Montsouris.

« Paris m'instruisait, m'enrichissait, me ruinait, me mettait d'aplomb et me faisait perdre pied[1] », raconta plus tard Ehrenbourg. Ce jeune homme ébouriffé avait été dans sa prime jeunesse un admirateur à la fois de Lénine et de Diaghilev. D'abord révolutionnaire clandestin en Russie, il abandonna la politique pour la poésie. Comme Diaghilev, il plongea avec délices dans les eaux troubles de Paris, longeant souvent la Seine, fouillant chez les bouquinistes, visitant avec frénésie les musées et les bibliothèques, et surtout les cafés. Il y côtoyait Anatole France et Charles Péguy, il lisait Montaigne et Rimbaud, Dostoïevski et Guillaume Apollinaire. Il approcha le groupe littéraire de l'Abbaye à Créteil où, dans un vieux monastère, il s'exerça, à travers la vie communautaire, à une écriture plus accessible au grand public. Georges Duhamel et Jules Romains en faisaient partie. Puis les deux modestes cafés, la Closerie des Lilas et la Rotonde, devinrent les quartiers généraux d'Ehrenbourg où il inventa son fameux style presque télégraphique, qui saisit en quelques mots des vies et destins.

Ces comptoirs entreront dans les annales de la culture européenne, assistant à la naissance de l'art moderne. « Nous étions une centaine de poètes et de peintres qui

1. D'après éd. Khoudojesvennaïa litteratoura, Moscou, 1965.

haïssions la société telle qu'elle était : Français, Russes, Espagnols, Italiens, gens d'autres nationalités, tous extrêmement pauvres, mal habillés, affamés, mais obstinés dans notre désir de créer un art nouveau et vrai », raconta Ehrenbourg.

Fusion insolite de races et de langues, de couleurs et de tempéraments, unis par un seul désir : créer. On y rencontrait tous ceux qui allaient devenir des « monstres sacrés de l'art moderne » : Apollinaire, Jacob, Cendrars, Cocteau, Léger, Vlaminck, Picasso, Gris, Modigliani, Rivera, Chagall, Soutine, Zadkine, Foujita, Pascin et bien sûr des artistes des Ballets russes. À une exception près, tous les fondateurs de l'école de Paris…

À la Rotonde, tout se passait dans l'arrière-salle, misérable pièce enfumée et meublée de dix ou douze tables. Ehrenbourg s'y trouvait quotidiennement, accueilli par Libion, le patron, à qui Modigliani offrait régulièrement des dessins pour régler ses consommations. « Le soir, cette pièce était comble et résonnait de cris, on y discutait peinture, on récitait des poèmes, on cherchait le moyen de se procurer cinq francs, on se querellait, on se réconciliait, quelqu'un se soûlait et on le traînait dehors. »

Ehrenbourg y évoluait dans son élément. « Devenu un habitué de la Rotonde, j'avais l'aspect d'un clochard accompli », raconta-t-il encore. Mal rasé, mal peigné, l'air maladif, coiffé d'un chapeau à large bord, voûté, il y vivait néanmoins un des moments les plus exaltants de sa destinée. « Certains ont porté la passion de ces années à travers toute leur vie, leur biographie marchant au même pas que l'histoire du siècle. »

C'était le début de ses relations avec Picasso, Modigliani, Léger, Rivera et Max Jacob. Modigliani, qui devait mourir au début de 1920, lui laissa aussi le souvenir d'une grande amitié. Il n'oubliera jamais cet « ami de sa jeunesse lointaine ». Son existence dramatique ainsi que sa fin tragique dans la misère resteront liées à cette « Europe désemparée » – comme l'appelait Ehrenbourg –, aux voies tortueuses du XXe siècle entre Lénine et Diaghilev.

Lénine à Paris

Pendant ce temps, à mille lieues du triomphe des artistes russes à Paris, les révolutionnaires continuaient leur lutte sans merci contre l'empire des tsars. Leur leader, Lénine, devenu au fil de ces pages une sorte d'antipode symbolique de Diaghilev, habitait avec sa femme et sa belle-mère à Paris, dans le quartier Montsouris, un modeste logement de deux pièces. Dans la première pièce se trouvaient deux petits lits de fer, des piles de livres, un jeu d'échecs. La deuxième servait à la fois de bureau à la femme de Lénine et de chambre à coucher à sa mère. C'est dans la cuisine, d'une propreté impeccable, qu'on recevait et prenait les repas.

Dans les années 1909-1910, le leader bolchevique s'éloigna quelque peu de son ascétisme affiché quand une autre femme entra dans sa vie. Plus tard, Alexandra Kollontaï, célèbre féministe et ambassadrice d'URSS, divulgua l'histoire de cette passion : « Il s'agit là d'un domaine tout à fait intime. Toutefois, maintenant que le nom de l'autre femme est connu, rien n'empêche de parler de cet épisode de la vie de Lénine. Ce ne fut jamais un secret pour ses compagnons. Lénine s'éprit, disons qu'il était totalement amoureux d'une camarade du Parti, Inès Armand. »

Lorsqu'il la rencontra, Inès était déjà une femme épanouie de trente-six ans, née à Paris le 8 mai 1874 dans une famille d'artistes. Son père, chanteur d'opéra, mourut prématurément. Sa mère la confia à sa grand-mère et à sa tante qui partaient pour Moscou, où elle se maria avec un riche industriel – lui aussi d'origine française. Mais la jeune femme quitta bientôt son mari pour son beau-frère épris des idées révolutionnaires, qui lui aussi mourut prématurément. Après ces bouleversements personnels, cette adepte de l'amour libre et de la révolution partit via Paris pour la Belgique où elle se plongea dans les études. En 1910, elle sortait diplômée d'économie politique avec les félicitations du jury de l'Université libre.

À cette époque, elle se trouvait dans une situation ambiguë car elle n'était ni divorcée de son richissime mari, ni vraiment veuve de son amant disparu. Cette grande et belle brune se sentait profondément russe mais surtout naturellement parisienne. Enfant, elle avait aimé la capitale française d'après la Commune, elle allait donc s'y installer de nouveau, avec dans ses bagages son livre de chevet, celui qui l'avait incitée à rejoindre les rangs bolcheviques et dont l'auteur se faisait appeler Lénine, en souvenir de son exil sur les bords du fleuve Léna.

L'homme et ses convictions allaient bientôt faire battre le cœur de la jeune femme. Intellectuel radical, il ne semblait guère réceptif à l'ambiance parisienne de l'époque et n'appréciait pas les Ballets russes et leurs artistes. Il ne voulut d'ailleurs jamais assister à leur triomphe.

Arborant un costume râpé au pantalon beaucoup trop long et une large casquette, Lénine ne se rendait pas à l'Opéra mais aux réunions du Parti bolchevique qui se tenaient rue d'Alésia ou dans le quartier de

Denfert-Rochereau. Il longeait le boulevard du Montparnasse puis le boulevard de Port-Royal jusqu'à la Closerie des Lilas. Sous les grands arbres se trouvaient de larges bancs confortables sur lesquels il aimait s'asseoir.

L'art de Lénine consista à bousculer les concepts et les catégories établis, en adaptant à la guerre civile et à la révolution les méthodes de la guerre totale européenne qui se profilait à l'horizon. D'ailleurs, la militarisation de sa pensée trouve d'innombrables expressions. À tout propos, il parlait de « guerre », d'« assaut », de « front », d'« avant-garde », de « détachements »... L'originalité de Lénine porte sur ce nouveau type d'organisation révolutionnaire : une sorte d'armée clandestine secrète, très centralisée, formée de professionnels de la subversion. Une seule chose lui importait alors : former des cadres pour son parti.

À cette époque, Inès et les Lénine vivaient à Paris en voisins, eux au 4, elle au 2 rue Marie-Rose.

Lénine appréciait chaque jour davantage l'intelligence, le savoir, le caractère de celle qui s'offrait pour toute mission, tout effort et toute renonciation, au service du groupe bolchevique. Il l'utilisa sans attendre pour la correspondance qu'il adressait en plusieurs langues aux socialistes étrangers.

Lénine et Inès partageaient aussi le même goût de la bicyclette et partaient admirer les paysages printaniers des environs de Paris. Ce fut au gré d'une randonnée amoureuse que Lénine découvrit Longjumeau, une bourgade située sur les bords de l'Yvette, là où, en mai 1911, allait s'ouvrir la première école destinée aux responsables du Parti bolchevique. Venus de tous les coins de Russie, les élèves devaient y suivre une formation intensive. Pratiquement tous les futurs leaders soviétiques y séjournèrent. Chacun y tenait son rôle. Lénine dispensait la politique générale ; Inès, qui avait largement participé au financement du projet, donnait des cours d'économie.

Tout le monde constatait que Lénine ne quittait pas Mme Armand des yeux. Ils étaient pourtant si différents... Lénine incarnait la rigueur jusque dans son vêtement. Ses costumes trois-pièces et ses cravates à pois contrastaient avec les extravagantes tenues d'Inès. Toujours bien coiffée, elle portait souvent, en dépit des moqueries de Lénine, des chapeaux à plumes tout à fait dans le style des décors des Ballets russes !

Au début, Inès cachait son amour en affirmant qu'elle appréciait surtout les talents d'orateur de Lénine. Se remémorant ces moments forts, elle lui écrira plus tard : « Quant à toi, à l'époque, tu m'avais terriblement impressionnée. J'avais une folle envie de t'approcher mais j'aurais préféré mourir sur place plutôt que de pousser la porte de ton bureau... Ce n'est que pendant l'été à Longjumeau et à l'automne suivant, quand j'ai fait ces traductions pour toi, que je me suis peu à peu habituée à ta présence. J'adorais t'écouter, surtout t'observer tandis que tu parlais. D'abord ton visage devient si expressif dès que tu prends la parole et puis tu étais tellement absorbé par ce que tu disais que tu ne me remarquais pas en train de t'observer[1]. »

Pourtant, la manière dont ils vivaient ressemblait plus à une vie d'artistes en tournée qu'à celle d'une famille. La femme de Lénine habitait évidemment avec lui. Fut-elle jalouse ? Refoula-t-elle ce sentiment ? Inès était la plus fidèle traductrice de son mari, sa plus proche collaboratrice et souvent son porte-parole. Dans ce

1. D'après les archives de la Fédération de Russie.

milieu, la conception de l'amour se démarquait totalement de la morale bourgeoise : le travail primait sur les affaires personnelles et la jalousie était d'office prohibée entre les hommes et les femmes libérés des « chaînes des préjugés »…

Au mois de juillet 1912, Inès se rendit clandestinement à Saint-Pétersbourg déguisée en paysanne, et fut arrêtée. Son richissime mari paya l'exorbitante caution, permettant ainsi à la jeune femme de s'enfuir de nouveau à l'étranger sans attendre son jugement.

De retour à Paris, Inès vit le caractère de Lénine changer. Prétextant « une mission », son amant partit en Galicie dès son arrivée. Elle devint alors mélancolique, tuant le temps en promenades solitaires. En décembre 1913, elle écrivait à Lénine :

« En me retrouvant sur ces lieux si familiers, j'ai compris clairement, comme jamais auparavant, la place gigantesque que tu as tenue dans ma vie quand nous étions ensemble à Paris. Tout ce que j'y avais fait était relié par mille fils de mes pensées pour toi. Pourtant à cette époque je n'étais pas tout à fait amoureuse de toi mais je t'aimais fort bien déjà. Je pourrais aujourd'hui comme alors me passer très bien de tes baisers si je pouvais seulement te voirv…[1] »

Déjà, avant son départ pour la Galicie, Lénine avait adopté une attitude ambiguë. Tout d'abord, il lui avait demandé de lui renvoyer toutes ses lettres. Sans doute voulait-il simplement détruire les preuves matérielles de leur liaison et peut-être également quelques écrits sur ses relations politiques. De plus, lui qui la tutoyait tendrement pendant leur passion parisienne, recommençait à la vouvoyer. Sans doute voulait-il rompre ? Mais

1. *Idem.*

finalement, Inès et Lénine se retrouvèrent de nouveau régulièrement en Suisse.

Rendez-vous amoureux, certes, mais les missions d'Inès étaient bien réelles. Elle fut une véritable militante révolutionnaire clandestine. Lénine lui demanda même de gérer les comptes du Parti dans les banques étrangères en cas de force majeure. Elle faisait aussi partie des rares personnes avec qui Lénine aimait à comparer ses analyses… Mais à l'époque, Lénine restait concentré sur la lutte contre les tendances scissionnistes au sein de son parti.

À Paris, des scandales survinrent. L'un, surtout, agaça profondément Lénine. Un soir, les bolcheviques, comme à leur habitude, s'étaient donné rendez-vous dans un café, au numéro 11 de l'avenue d'Orléans. Soudain, les plus influents des membres d'« En avant », mouvement anti-Lénine, firent leur apparition. Bientôt des cris, des invectives rendirent les lieux insupportables aux autres clients. Dans un tapage indescriptible, les En avant insultaient les bolcheviques : « Têtes dures, démagogues, canailles, empêcheurs de lutte ! » Lénine se tenait légèrement en retrait. Sa femme, qui l'accompagnait, tenta de faire revenir le calme, ce qui aggrava les choses. Les sarcasmes redoublèrent, Lénine fut pris à parti et injurié. La réunion allait se disloquant dans les cris et les empoignades.

Pensant retrouver le « chef » qui venait de s'éclipser dans le café d'en face, ses amis s'y rendirent mais ne l'y trouvèrent pas. Ils ne le croisèrent qu'à deux heures du matin passées, dans l'avenue d'Orléans. Il marchait à grands pas sous la pluie, visiblement affecté, parlant tout seul, n'ayant pas même pris soin de remettre son chapeau sur son crâne malgré la pluie. Il fulminait et ne cessait de répéter : « C'est une infamie. Être capable d'un pareil scandale ! C'est le comble de tout. » Ses compagnons, rassurés, le laissèrent en bas de chez lui. Il fit mine de rentrer, mais l'on sut le lendemain qu'il avait erré des heures durant dans le quartier.

Les discussions perpétuelles entre les révolutionnaires émigrés, malgré la certitude qu'avait Lénine d'être le maître, d'être le seul qui ne se trompait pas, finirent par attaquer quelque peu cet équilibre que chacun, dans son entourage, chez ses amis comme ses ennemis, lui enviait. Un étrange travail de désagrégation semblait à l'œuvre dans cette tête supérieurement ordonnée. Lui, doté d'une mémoire plus précise qu'une horlogerie, plus obéissante qu'une esclave, montra soudain les signes d'un trouble inquiétant. Un jour, à brûle-pourpoint, il demanda à sa femme :

« Y a-t-il eu une réponse à ma lettre de New York ?

– De New York ? Quelle réponse ? À quelle lettre ? s'étonna sa femme.

– Mais à la dernière !

– Voyons, tu viens de l'envoyer aujourd'hui ! »

Le leader bolchevique se passa la main sur le front et éclata de rire, réalisant que lui-même avait déposé ce courrier dans la boîte aux lettres de l'avenue d'Orléans trois heures plus tôt.

Plus insensible que la pierre, il avait désormais – rarement toutefois – des accès d'émotion. Un soir, des amis l'entraînèrent voir Sarah Bernhardt jouer *La Dame aux camélias*. Et ce même homme, prêt à faire disparaître tous ceux qui n'adhéraient pas au communisme, pleura comme un enfant lorsque Marguerite Gautier s'éteignit dans les bras d'Armand Duval !

Cet hiver-là, le hasard le fit entrer dans le théâtre de Belleville. Son épouse évoqua cette histoire dans ses *Souvenirs* : « Nous assistions d'abord avec la foule à l'une de ces pièces le plus souvent ineptes, du genre sentimental-scabreux, dont la bourgeoisie française se plaît à nourrir le public ouvrier. Mais alors Montéhus apparut sur la scène, accueilli par un tonnerre d'applaudissements. »

La première fois que Lénine entendit Montéhus, il s'enflamma, allant jusqu'à féliciter le chansonnier dans les coulisses. S'il n'apprit pas les airs de ses complaintes, il en retint quelques paroles, comme celles évoquant un député pseudo-socialiste qui avait trahi « la cause » pour « quinze mille balles » ou celles saluant les troupes du 47e régiment d'infanterie qui avaient refusé de tirer sur les viticulteurs de l'Hérault et de l'Aude : « Salut, salut à vous, braves soldats du 47e ! »

Simultanément, les divisions socialistes s'accusaient. Les mencheviques voulaient éviter les dangers d'une révolution radicale pour se tenir dans les limites d'une certaine « légalité »... Plekhanov, le père de cette branche plus raisonnable du socialisme, était en fait partisan d'une véritable démocratie pour la Russie du lendemain. Alors que le bolchevisme léniniste était prêt à instaurer par la terreur un communisme qui ne saurait tolérer la moindre opposition...

Le cercle des poètes disparus

Pour l'heure, la Première Guerre mondiale changeait la donne.

En août 1914, les dés étaient jetés. Les artistes allemands quittèrent Paris, les révolutionnaires, parmi lesquels Trotski, indésirables, furent expulsés de France. Beaucoup de « Montparnos » se retrouvèrent sous les drapeaux : Léger, qui sera gazé, Braque et Apollinaire, qui seront blessés et trépanés. Les émigrés russes qui n'avaient pu regagner leur patrie à temps – au nombre de neuf mille – vinrent s'engager comme volontaires sur l'esplanade des Invalides. Quatre mille furent pris.

Les années de cette Première Guerre mondiale allaient bien sûr transformer le mode de vie mais aussi l'esprit des artistes des Ballets russes. De troupe, il n'y en avait plus guère : le chorégraphe de la compagnie, Fokine, était rentré à Saint-Pétersbourg, Nijinski se trouvait bloqué par les Allemands en Hongrie et la *prima ballerina* Karsavina, tombée amoureuse d'un diplomate anglais à Saint-Pétersbourg, attendait un enfant. Quant à Diaghilev, il avait dépassé l'âge de la conscription et se retrouvait *de facto* coupé de son pays.

En 1915, il loua une maison à Ouchy, en Suisse, au nord du lac de Genève, la villa Bellerive, un manoir spacieux avec des sols de marbre, situé au bord du lac et entouré de buissons et de fleurs. Pour la première fois depuis son départ de Russie, « le tsar des artistes » vivait dans une maison plutôt qu'à l'hôtel. « De toutes les années durant lesquelles j'ai voyagé avec Diaghilev, écrit Sokolova, nouvelle engagée des Ballets russes, ces six mois furent les plus heureux et je crois que si on lui avait posé la question plus tard, il en aurait dit autant. »

À proximité de la villa vivaient Stravinski, Bakst ainsi que les nouveaux peintres russes de Diaghilev, Mikhaïl Larionov et Natalia Gontcharova. Le directeur des Ballets russes y goûta, en compagnie de Massine, les plaisirs d'une oisiveté heureuse et d'une liberté paisible, au cœur de cette Europe déchirée par la guerre. Les fenêtres ouvertes, ils aimaient à déjeuner longtemps et boire du vin de Bourgogne avec Stravinski. Habitant à deux heures de bicyclette, au château d'Oex, à l'est de Montreux, celui-ci les rejoignait presque quotidiennement. L'inactivité n'était pas l'apanage de Diaghilev. Et il lui tardait de réunir une nouvelle troupe autour de ceux qu'il appelait ses « poètes maudits ».

Une fois encore, il allait déployer ses talents d'enchanteur, transgressant les limites humaines et les frontières. Il fit venir en Suisse des ballerines anglaises qui, entre ses mains, comme sous le coup d'une baguette magique, se métamorphosèrent. Ainsi changea-t-il leur nom, puis leurs habitudes et leur langage afin qu'elles se transforment en « vraies Russes » et, à la vérité, « en vraies artistes européennes », selon les termes de leur directeur. Ainsi Hilda Bewicke devint-elle Lydia Sokolova. D'autres Britanniques, comme Anton Dolin (Patrick Kay) et Alicia Markova, firent aussi leurs débuts aux Ballets russes.

Si à l'époque tout manquait – maquillage, chaussons, etc. –, Diaghilev accomplissait des miracles. Tous les quatre jours, il distribuait des chaussons de satin rose achetés grâce aux subsides des riches mécènes. Ses danseurs guettaient avec impatience ses retours de Paris. Sans ressources pour les faire vivre, il se rendait souvent dans la capitale française pour essayer d'y trouver de l'argent. Quand ses voyages avaient été « couronnés de grands succès », Massine apparaissait paré d'une nouvelle bague.

Ce dernier affirmait ses talents de danseur et de chorégraphe. Guerre oblige, il était presque impossible de présenter des spectacles au public et Diaghilev et sa troupe consacraient leur temps à répéter.

Mais les choses traînèrent car la situation se compliquait. À l'Est, l'offensive lancée en Prusse orientale s'essoufflant, les Russes amorcèrent un repli qui devait durer jusqu'en 1917. Le tsar avait pris la tête de ses troupes. La guerre promettait d'être longue.

1917

Le début de l'année 1917 fut aussi terrible pour Lénine. Contrairement aux clichés établis, il n'avait pas du tout prévu la révolution de Février. En janvier, il pensait que sa vie était gâchée, car « seules les prochaines générations connaîtraient le triomphe de la révolution russe ».

Au début de l'année 1917, la situation politique s'étant encore détériorée en Russie, les grèves devinrent de plus en plus fréquentes. Le 8 mars, Saint-Pétersbourg, rebaptisée Petrograd, se réveilla avec un froid de quarante-trois degrés au-dessous de zéro. Douze cents locomotives se figèrent en blocs de glace. Cinquante mille wagons destinés à ravitailler la capitale se retrouvèrent paralysés. Hommes et femmes affamés se déversèrent dans la rue, se mettant en grève. Les soldats fraternisèrent avec les manifestants.

Le tsar Nicolas II avait abdiqué ; son frère, le grand-duc Michel, avait renoncé à la couronne ; un gouvernement provisoire était installé en attendant la mise en place d'une Assemblée constituante.

Après la chute de la monarchie, les nouvelles autorités russes proposèrent à Diaghilev de devenir ministre des Arts. Mais celui-ci préféra poursuivre son aventure artistique à Paris, tandis qu'une nouvelle vie commençait pour Lénine qui rentra en Russie grâce à la complicité des Allemands en avril 1917.

La catastrophe

Une nouvelle vie allait commencer pour Inès et Lénine à Petrograd. Tantôt dans la clandestinité, tantôt à visage découvert, le leader de la révolution préparait d'une main de fer la prise du pouvoir, en octobre 1917.

Quelques mois plus tard, la victoire obtenue, Lénine décida de transférer la capitale à Moscou. Inès le suivit ; mais ils n'allaient plus vivre côte à côte comme autrefois à Paris. Elle allait habiter rue Arbat, tandis que le leader de la révolution logeait désormais au Kremlin.

Les bolcheviques « nationalisèrent » rapidement toute l'économie, plaçant sous contrôle ouvrier les usines, pillant les coffres-forts des particuliers dans les banques, avant, au printemps 1918, de s'emparer sans vergogne des récoltes des paysans.

Dès l'été 1918, la révolte se généralisa, tant dans la paysannerie que chez les ouvriers, ouvrant la voie à la guerre civile et à la terreur. En dépit de ces réactions, les bolcheviques instaurèrent le monopole du Parti-État sur la production et la distribution des biens ou, selon leur formule, le « communisme de guerre », qui mena au chaos généralisé, en particulier à la terrible famine des années 1920-1922.

Les années Lénine furent en Russie – au moins dans les grandes villes – le temps de toutes les expérimentations, du social *engineering* et des clubs. Alexandra Kollontaï, prophète de l'amour libre, voyait dans la création d'appartements communautaires – cauchemar des Soviétiques pendant les trois quarts de siècle qui suivront – le moyen de libérer la femme des tâches ménagères, de la cuisine et de la garde des enfants. L'alphabet fut simplifié, le vocabulaire épuré – *tovaritch*, « camarade », remplaça *gospodine*, « monsieur » –, puis truffé d'acronymes. Une campagne pour « la liquidation de l'analphabétisme » fut lancée : « Les personnes instruites qui refuseront de donner des cours ou les illettrés qui refuseront d'y assister feront l'objet de poursuites pénales. » Dans les écoles devenues mixtes, les enfants furent encouragés à traiter les enseignants en égaux. Les universités furent d'abord ouvertes à tous, puis doublées de « facultés de travailleurs » (*rabfaki*). Dès février 1917, les officiers perdirent leurs épaulettes et portèrent désormais la même vareuse que les simples soldats.

Si Lénine et les vieux bolcheviques restèrent fidèles à la mode de la Belle Époque – col dur et cravate, lorgnon et gilet –, d'autres leaders, comme Trotski, Staline et les tchékistes, plus modernes, arborèrent des vestes à col boutonné et des jaquettes de cuir, des blouses paysannes, des casquettes ou des chapkas ; d'autres, comme le futuriste Alexandre Rodchenko, inventèrent « le costume prolétarien », une combinaison en toile et cuir, bardée de poches, anticipation assez réussie des parkas, K-Way et autres blousons de reporter de la fin du XXe siècle. Les musées furent fermés : place à « l'art dans la rue », au « théâtre spontané », aux *happenings* relatant les grands moments de la révolution. Des immeubles cubistes, en béton, en acier, en verre, jaillirent au milieu des centres-villes, rococo ou Art nouveau.

« L'avenir du globe faisait l'objet d'un débat sans fin conduit et organisé conjointement par le centre de futurologie et par l'Académie du Parti », se souviendra l'écrivain Varlam Chalamov. Sous le communisme, y aurait-il encore des parfums ? Les ouvriers de la parfumerie Broquer, fermée à la révolution, se demandaient si on la rouvrirait. Dans les phalanstères de Fourier, les femmes seraient-elles mises en commun ? On ne s'interrogeait pas sur une éventuelle réforme du mariage, on s'interrogeait sur le mariage même, sur sa raison d'être, sur la famille : était-elle vraiment nécessaire ?

Dans cette ambiance, Lénine demeurait paradoxalement plutôt attaché au concept traditionnel de l'amour, et Inès l'accompagnait toujours, du moins par la pensée. Il n'avait plus beaucoup de temps à consacrer à son amie, pour deux raisons : le travail et la maladie. Inès était l'une des rares à connaître son état de santé. En effet, depuis la fin de l'année 1917, de terribles céphalées le martyrisaient. Lénine écrivait peu à « la camarade Armand », mais il lui téléphonait souvent. Inès non plus n'avait pratiquement plus de vie privée car elle occupait d'importants postes au comité central du Parti bolchevique et au conseil économique de la province de Moscou.

À cette époque, Inès était devenue le porte-drapeau du féminisme en Russie soviétique. De concert avec Alexandra Kollontaï, commissaire au peuple dans le premier gouvernement de Lénine, elle se prononça contre les tabous sexuels et moraux, pour l'union libre et le droit de la femme à disposer d'elle-même.

Face à cette offensive féministe, Lénine prit quelques distances. Il compara même cette « prétendue nouvelle sexualité » au « bon vieux lupanar bourgeois » et déclara sa préférence pour le mariage civil, avec amour. En

1918, il commença pourtant à montrer en public ses sentiments pour Inès. Le chauffeur du leader bolchevique raconta cette scène révélatrice : « Alors que Nadejda était en voiture avec son mari près du Kremlin, le hasard les fit rencontrer Inès. Lénine descendit de la voiture et parla près d'une heure en tête à tête avec son amie. Lorsqu'il revint, sa femme excédée lui dit : "Il semblait que tu étais pressé." Lénine répondit sèchement : "Ce n'est pas maintenant que tu vas devenir jalouse." »

Quelques semaines plus tard, le chef du Kremlin apprit qu'un attentat avait été commis dans l'immeuble où travaillait Inès. Il décrocha immédiatement son téléphone : « Comment va Armand ? » s'écria-t-il. Comme il s'entendit répondre : « Nous procédons à l'identification des victimes », il hurla de plus belle : « Je vous demande des nouvelles d'Armand ! Armand ! » Fort heureusement, cette dernière avait quitté les lieux avant le drame.

Lénine continua à confier à Inès des missions délicates : il avait notamment chargé la camarade Armand de départager une querelle opposant les communistes français aux Russes, à propos du trésor de l'ambassade de France à Moscou : une véritable fortune en roubles-or et en lingots de platine, que plusieurs membres du GCF avaient « confisqués » dans les diverses réserves de la chancellerie, à la légation et dans les consulats.

En février 1920, en pleine guerre civile, elle reçut cette lettre de son amant : « Chère amie, je voulais vous téléphoner quand j'ai entendu que vous étiez souffrante… » Elle souffrait d'une mauvaise grippe.

Les pensées de Lénine étaient absorbées par la révolution, mais Inès l'accompagnait toujours : « Dis-moi, s'il te plaît, écrivait-il encore, ce qui ne va pas. Nous vivons une époque effrayante, il y a le typhus, la grippe espagnole, le choléra. Je viens de me lever et je ne sors pas, Kroupskaïa a beaucoup de fièvre et elle voudrait te voir. Quelle température as-tu, n'as-tu pas besoin de médicaments ? Je te supplie de me le dire franchement. Il faut que tu ailles mieux. »

Le plus charmant demeure cependant ce petit billet glissé au beau milieu de nombreux papiers concernant la stratégie mondiale. Il témoigne de la tendresse et de l'attention particulières qu'accordait Lénine à cette femme : « Camarade Inès, j'ai téléphoné pour savoir quelle taille de galoches te convient, j'espère pouvoir m'en procurer. Écris-moi pour me dire comment est ta santé. Qu'est-ce que tu as ? Le médecin est-il venu te voir ? »

Malgré ces petites attentions, Inès se sentait de plus en plus lasse. La solitude, le travail exténuant et surtout la réalité apocalyptique de la guerre civile l'avaient accablée. Son vague à l'âme, autrefois sensible à Paris, s'était mué en une véritable dépression. Avait-elle conscience que les actions de son bien-aimé étaient loin des idéaux de leurs années parisiennes ?

Le document le plus tragique reste cette photo d'Inès prise à l'époque. Ce cliché montre un regard désespéré. Elle aurait aimé se reposer enfin avec ses enfants et s'éloigner de la lugubre réalité moscovite. Qu'allait-elle faire ? Reconnaître l'échec de son amour, le fiasco de la révolution ? Elle songea alors à sa France chérie, aux images inoubliables des jours heureux, et écrivit à Lénine pour lui demander ce qu'il pensait d'un voyage à Paris. En réponse, il lui proposa d'aller plutôt se reposer au Caucase, alléguant qu'en France elle risquait d'être arrêtée pour sa propagande révolutionnaire.

La révolution dévore ses enfants

Lénine télégraphia personnellement à toutes les instances pour qu'Inès y soit bien accueillie. Cependant, le magnifique paysage du Caucase, avec l'exubérance de ses couleurs, ne parvint pas à redonner espoir à cette femme exténuée. Les sommets resplendissants de lumière échappaient à son regard, elle soulignait sans cesse la noirceur des rochers imposants, mais ne mentionnait jamais les horizons d'une beauté immuable. Au Caucase, Inès avait retrouvé l'impitoyable proconsul Sergo Ordjenikidze, alors commandant en chef de la région. Elle l'avait connu en 1911 à Longjumeau où elle lui avait enseigné l'économie politique. Il avait naturellement été témoin de son idylle avec Lénine. Mais les conversations ne tentaient plus cette femme usée. Elle préférait la solitude. En relisant les auteurs français, elle s'étonna de voir combien elle était alors loin de ses anciennes idées romantiques.

Les dernières pages de son journal témoignent de sa détresse : « J'éprouve un désir sauvage d'être seule. Cela m'épuise même quand les gens qui m'entourent me parlent, à plus forte raison quand je dois parler moi-même. Ce sentiment de mort intérieure passera-t-il ? Maintenant je ne ris ni ne souris presque jamais parce que j'y suis poussée par un sentiment de joie, mais seulement parce qu'il faut sourire de temps en temps. Je suis aussi surprise par mon actuelle indifférence à la nature. Autrefois, elle m'émouvait. Et je trouve que j'aime beaucoup moins les gens maintenant. Auparavant, j'allais vers eux avec un sentiment chaleureux. Maintenant tout le monde m'est indifférent. Je n'ai de la chaleur humaine que pour les enfants et Lénine. Pour le reste, c'est comme si mon cœur était mort. Comme si, ayant livré toute ma force, toute ma passion à Lénine et au travail, toutes les sources d'amour s'étaient taries en moi, toute ma sympathie pour les gens, que j'avais tant en réserve. Il ne m'en reste aucune, sauf pour Lénine et mes enfants, et quelques relations personnelles, mais seulement dans le travail. Et les gens sentent cette mort en moi, et ils me témoignent en retour l'indifférence ou même l'antipathie, alors qu'on m'adorait… Je suis un cadavre vivant et c'est terrifiant !

« […] Je viens de relire *Cinq-Mars* d'Alfred de Vigny et je m'étonne de voir combien nous sommes loin des anciennes idées romantiques sur l'importance de l'amour dans la vie des hommes. Pour les romantiques, l'amour occupe la première place dans la vie. Ils le mettent au-dessus de tout. Et moi, il n'y a pas si longtemps encore, je n'étais pas loin de partager cet avis ; même si l'amour ne fut jamais pour moi l'unique raison d'être. À côté de l'amour, parallèlement à l'amour, il y avait toujours le combat, la Cause commune.

« […] Dans ma vie, dans mon passé, il me fallut plusieurs fois sacrifier mon bonheur et mon amour à la révolution. Et pourtant j'étais persuadée que l'amour était aussi important que les affaires politiques. Maintenant, je pense différemment. Comparé à la vie publique, l'amour n'a pas d'importance. La comparaison est même impossible. Il est vrai que l'amour tient encore une place considérable dans ma vie, il me fait souffrir cruellement, il occupe trop mes pensées. Mais si grande que soit ma douleur, je ne doute pas un seul instant : je comprends que l'amour, les sentiments personnels ne sont rien à côté des réalités de la lutte. C'est pourquoi les conceptions romantiques qui autrefois me semblaient acceptables me paraissent aujourd'hui... »

Avec cette phrase laissée en suspens se terminait ce journal. Elle avait trouvé mille excuses pour expliquer l'attitude de Lénine affirmant que l'amour pouvait encore la sauver.

Inès écrivit aussi à son mari, Alexandre Armand, avec qui elle avait toujours gardé d'excellents rapports : « C'est seulement maintenant que j'ai compris que j'ai été choyée par la vie et que j'ai pris l'habitude d'être entourée par des gens proches que j'ai aimés et qui m'ont aimée. Je comprends jusqu'à quel point cela m'aurait été insupportable d'être seule alors que tant de gens sont aujourd'hui solitaires. Je me culpabilise encore une fois. »

Au Caucase, des bandes s'opposant à l'armée régulière étaient partout. Les Rouges n'avaient pas encore imposé leur loi dans cette région. La guerre civile et l'anarchie n'épargnaient ni les sanatoriums ni les centres hospitaliers. Contrairement à l'attente de Lénine, Inès n'y trouva ni le moindre confort ni la moindre commodité. Pendant les deux jours de voyage la menant au Caucase dans le sanatorium promis, elle dut se passer de repas chauds et dormit tout habillée sur les banquettes des compartiments délaissés, dans un désordre inimaginable, des chemins de fer et des gares. Elle ne mangea que des légumes et des fruits frais non lavés et attrapa le choléra.

Au fil des pages de son journal intime, on suit la progression de sa maladie. Petit à petit, ses pensées se brouillent. Elle mélange les souvenirs du passé et des visions apocalyptiques du présent. Il lui semble entendre les roulements d'un tambour mêlés à une complainte sans fin, une lamentation rauque et mélancolique disant que la vie est désespérée.

Le jour de sa mort, elle fit une étonnante référence à l'histoire romaine : « Je suis faible à cet égard, absolument pas comme une matrone de la Rome antique prête à sacrifier ses enfants aux intérêts de la République. La guerre va durer longtemps puis il y aura la révolution mondiale. Nos vies en ce moment ne sont que sacrifice, il n'y a pas de vie personnelle parce que notre force est sans cesse utilisée par la Cause commune. »

Amour, abnégation, fatalité, passion, tous les éléments des drames shakespeariens étaient présents dans ce tableau. Il manquait le point final : la tragédie. Elle attendait Lénine dans les jardins du Kremlin.

Le vingt-quatrième jour du mois de septembre 1920, le chef incontesté de l'État bolchevique se sentait de bonne humeur. La journée précédente avait été rude : il avait dû répéter encore que la vie humaine ne comptait pas ; que la fin justifiait les moyens. Il se remémora la pendaison de son frère aîné, âgé de dix-huit ans, condamné en 1887 pour avoir participé à un attentat contre le tsar Alexandre III. À l'époque, le jeune Vladimir Oulianov avait arraché la croix qu'il portait autour de son cou et l'avait piétinée en jurant vengeance. Il se souvint aussi comment il avait assouvi cette vengeance. C'était en juillet 1918, les Blancs approchaient dangereusement de la ville de Lekaterinbourg où Nicolas II, la tsarine et leurs enfants étaient retenus prisonniers. Lénine ne voulant pas courir le risque de les voir libérés par les Blancs donna l'ordre de les exécuter sans autre forme de procès.

En ce 24 septembre, une douceur et une légèreté particulières flottaient dans l'air, contrastant avec cette atmosphère électrique. Admirant les bulbes dorés des cathédrales du Kremlin couverts de reflets turquoise, émeraude ou saphir, Lénine aperçut la silhouette noire de son chef de cabinet, un vieux bolchevique habitué à la dureté de la vie et à la clandestinité. En apercevant son visage préoccupé, Lénine pensa : « Que me veut celui-là ? » Il marchait droit, le vent léger s'engouffrait dans son manteau.

« Que vous arrive-t-il, camarade ? » demanda-t-il. Le chef de cabinet, prostré, lui tendit sans un mot un télégramme : « Priorité absolue Lénine, Moscou. Impossible de sauver camarade Inès Armand atteinte du choléra. Elle est morte le 24 septembre 1920. Renvoyons corps à Moscou… »

Lénine ne parvenait pas à y croire. Le matin même il avait demandé de veiller sur elle et avait reçu en réponse que « tout allait très bien ». Son visage changea subitement, son pas, encore alerte quelques instants auparavant, s'alourdit.

Tous ceux qui côtoyèrent Lénine en ces tristes jours témoignèrent de son abattement. Sa collaboratrice Angelika Balabanova déclara : « Jamais je n'ai vu un être humain si totalement absorbé par le chagrin, par l'effort de le garder pour soi-même, de le soustraire à l'attention des autres, comme si l'acuité de ses sentiments eût été diminuée si d'autres s'en étaient rendu compte. »

Comme Ivan le Terrible, Lénine erra à travers les corridors du Kremlin, sans même saluer ses proches. Il se souvint de la période pendant laquelle, par la force des choses, il avait dû prendre ses distances vis-à-vis d'Inès. Cet éloignement avait-il anéanti leur amour ou la révolution tue-t-elle invariablement ses enfants ?

Lénine se sentait coupable de ne pas avoir laissé partir Inès pour la France. Désormais, c'était un homme brisé. Pourtant, il lui fallait vivre encore et s'occuper des affaires pratiques. Il demanda que le corps soit renvoyé à Moscou dans les plus courts délais, même si habituellement, on enterrait les morts sur place. Aussi fallut-il attendre le 11 octobre, presque trois semaines, avant l'arrivée de la dépouille mortelle d'Inès.

Les télégrammes échangés à ce sujet avaient quelque chose de surréaliste. Lénine n'hésita pas à menacer de mort les responsables locaux s'ils ne trouvaient pas de cercueil convenable pour la dépouille de sa bien-aimée. Pendant la guerre civile, on enterrait les morts, faute de moyens, enveloppés d'une toile blanche ou rouge. Finalement, un grand cercueil fut envoyé à Moscou dans un wagon spécial. Lénine vint accueillir le corps d'Inès. Il marcha près du cercueil de la gare jusqu'au centre de la ville. Alexandre Armand, ses enfants et l'épouse du chef du Kremlin suivaient en retrait. Le cortège longea les rues enneigées. Les vitres des fenêtres reflétaient une lueur morne. Un témoin raconta l'émouvant et ultime tête-à-tête du fondateur de l'État soviétique et de sa chère « collaboratrice » : « Tout son être, non seulement son visage, exprimait une telle tristesse que nul n'osait le saluer, fût-ce d'un signe de tête. Il était clair qu'il souhaitait se retrouver seul avec sa douleur. Il semblait s'être tassé, sa casquette cachait ses traits et ses yeux paraissaient noyés de larmes, retenues à grand-peine. Et chaque fois qu'un mouvement de foule pressait notre groupe, il se laissait pousser sans résistance comme s'il eût été reconnaissant de se trouver plus près du corps. »

Le 12 octobre 1920 enfin, Inès fut mise en terre en grande cérémonie au pied du mur du Kremlin. Lénine y déposa une magnifique couronne de lis blancs.

Lénine et sa femme prirent sous leur coupe les enfants de la défunte. Le chef du Kremlin les sauvera plusieurs fois de mauvais pas, notamment son fils aîné, aviateur, qui faillit être fusillé par les gardes rouges. Il fit tout son possible pour valoriser le rôle d'Inès dans la révolution en évoquant toujours sa collaboration sans faille.

Bientôt, tombé dans la déchéance, Lénine ne reconnaîtra plus personne. Réfugié non loin de Moscou dans l'annexe de sa datcha, il suppliera le nouveau secrétaire général Staline de lui donner du poison pour abréger ses jours. En vain. Il mourra le 21 janvier 1924 dans de terribles souffrances.

Alexandra Kollontaï déclara plus tard qu'il n'avait pas pu survivre à Inès. La femme de Lénine demeurait la seule désormais à pouvoir défendre les intérêts de son mari et d'Inès devant l'histoire. L'illustre disparu avait souhaité être enterré auprès de sa mère dans un petit cimetière de Saint-Pétersbourg. Nadejda eut beau supplier, gronder, rien n'y fit. Malgré son opposition, Staline organisa des funérailles grandioses en copiant les rites des empereurs romains. Cette cérémonie devait symboliser le départ d'un nouveau culte. Lénine, dieu mort, Staline devenait le dieu vivant, nouveau symbole du système communiste.

Le nouveau secrétaire général n'avait jamais aimé la femme du fondateur de l'État soviétique, il s'était même parfois montré si grossier avec elle que Lénine avait dû exiger de lui des excuses. Pour rappeler à l'ordre la veuve de son prédécesseur, « l'homme d'acier » argua en riant, avec son humour de cocher, qu'il pouvait nommer une nouvelle veuve de Lénine parmi les camarades de la vieille garde du Parti !

« Je ne participe pas, je n'existe pas en ce monde »

La révolution de Lénine détruisit nombre de destins. Ainsi toute une génération d'émigrés débarqua à Paris. La majorité des Russes nouvellement arrivés logeaient dans des hôtels miteux et fréquentaient leur cantine ou parfois la Rotonde : « Je ne participe pas, je n'existe pas en ce monde. Je vis au café, comme les ivrognes », écrivait le poète Boris Poplavski.

Au gré des fantaisies et de leur bourse, ces exilés russes passaient d'un café à l'autre. À Billancourt, ils se retrouvaient dans une petite taverne où une vieille chanteuse tzigane, autrefois tant appréciée par Diaghilev et Nijinski, finissait misérablement sa carrière. Avec le peu de voix qui lui restait, elle chantait sa nostalgie, encadrée par deux guitaristes. La nappe était maculée, les chaises bancales, mais la voix cassée de la chanteuse, malgré ses soixante ans passés, remuait de vieux souvenirs dans le cœur des exilés qui composaient la clientèle d'habitués. Dans ce décor miteux, les serveuses semblaient pourtant toutes plus jolies les unes que les autres.

Pauvres et riches, chanceux ou désespérés se réunissaient en des lieux communs, comme le restaurant Dominique – qui existe toujours au 17 rue Bréa – ou la rue Daru avec son église à bulbes dorés et ses petits bistrots où l'on pouvait goûter la fameuse vodka *ribinovka* dont le goût amer correspondait si bien à l'infinie nostalgie de l'âme slave qui habitait tous ces exilés. Beaucoup de ces émigrés s'étaient également regroupés dans le Midi, à Nice, dans le quartier de la cathédrale orthodoxe et de l'ancienne résidence des tsars. Des Russes de toutes conditions vivaient là à l'ombre des coupoles turquoise et or, entre leurs icônes et leurs samovars, seuls vestiges des splendeurs de Moscou et de Saint-Pétersbourg. Les plus riches dans les hauteurs, les plus pauvres près de la mer…

Pourquoi les Russes aimaient-ils tant Nice ? Sans aucun doute, le climat y contribuait largement. En effet, ils l'appréciaient d'autant plus qu'à Saint-Pétersbourg enneigée, ils subissaient de plein fouet la rigueur de l'hiver avec ses moins vingt-cinq degrés et ses dix-huit heures de nuit. Une autre raison résidait dans leur passion pour le jeu dont la « roulette russe » reste un symbole ; d'ailleurs, le métier d'artiste – et le caractère russe est souvent artistique ! – ne relève-t-il pas d'une sorte de jeu de l'amour et du hasard ? Enfin, le Midi garde pour les Slaves le secret d'un mélange de douceur de vivre et d'élan artistique.

Les Russes venaient déjà sur la Riviera au XIXe siècle. Et pas seulement les grands-ducs, également les artistes et les écrivains. Ainsi, comme nous avons eu l'occasion de le mentionner, Tchekhov séjourna à la Pension russe, à Nice, en compagnie de deux amis. Le 16 mars 1898, l'auteur de *La Cerisaie* écrivait à sa sœur Marie : « Youjine [le prince Alexandre Soumbatov, acteur et dramaturge] est venu pour gagner à la roulette quelques centaines de milliers de francs en vue de construire un théâtre ; Potapenko [le romancier] est venu pour gagner un million… Ils jouent tous les jours. »

La magie de Diaghilev

Durant ces années, les exilés russes adoptaient deux sortes d'attitude. La majorité d'entre eux vivaient dans l'attente permanente d'un retour imminent. D'autres, plus lucides et bien moins nombreux, essayaient de forger leur destin en France. Parmi ces derniers, Diaghilev fut encore bien inspiré.

Après la guerre, il désirait ardemment tirer un trait sur son passé. Cette évolution personnelle déclencha la métamorphose de sa compagnie. Depuis quelque temps déjà, il trouvait les créations d'avant-guerre de plus en plus désuètes et cherchait à s'éloigner d'une esthétique traditionnelle. Il s'était passionné pour la nouvelle peinture française, particulièrement pour Gauguin, et voulait modifier l'expression plastique en s'inspirant des tendances expressionnistes. Durant cette prodigieuse période, il influença de nombreux domaines de l'art, mais révolutionna surtout l'art de la scène. Pour ce faire, il fit appel à Picasso, puis à Max Ernst, Derain, Juan Gris, Rouault. Cette fois-ci, l'élan paneuropéen éclipsa quelque peu ses racines russes. Il fit aussi appel aux musiciens, à Debussy, Ravel, Satie, Milhaud, Chabrier, Auric, de Falla, Prokofiev et Stravinski. Pour les textes, il s'approvisionnait aussi bien chez les écrivains contemporains que chez les classiques. Ce fut à cette époque que Diaghilev s'éloigna de Massine… qui se maria et fut renvoyé de la compagnie. Lui aussi essaya de revenir après l'échec de son mariage, mais sans succès.

Parmi cet aréopage franco-russe d'artistes dotés de génie, Cocteau s'imposa et poursuivit allégrement son chemin grâce au soutien inébranlable de ses amis des Ballets russes. Ses trop nombreux talents l'avaient longtemps empêché d'être pris au sérieux, et quand son œuvre commença à être reconnue, il fut assailli par les venimeuses attaques de plusieurs clans : surréalistes, cubistes… C'est à lui que Diaghilev avait ordonné : « Étonne-moi ! », ce qu'il fit avec *Parade* en 1917, en collaboration avec Picasso qui signa les décors.

Ayant offert là un terreau fertile à d'autres artistes, Cocteau poursuivit inlassablement ses expérimentations dans toutes les directions. Avec son génie singulier, il réussit à écrire le roman de sa vie et domina la scène des folles années vingt, dont il devint l'un des principaux représentants. Un jeune homme entra alors dans sa vie, Raymond Radiguet. Leur influence fut réciproquement féconde : Cocteau écrivit grâce à lui quelques-unes de ses plus belles œuvres, et Radiguet réalisa deux chefs-d'œuvre classiques, avant de mourir à peine âgé de vingt ans. Comme Cocteau, Radiguet avait pris Paris d'assaut. Il mourut d'une fièvre typhoïde, déjà miné par la boisson. Sans doute sous l'effet du chagrin, Cocteau s'accrocha à l'opium.

Après la mort de Radiguet, Diaghilev fit tout pour réconforter Cocteau. Le poète y fut particulièrement sensible et écrivit au fondateur des Ballets russes :

« Mon cher Serge,

Ma douleur ne se calme pas – mais je me décide à vous rejoindre. Ta visite m'a profondément ému. Je ne pourrai vivre que dans une atmosphère de naissances.

J'ai aussi besoin d'Auric, de Poulenc, de Gris. Darius Milhaud est admirable de dévouement. Il passe matin et soir. Pour moi, Raymond était toute la poésie. Il me reste ma famille de musiciens… J.C. »

Diaghilev incita alors Cocteau à se ressaisir et à réaliser une œuvre à partir de ses impressions sur la Riviera. Ainsi fut créé pour les Ballets russes *Le Train bleu*, « opérette dansée », qui devait inaugurer une époque de réalisme moderne : « La poésie des machines, du gratte-ciel, du transat vous est déjà connue, écrivait Cocteau. Acceptez maintenant cette poésie de la rue, en prenant au sérieux ses mélodies "banales". Ne craignez pas la banalité, accordez toute votre attention à cette musique naissante qui sera celle de demain. »

Cocteau avait imaginé son œuvre comme un « spectacle de plage ». Les danseurs évoluaient dans un décor de cabines de bain et de parasols. Là se déployaient les « poules » et les « gigolos » exécutant toutes sortes d'exercices athlétiques et de pirouettes. Cocteau, encore jeune, ne manquait pas de ressources. Il écrivit dans les années trente d'autres remarquables œuvres inspirées par des amitiés à la fois stimulantes et salutaires pour son accomplissement d'artiste. Pour la jeune génération, il était devenu un inspirateur semblable à ce que Diaghilev avait été pour lui.

Autre créateur de génie, Picasso fut également marqué par ses amitiés avec les Russes. À Paris comme à Venise, à Barcelone ou à Madrid, il appréciait leur compagnie et aimait flâner avec Diaghilev et Stravinski. Ainsi se retrouvèrent-ils en Espagne en 1919. À sa demande, le musicien jouait souvent du piano ; on dansait sur les terrasses à la lueur des flambeaux jusqu'à une heure avancée de la nuit. Picasso avait l'habitude de porter sous sa veste noire une large ceinture. Avec son regard brûlant, il ressemblait à un matador. Chacun se sentait parfaitement à l'aise avec la modernité de l'autre. Diaghilev et Pablo avaient en outre en commun d'utiliser l'art pour résoudre leurs problèmes personnels. Le peintre et le thaumaturge des Ballets russes développaient leur connivence avec les écrivains et les musiciens en transgressant les frontières habituelles entre les différentes familles de créateur. Mais en Espagne, l'esprit du peintre était spécialement hanté par la danse, ou plus précisément par une danseuse, Olga Khokhlova. Pour elle, Picasso avait déjà suivi la troupe de Florence jusqu'à Naples, renouant avec cette Italie qu'il avait connue à Rome où il devait faire une ultime mise au point du ballet *Parade*. À la fin de ce périple, Pablo et Olga rentrèrent en France et s'installèrent à Montrouge. À Noël, ils se fiancèrent.

Entre Pablo et Olga, des rapports nouveaux s'établirent peu à peu, ceux de la muse et de l'artiste. Picasso considérait cette beauté sereine comme un havre de paix après ses récentes épreuves et les bouleversements mondiaux. Paradoxalement, lui, le parfait bohème, semblait rechercher l'apaisement et aspirer à une vie ordonnée. Olga, avec son beau visage et son corps parfait, était arrivée au bon moment. À l'époque, cet ascendant se reflétait déjà dans les nombreux portraits réalisés par le peintre, où l'on remarque un décalage heureux entre le pointillisme qui orne le visage et les abords de la silhouette qui paraissent inachevés.

Si Olga influença la technique de l'artiste, elle voulut aussi changer l'homme, l'éloigner des tapages nocturnes et de ses amitiés masculines. Cependant, Picasso avait déjà amorcé un changement de style avant l'arrivée d'Olga. Le traumatisme de la Première Guerre mondiale est sans doute l'une des clefs de cette évolution.

De son côté, la jeune danseuse, taraudée par la nostalgie, savait captiver toute son attention lorsqu'elle lui racontait « sa Russie », la détresse majestueuse de ses paysages infinis, la lumière cuivrée de son ciel. Parfois, elle s'habillait pour lui en « femme des steppes ». Elle revêtait alors des costumes mordorés ou vert sombre, levant mollement les bras ou posant son menton sur ses poings. Olga voulait oublier la Russie ravagée par la terreur rouge et aspirait à une vie paisible. Rue de La Boétie, elle aménagea deux appartements superposés, laissant à l'artiste son espace vital. Dans le salon de l'appartement familial défilait tout l'entourage des Ballets russes, Diaghilev, bien sûr, le comte Étienne de Beaumont, Misia Sert, Erik Satie, Manuel de Falla, Jean Cocteau. Le couple sortait beaucoup, fréquentait assidûment les premières des spectacles. Picasso assistait aux réceptions et aux grandes soirées, toujours en compagnie de sa femme, belle et élégante. Mais un créateur de génie supporte difficilement le carcan des règles imposées. En poussant progressivement Picasso à prendre de la distance envers ses meilleurs amis artistes, Olga provoqua une faille qui mina le couple. Et, tandis que le cœur de la jeune femme battait toujours pour le ballet, Pablo, étrangement, cessa de dessiner des danseuses, s'orientant même vers des sujets qu'elle détestait : les nuits bleues, le jazz, la corrida.

Cette métamorphose profonde allait aussi devenir politique. Car si la jeune femme était restée une Russe blanche antibolchevique, l'amitié qui liait Picasso à Éluard et, plus tard, son engagement en faveur des républicains pendant la guerre d'Espagne, le poussaient plus nettement du côté de Lénine. En 1935, la rupture était consommée. Olga chercha l'apaisement dans un retour à ses racines, à ses amies danseuses. Seule l'église de la rue

Daru, où elle s'était mariée avec Pablo, lui rendait le parfum de sa chère Russie et de son bonheur perdu.

À Paris, Picasso revint à sa vie de bohème, proclamant ouvertement son admiration pour Lénine, et rompit avec les amitiés de sa femme. Le seul milieu qui leur restait en commun, et qu'il continua à fréquenter, était l'univers des Ballets russes où il prenait plaisir à retrouver ses vieux amis, Massine et Jean Cocteau. « Le mystérieux et diabolique Picasso », comme l'appelaient désormais les Russes…

Chanel

L'entreprise de Diaghilev joua un rôle essentiel, surtout pour les artistes nouvellement arrivés de Russie : danseurs, chorégraphes, musiciens trouvaient à s'y employer, ainsi que les décorateurs, costumiers, menuisiers, cordonniers, perruquiers. Même sous-payés, ils pouvaient plus facilement que les autres émigrés continuer à exercer leur métier. Et, se retrouvant entre Russes, ils participèrent à des réalisations prestigieuses. Leur sort était enviable, comparé à celui des anciens officiers devenus chauffeurs de taxi ou ouvriers métallurgistes au Creusot ou à Billancourt, ou à celui des jeunes poètes et écrivains contraints d'écrire le soir, après une journée passée à l'usine ou à l'atelier.

Diaghilev contribua aussi à créer des liens solides entre la communauté russe et la mode. Ainsi le couturier Poiret lança ses collections inspirées des spectacles des Ballets russes, et Ilya Zdanevitch révolutionna l'art typographique et devint créateur de tissus chez les grands couturiers.

Pour entrer dans le monde de la mode, Diaghilev utilisa une clef magique : Chanel. Durant l'élaboration de *Parade*, Diaghilev fit la connaissance de Gabrielle Chanel, qui allait devenir son amie la plus proche. Mince et élancée, elle avait de profil toute la distinction d'une aristocrate avec son long cou gracieux ; mais de face, ses yeux noirs moqueurs, sa grande bouche et son air averti lui donnaient l'allure d'un gavroche au féminin. D'origine paysanne, elle avait déjà été chanteuse, entraîneuse, cocotte et modiste lorsque Diaghilev la rencontra.

En 1916, Chanel était en train de devenir une des promotrices de la mode. Depuis dix ans, elle vivait avec un grand bourgeois bon vivant, dans son château près de Paris. Elle avait d'abord commencé à vendre ses petits chapeaux, installée au rez-de-chaussée de l'appartement de son amant, puis, un autre tendre ami, un Anglais appelé « Boy », lui acheta sa propre boutique derrière le Ritz, où l'on trouvait des tricots, des chapeaux et toutes sortes d'accessoires féminins.

Mlle Chanel, dont la maison de la rue Cambon prit rapidement une vertigineuse extension, métamorphosa les femmes en supprimant leurs corsets, leurs baleines, leurs ras-du-cou… et jusqu'à leurs cheveux ! Fini les fanfreluches, les flaflas, évanouis miraculeusement en même temps que les cache-sarraus et les carcasses lacées jusqu'à l'étouffement. Les corps prenaient une forme nouvelle, les poitrines disparaissaient, les derrières s'enfuyaient… tandis qu'apparaissaient les jambes, dont on ne soupçonnait, autrefois, qu'une pudique cheville…

En matière de mode, Chanel, à cette époque, dictait indiscutablement la loi. Son génie consistait à transformer une idée apparemment anodine en quelque chose de gigantesque. Bientôt son intelligence, sa beauté et son sens révolutionnaire du style défrayèrent la chronique du Paris à la mode. Le baron Gérard la peignit lovée sur les coussins d'un canapé de daim fauve où elle reposait dans l'indolente posture de Mme Récamier ; il n'y avait pourtant aucune nonchalance dans son attitude, ses doigts effilés effleuraient toujours la peau d'un coussin d'une caresse nerveuse. Et ses yeux, « couleur de granit pailleté, couleur d'eau montagnarde au creux d'une roche ensoleillée », comme l'écrivit son amie Colette, dardaient ici et là un regard si intense que tout le monde les voyait noirs. Même aux heures de détente, même entourée d'amis, tous ses sens restaient en état d'alerte.

Presque chaque soir, elle recevait le monde des Ballets russes chez elle car elle n'aimait guère quitter sa fastueuse tanière. Était-ce la marque d'une réserve naturelle chez celle qui, il n'y a pas si longtemps, n'était qu'une petite provinciale, ou d'un flair tout particulier pour écarter les médiocres et reconnaître les talents ? Rester à l'écoute de ces amis russes, si fantasques, faisait désormais partie de ses préoccupations. « Il y a chez tout Auvergnat un Oriental qui s'ignore : les Russes me révélaient l'Orient », assurait Chanel. Et d'ajouter : « Tout Occidental doit avoir succombé au charme slave pour savoir ce que c'est. Je fus fascinée. » Gabrielle Chanel avait en effet choisi pour « protecteur » le grand-duc Dimitri Pavlovitch, cousin du tsar Nicolas II, pas très argenté mais tellement chic. Elle rencontra également la grande-duchesse Marie Pavlovna, sœur de Dimitri. Cette dernière créera un atelier de broderie, Kitmir, qui travaillera exclusivement pour Chanel, bien après que sa relation avec Dimitri ne s'achève, en 1922.

Cette année-là, Gabrielle Chanel lança sa collection russe, dans laquelle la vareuse, la pelisse ainsi que la *roubachka*, blouse brodée du costume traditionnel, figuraient en bonne place. L'influence de la Russie gagna également les parfums. Ernest Beaux – Français né à Moscou où il travaillait pour Rallet, première parfumerie française installée en Russie et fournisseur de la cour – sera à l'origine du fameux N° 5, créé en 1921, et de Cuir de Russie, en 1927.

« Le luxe n'est pas démocratique », disait Coco. La magistrale collection livrée récemment au théâtre du Ranelagh lui donne raison. Des robes « KGB ultra-sévères » – résume Karl Lagerfeld – aux manteaux de tsarine en agneau bouclé neige brodés de fil d'argent comme du givre, la collection Paris-Moscou est étourdissante. Là des pantalons de moujiks en lamé, ailleurs une pelisse de conte de fées qui frôle le sol, des broderies constructivistes sur fond de paillettes dégradées, des manchons de fourrure brodés de poupées russes, des coiffes en cheveux inspirées du *kokochnik* traditionnel, des bijoux en pâte de verre sous influence byzantine et ottomane, des broderies au fil d'or façon icône. On nage en plein rêve.

Pour l'heure, aider ses amis artistes faisait partie du destin de celle qui, certes, avait été dotée des qualités nécessaires, mais n'avait pas bénéficié de tremplin vers la réussite. « C'est grâce au faste visible que Gabrielle Chanel a aidé le faste secret des artistes, écrivit Jean Cocteau. Sans elle, jamais Serge de Diaghilew n'aurait pu soutenir la reprise du *Sacre du Printemps* de Stravinski… » rappelait-il encore.

Par son charme, et surtout grâce à sa volonté de fer, Gabrielle Chanel devint l'intermédiaire incontournable entre les gens du monde et les artistes qui, sous sa houlette, rejoignirent le Tout-Paris. À sa table, le comte et la comtesse Étienne de Beaumont, qui l'avaient introduite dans les plus grandes maisons, côtoyaient Pablo Picasso, Juan Gris, et bien sûr Serge Diaghilev et les siens.

Comme celui du palais présidentiel, bien que moins vaste, son jardin à la française s'étendait jusqu'à l'avenue Gabriel. Dès l'entrée, les célèbres paravents de Coromandel accueillaient le visiteur. Elle les avait choisis pour cacher les murs vert et or qu'elle ne pouvait pas remplacer car sa demeure était classée monument historique. La décoration déclinait une rigoureuse harmonie blanche, beige et tête de nègre, couleur qui allait devenir un classique de la décoration d'intérieur.

Par les hautes fenêtres, devant lesquelles se détachaient d'immenses sièges Louis XIV tendus de velours blanc, on apercevait la terrasse et le jet d'eau qu'éclairaient des projecteurs, installés sur le conseil de Stravinski, son amant au début des années vingt. D'énormes gerbes blanches fleurissaient les lieux en toutes saisons. Parmi les meubles et les objets, tous des meilleurs artisans du XVIIIe siècle, trônaient quelques tableaux modernes. Stravinski et Poulenc improvisaient volontiers dans cette ambiance et y trouvèrent les accords d'œuvres futures.

À travers les témoignages de ses amis, on retrouve ainsi la présence de Chanel dans toutes les circonstances importantes de leur vie. Sa fidélité envers la tribu des Ballets russes ne faillit jamais.

Fut-elle vraiment *chorus girl* dans une troupe itinérante ? Étudia-t-elle la musique et le chant au cours d'une éducation plus bourgeoise que ne le veut la légende ? En tout état de cause, musiciens et chorégraphes furent éblouis par l'aisance avec laquelle, de sa belle voix de contralto, elle déchiffrait les plus difficiles partitions de *bel canto* en s'accompagnant au piano.

Ses amis, tous des oiseaux de nuit, ne purent cependant jamais résoudre l'énigme de sa vie nocturne. Aux heures matinales où ses amies rêvaient entre leurs draps, où Cocteau émergeait à peine des brumes de l'opium, où nul ne se hasardait à déranger Diaghilev, Chanel était déjà sur le pied de guerre.

Debout, penchée, agenouillée, dansant son propre ballet autour de ses mannequins, elle pratiquait inlassablement la gymnastique des couturières. Elle ne cessait jamais de palper, couper, épingler, retailler, démolir pour recommencer modèle après modèle.

Tout cela avait beau être éreintant, elle déclarait fièrement : « La couture est ma joie, mon but, mon idéal, ma raison d'être, mon tout, mon moi… Je ne suis rien d'autre qu'une petite couturière… »

« Chanci, écrivait Colette, est ainsi pareille, les reins tendus, les pieds repliés sous les cuisses, à la lavandière prosternée qui bat le linge, aux dures ménagères, entraînées jour après jour, et vingt fois le jour, à de prestes génuflexions de nonnes. Cet entraînement professionnel du corps la laisse mince, creusée par la fatigue. »

En période d'intense travail, elle quittait sa demeure pour loger au Ritz, évitant ainsi la fatigue d'un trajet, ce qui lui semblait le comble du luxe.

Parmi les lieux fastueux, Gabrielle Chanel avait une prédilection pour Deauville. Ce fut d'ailleurs le triomphe des Ballets russes qui relança cette station balnéaire en 1912. Quand elle avait exprimé son désir d'y vendre ses chapeaux, le directeur des Ballets russes avait tout de suite reconnu à ses mots, une volonté propre à lui plaire : « Ne comprends-tu pas que j'ai besoin de faire quelque chose par moi-même ? J'ai besoin de savoir si c'est vraiment un homme que j'aime ou le confort. » Car ce sont les hommes qui l'aidèrent à mettre le pied à l'étrier. Ainsi loua-t-elle une boutique à côté de l'hôtel Normandy récemment achevé et attirant la clientèle nantie. Même à Deauville, on portait encore d'écrasants chapeaux, de larges capelines aux courses, des aigrettes au casino. Les petites toques de Chanel, garnies d'une seule plume ou d'une fleur, commencèrent à se répandre, reléguant les capelines aux garden-parties, et bientôt aux oubliettes.

La côte fleurie était à l'avant-garde des modes, des automobiles de sport, des tenues de villégiature, de golf et d'équitation. Deauville s'éveillait en août, attirant une clientèle élégante et internationale. Autour de l'événement hippique, on s'étourdissait dans les théâtres, sur les tapis verts, à bord des bateaux. « Deauville en août, il est important d'y être vu », préconisait Diaghilev.

En cette troisième année de guerre, le rideau du théâtre du Châtelet se leva le 18 mai 1917 sur la création de *Parade*. Apollinaire rédigea le texte du programme, mettant en exergue la fusion du décor, du scénario, de la musique et de la danse de *Parade*. Ce fut d'ailleurs à cette occasion qu'il inventa le mot « surréalisme ».

Le ballet regroupait la première orchestration de Satie, le premier décor de Picasso, les premières chorégraphies cubistes de Massine. « Tant de recherches, tant d'ébauches de nuits blanches, tant de disputes », disait Cocteau qui était, semble-t-il, parvenu à « étonner » Diaghilev en lui présentant un scénario d'une brillante originalité. « Nous souhaitons, écrivit-il, que le public considère *Parade* comme une œuvre qui cache des poésies sous l'enveloppe d'un guignol. » Effectivement, *Parade* marqua un tournant dans l'histoire des Ballets russes. Désormais, la troupe allait être guidée par les conceptions modernistes qui s'affirmaient en Occident. Quant à Diaghilev, il ne cherchait déjà plus tant à assurer la propagande du Ballet russe à l'étranger qu'à rester à l'avant-garde de la vie artistique en Europe. Pour la première fois, il fit appel à un peintre français, chef de file d'une des principales tendances des arts plastiques de l'époque : le cubisme. Pour la première fois également, des procédés futuristes furent utilisés pour subjuguer le public. Avec *Parade*, les frontières séparant le ballet classique du théâtre forain furent définitivement abolies.

Le rideau se leva sur une évocation cubiste des gratte-ciel de New York dressés selon une perspective délirante. Quant aux personnages – un couple d'acrobates, une petite fille, un prestidigitateur chinois mangeur de feu dansé par Massine et deux hommes formant un cheval –, ils se livraient à des danses excentriques. Deux personnages enfermés dans de hautes constructions cubistes encadraient le guichet d'une baraque foraine, vantant les mérites du spectacle. Gabrielle Chanel, qui finança l'opération, avec son teint de tubéreuse sous un casque de cheveux noirs, fut assurément le plus joli mécène des Ballets russes. Et le plus généreux. Le tissu bleu violet sur lequel Picasso peignit des colonnes à la sanguine fut sa trouvaille. Elle chargea Cocteau d'acheter des masques de carnaval, les fit passer au blanc et les fixa autour d'une niche aménagée dans le décor. Elle imposa également aux acteurs un maquillage blanc rappelant les masques antiques, une astuce qui sera reprise maintes fois. Peu satisfaite des costumes, elle défit tout à la dernière minute et en improvisa de nouveaux avec les lourds tissus de sa collection.

Le désir de Diaghilev d'associer Satie à ce projet avait été pleinement récompensé par la musique drôle et légère composée par ce dernier. Mais si son œuvre paraissait simple en apparence, elle révélait une asymétrie arithmétique sur un rythme irrésistible. Satie a d'ailleurs influencé une nouvelle génération de compositeurs français et ouvert la voie aux ballets qui allaient traiter non plus de la mythologie mais de la vie quotidienne.

Si *Parade* entra dans les annales de l'art, il ne remporta pas immédiatement le succès escompté. Satie, très irascible, répondit à un critique qui l'avait offensé : « Monsieur et cher ami, vous n'êtes qu'un cul, mais un cul sans musique. » Le journaliste porta plainte en diffamation et le compositeur fut tout bonnement condamné à une semaine de prison… avec sursis grâce aux efforts combinés de Diaghilev et de Picasso. Pour oublier ces déboires, Diaghilev et sa troupe partirent pour l'Espagne au début du mois de juin. Picasso était du voyage.

Gabrielle Chanel joua donc plus d'une fois un rôle dans le destin des Ballets russes. D'ailleurs la « tendre amitié » qui la lia à Igor Stravinski illustre les mœurs pittoresques propres à la compagnie de Diaghilev.

Dans les années vingt, elle acheta une maison à Garches près de Paris, dans laquelle elle installa Stravinski et sa famille, confrontés à une situation financière dramatique. Chanel et le compositeur vécurent une brève idylle. À cette époque, Stravinski offrit à Coco une icône emportée de son pays natal qui ne quitta plus la couturière jusqu'à sa mort au Ritz, où elle l'avait placée sur sa table de chevet.

Cependant, en 1927, Igor dut partir pour l'Espagne. Coco promit de l'y rejoindre, mais au dernier moment, fidèle à elle-même, elle trouva plus « divertissant » de descendre à Monte-Carlo dans sa nouvelle Royce avec un autre Russe, le grand-duc Dimitri.

S'étant plaint à Misia Sert, Stravinski reçut le télégramme suivant : « Coco est une midinette qui préfère les grands-ducs à toi. » Stravinski était tellement furieux que Diaghilev dut mettre en garde Chanel en ces termes : « Surtout ne viens pas ; il veut te tuer. » C'est du moins ce qu'affirma cette dernière. Misia, pour sa part, nia l'existence même de ce câble. Cet épisode provoqua en tout cas l'une des plus violentes disputes entre les deux femmes, qui cessèrent de se parler pendant des semaines avant de se retrouver, comme elles disaient, dans le « bouillonnement » des Ballets russes.

Chanel n'était pas le seul lien entre les Ballets russes et la mode. Toujours influencé par Diaghilev, le couturier Poiret lança une autre artiste russe, Marie Vassilieff, qui créait des projets de meubles et des poupées caricaturant ses amis du monde des arts et des spectacles. À l'Exposition de 1925, elle présenta un mobilier extravagant réalisé dans des matériaux luxueux. Deux ans plus tard, elle décorait le café de la Coupole. Ilya Zdanevitch, qui a révolutionné l'art typographique dans son ouvrage *Ledentu le Phare*, devint quant à lui, sur la recommandation de Diaghilev, créateur de tissus chez Chanel. On trouvait également beaucoup de jeunes Russes parmi les mannequins, comme Tatiana Iakovleva, dernier amour du poète Maïakovski. De vastes réseaux russo-français se tissèrent alors dans le monde du vêtement de luxe.

En 1928, le prince Félix Youssoupov, personnage mythique de l'émigration russe, l'un des assassins de Raspoutine, et sa femme Irina, petite-fille d'Alexandre III, installèrent rue Dutot leur maison de couture, Irfé (raison sociale formée avec les premières syllabes de leurs prénoms), en lançant une collection inspirée du style d'Alexandre Benois.

La tentation du Diable

En 1924, la France reconnut l'URSS, et l'ouverture relative des frontières permit l'arrivée d'une nouvelle vague d'émigrés qui transitaient en général par Berlin, grâce à une relative libéralisation des règles de sortie de l'URSS (qui ne dura que quelque mois). Alexandre Benois par exemple, le décorateur mythique des Ballets russes, profita en 1926 d'une mission à Paris pour rester en France. Puis à partir de 1927, l'ambassade soviétique interdit à ses ressortissants de fréquenter les « apatrides ».

La situation financière catastrophique des exilés empirait. Lorsque le loyer était impayé, l'électricité coupée et le crédit chez l'épicier tari, ils vivaient de pain et de café. Certains grands personnages du monde des arts et de la culture rentraient dans leur pays natal, comme Alexis Tolstoï, suivi un peu plus tard d'un des grands compositeurs des Ballets russes, Serge Prokofiev. Leur retour ne fut néanmoins pas tout à fait anodin. La démarche des Soviets était double. En effet, Staline, l'héritier de Lénine, cherchait surtout à faire revenir les figures symboliques comme Diaghilev. La tâche de séduire ce dernier, en lui proposant le poste de directeur du Bolchoï, fut assignée au poète emblématique des Soviets, Vladimir Maïakovski, qui à partir de 1923 fit de fréquents séjours à Paris, à l'hôtel Istria rue Campagne-Première, où il se présentait volontiers comme « envoyé plénipotentiaire » du Kremlin. Le directeur des Ballets russes, hésitant, lui posa quelques questions pratiques : serait-il libre de retourner à Paris quand bon lui semblerait, de venir avec son secrétaire et de repartir sans être retenu ? Maïakovski donna évidemment toutes les garanties possibles et promit monts et merveilles « au nom du gouvernement soviétique[1] ».

Heureusement, Diaghilev vérifia ces paroles auprès de l'ambassadeur soviétique à Berlin, Rosenberg, fidèle admirateur des Ballets russes. Le diplomate chevronné, plus lucide ou plus honnête que Maïakovski, répondit avec ambiguïté qu'il donnait toutes les garanties comme ambassadeur, laissant entendre qu'il ne pouvait pas donner ses garanties personnelles. En effet, l'ambassadeur savait pertinemment que parmi ceux qui rentraient, beaucoup allaient atterrir directement au goulag[2].

Néanmoins, Maïakovski, désireux de connaître l'ambiance parisienne, continua à fréquenter l'entourage des Ballets russes.

Une autre Russe prosoviétique, Elsa Triolet, sœur de sa muse, vivait dans ce même hôtel, où Fernand Léger lui avait trouvé une chambre, grâce à l'intervention de Maïakovski. Elle accueillit l'arrivée de ce géant iconoclaste, son vieil ami, avec joie. En compagnie d'Elsa Triolet, il découvrit la fièvre du jazz dans les boîtes de nuit à la mode, les bars, les soirées russes, le café Voltaire où il déclamera plus tard ses vers. Ils fréquentèrent ensemble les cabinets particuliers des grands restaurants

1. Selon le témoignage de Serge Lifar lors de notre rencontre en avril 1976.

2. *Idem.*

où les artistes et les personnalités amenaient leurs conquêtes.

Elsa raconta sa vie sentimentale agitée. Elle avait déjà plus de trente ans. Si parmi ses amants de passage, elle avait enfin trouvé l'homme de sa vie, la jeune exilée n'avait pas encore réussi à imposer ses premiers romans, *Fraise des bois*, *Tahiti* et *Camouflage*.

La Russie bolchevique cachait mal son irritation face aux succès des émigrés. Les essais de Maïakovski sur son voyage en Europe, publiés à Moscou en 1923, trahirent d'ailleurs son mépris à l'égard des « Russes de Paris ». Ainsi fut-il exaspéré par un portrait, réalisé par l'artiste russe Iakovlev et exposé au salon d'Automne à Paris, représentant une femme avec entre les mains un livre de la poétesse Akhmatova se concluant par ces quelques mots : « Travailleurs des arts de la Russie soviétique, nous sommes les meneurs de l'art mondial, les porte-drapeau des idées d'avant-garde. »

Maïakovski n'attaqua jamais Diaghilev. En revanche, le compositeur Prokofiev, qui, tout en vivant à Paris, continuait de flirter avec les bolcheviques, écrivait en 1928 dans une lettre envoyée à Moscou au sujet du spectacle des Ballets russes *Apollon Musagète* de Stravinski, sans même avoir pris le soin de mentionner le chorégraphe : « J'ai vu et entendu cette chose dans une mise en scène de Diaghilev et j'ai été amèrement déçu. D'une indigence lamentable, le matériau a été grappillé dans les poches les plus honteuses : Gounod, Delibes, Wagner ou même Minkus. »

Les Russes prosoviétiques associaient le néoclassicisme à la contre-révolution. Pour eux, la restauration des formes classiques dans les spectacles de Diaghilev témoignait d'une volonté de renouer avec la Russie d'autrefois.

Cependant les illusions allaient s'évaporer très vite… En 1929, Maïakovski revint encore une fois à Paris puis se rendit sur la Côte d'Azur où il ne cacha pas son désarroi devant le peintre émigré Georges Annenkov. Le crépuscule tombait, Annenkov descendait une vieille rue pittoresque qui glissait vers la mer. Vers lui montait une silhouette connue. Le poète de loin lui cria : « As-tu mille balles ? » Il expliqua qu'il venait de Monte-Carlo où il avait perdu tout son argent. Annenkov lui prêta les mille francs. « J'ai faim, reprit Maïakovski. Si tu me donnes encore deux cents balles, je t'inviterai à manger une bouillabaisse ! » Au cours du repas, le poète lui annonça son retour à Moscou : « Je rentre… J'ai cessé d'être poète, dit-il en s'effondrant dans de profonds sanglots. » Il ajouta, à peine audible : « Je suis… un fonctionnaire… »

Maïakovski quitta la France au début du mois d'avril 1930. Le 15 avril, à Paris, on frappait à la porte d'Elsa Triolet. Son compagnon, Aragon, resté couché, fut foudroyé par les cris de la jeune femme qui hurlait : « Mort ! Mort ! Mort !… » À Moscou, Maïakovski s'était suicidé d'un coup de revolver.

Le suicide du poète coïncida avec le durcissement du régime de Staline. La Russie s'isola du reste du monde.

Le seuil

Le directeur des Ballets russes se trouvait au seuil de la cinquantaine. Ses sauts d'humeur imprévisibles devenaient de plus en plus fréquents. Sa légendaire joie de vivre s'estompait. Évitant de croiser son reflet dans les miroirs, il refusait de laisser faire son portrait. Plus superstitieux que jamais, il se déplaçait toujours avec une canne, pour pouvoir toucher du bois à tout moment. Dans les restaurants parisiens à la mode, on pouvait croiser sa massive silhouette. Ainsi les favoris se succédèrent-ils, tous plus jeunes, plus beaux et plus ambitieux. Cependant Diaghilev, cynique et sinistre, ne perdit ni son flair ni son autorité absolue sur les Ballets russes. Et pour l'heure, il avait beau répéter : « Paris est mon élixir de jouvence », sa véritable obsession était de trouver une fois encore un nouveau Nijinski.

Son regard se posa alors sur un jeune danseur, un adolescent au visage de prince hindou, concentré à l'extrême sur l'invisible effort auquel il soumettait son corps parfait. Il s'appelait Serge Lifar. Au début de l'année 1923, il avait quitté la Russie soviétique pour la France avec un groupe de jeunes danseurs de Kiev, à peine formés. Pour le directeur des Ballets russes, qui adorait la jeunesse, ces « revenants de Kiev » allaient sans aucun doute étonner l'Europe.

Mais devant le maître, Serge Lifar fut incapable d'articuler le moindre mot tant « le tsar des ballets » l'impressionnait. Et quand Diaghilev lui demanda ce qu'il savait faire, ses camarades durent répondre à sa place.

Lifar obtint bientôt son premier rôle, avant de devenir une grande vedette des Ballets russes et l'ami de Gabrielle Chanel, qui vit en lui le nouveau Nijinski.

Diaghilev tenait à ce que ses favoris connaissent personnellement leurs prédécesseurs. Ainsi, durant les fêtes de Noël 1928, ce Pygmalion vieillissant proposa à Lifar de rencontrer Nijinski. Ce dernier avait sombré dans une apathie totale et ne parlait pour ainsi dire plus. La mémoire du grand danseur s'était complètement effacée, il avait perdu toute notion de son identité. Selon le témoignage de Lifar, il régnait dans son appartement une atmosphère de clinique : odeur de pharmacie, silence, gardiens vêtus de blanc. Romola était en voyage. Un serviteur alla annoncer à Nijinski la visite du directeur des Ballets russes et du jeune Lifar qui crut bien se retrouver dans un cachot. Ils aperçurent un homme à moitié nu, reposant sur un sommier très bas. La robe de chambre ouverte sur sa poitrine, Nijinski reposait, les jambes étendues et croisées. Il conservait cette pose indéfiniment, ne traduisant sa nervosité que par ses mains, tantôt en se griffant les doigts jusqu'au sang, tantôt en faisant des manières. Le domestique s'approcha de lui et lui dit que des amis étaient venus pour le voir : « Faites entrer ! » s'écria-t-il avec la voix sereine d'un homme en apparence parfaitement sain.

Il jeta sur ses visiteurs un regard de bête traquée. Puis, d'un coup, il sourit si franchement, si puérilement qu'ils furent touchés par le charme qui émanait soudain de ce visage. Il passa du sourire au grognement puis fut secoué d'un rire stupide, pénible à supporter. Tout d'abord il ne parut pas remarquer Diaghilev puis, peu à peu, il sembla le reconnaître et l'écouta même par instants avec attention, d'un air tout à fait posé. Diaghilev lui parla de Lifar, qui les avait laissés seuls.

« Il m'aime ? » demanda-t-il brusquement. Ce furent ses seules paroles en russe. Avec compassion, le directeur du ballet le réconforta : « Oui, Vatza, il t'aime et moi aussi, tous, nous t'aimons. » Nijinski se mit à rire : « C'est adorable ! » lança-t-il dans un français à peine compréhensible.

Diaghilev essaya de lui parler de la danse. En évoquant les splendeurs du passé de ce « clown de Dieu » il espérait réveiller sa conscience. Il lui proposa ensuite de l'emmener au théâtre. Cette perspective mit Nijinski de très bonne humeur. On lui fit alors prendre un bain, mais ses jambes s'étaient tellement affaissées qu'il arrivait à peine à marcher. Lorsque Diaghilev revint le soir pour l'emmener à l'Opéra, Nijinski était déjà habillé, assis dans une pose détendue, le regard vague, fixé sur le plafond. Lifar le fit descendre l'escalier en le soutenant par le bras. Il n'ouvrit la bouche que pour s'écrier : « Faites attention ! » Puis on n'entendit plus un mot de lui. Il s'était retiré dans son armure et désintéressé du monde extérieur.

À l'Opéra, Diaghilev le conduisit dans sa loge. Le premier ballet était commencé. Nijinski jeta un œil absent sur le parterre et la scène. Le bruit se répandit bientôt que le grand danseur se trouvait dans la salle. Des admirateurs tentèrent alors de le faire parler. En vain. Il se contentait de sourire.

Au cours du second entracte, avant *Petrouchka*, on le conduisit sur le plateau pour le photographier avec Karsavina, Lifar et Diaghilev. En apercevant l'appareil, Nijinski parut se ressaisir un instant et prit une pose de vedette. Pendant le spectacle de *Petrouchka*, son visage retrouva des couleurs. Il semblait, selon Diaghilev, de nouveau « respirer le feu », comme jadis. Mais ce ne fut qu'une illusion, la flamme s'éteignit vite.

Après cet ultime rendez-vous, le directeur des Ballets russes commença lui-même à diminuer. Certes, le diabète le rongeait, mais il donnait l'impression d'avoir perdu le goût de la vie. Il commençait à se désintéresser du ballet. Ce détachement ne devait cesser de s'accroître.

Au fond, les Ballets russes n'étaient qu'un avatar de cette existence versatile, animée par un esprit à nombreuses facettes. Cet épisode s'était formidablement prolongé : plus de vingt ans, ce qui avait sans doute lassé Diaghilev. Les circonstances avaient transformé cette aventure plaisante en une sorte d'assujettissement.

Passionné et passionnel, il était la proie de brusques enivrements. Ce fut d'abord le goût des disques : il en écoutait, deux ou trois heures durant, presque chaque jour après le déjeuner. Après avoir réuni toute une galerie de maquettes de décors, pour Massine d'abord, puis Lifar ensuite, Diaghilev offrit des livres à son secrétaire Kochno, qui possédait une jolie bibliothèque. Sur la Riviera, il trouva un jour « un petit bouquin » qui alluma le feu d'une nouvelle passion. Au début, chacun se moquait volontiers de cette nouvelle lubie, n'imaginant pas qu'elle mettrait en danger l'existence même de sa compagnie. Car cette activité l'absorba peu à peu tout entier, sa vie s'organisa autour d'elle. Il ne voyageait plus pour aller voir un danseur ou une danseuse, mais pour acheter des livres rares...

Durant l'été de 1929, le duc de Westminster invita Chanel et quelques amis pour une luxueuse croisière sur la côte dalmate. Leur *dolce farniente* fut un jour interrompu par l'opérateur radio du bateau, porteur d'un radiogramme en provenance de Venise : « Diaghilev est gravement malade. » Gabrielle Chanel s'alarma. Lorsqu'elle l'avait vu un mois auparavant, il lui avait paru épuisé. Mais malgré sa santé chancelante, il avait projeté une nouvelle série de ballets.

Défiant l'âge et la fatigue, Diaghilev continuait à courir les garçons. Son dernier protégé était un jeune compositeur russe âgé de dix-sept ans, beau et doué, Igor Markevitch. Les médecins lui prescrivirent une cure mais « le tsar des artistes » préféra accomplir avec Markevitch un épuisant pèlerinage culturel, conforme à la tradition de son « éducation stoïcienne » pratiquée jadis avec Nijinski ou Massine.

Pour ce Pygmalion volontaire, il fallait ignorer le fléau de l'âge ou de la maladie. Il était beaucoup plus important que le jeune compositeur entendît Wagner à Bayreuth et Mozart à Salzbourg. Former un jeune prodige suffirait à lui donner de l'énergie ! Mais le destin le rattrapa à Venise…

Au Grand Hôtel des Bains sur le Lido, son secrétaire Kochno et son danseur étoile Lifar veillaient sur Diaghilev, hagard et en sueur, qui souffrait terriblement. Bien que la chaleur fût suffocante, il portait au lit son veston de smoking pour ne pas grelotter. Chanel fut touchée de voir son regard s'éclairer, comme chaque fois qu'il la retrouvait, bien que sa bouche fût tordue par la souffrance.

Mais plus tard dans la journée, les yeux du malade se voilèrent et la fièvre et le délire s'emparèrent de nouveau de lui. Tout le monde releva qu'il parlait de lui-même au passé : « J'ai tant aimé *Tristan*… et la *Pathétique*… C'est ce que j'ai le plus aimé dans ma vie… » Puis brusquement, il déclara en russe : « Il me semble que je suis ivre. »

Lifar raconta les terribles épreuves de ces journées. Il avait soigné Diaghilev nuit et jour, l'avait rassuré, l'avait écouté, selon ses mots, « errer à travers les allées sombres de son passé[1] ». Ses années d'étudiant à Saint-Pétersbourg, son voyage sur la Volga, ses premières tournées à l'étranger, ses triomphes à Paris. Puis, comme pour faire reculer la mort, il avait chanté la *Pathétique* de Tchaïkovski, d'une voix rauque et sonore. Terrassé par l'approche de la mort, il avait demandé qu'on le changeât de lit. Lifar s'y était opposé, il savait bien que selon une vieille croyance russe, un changement de lit signifiait une fin proche. Mais le mourant essaya de ramper d'un lit à l'autre. Misia fit alors venir des médecins allemands et engagea une infirmière pour relayer Lifar et Kochno.

Au bout d'un certain temps, la santé de Diaghilev parut s'améliorer. Mme Chanel, rassurée, repartit sur le *Flying Cloud* et Misia resta à Venise. Puis, brusquement, l'état du malade s'aggrava de nouveau. Avec ses deux jeunes amis de part et d'autre et Misia au pied du lit, la nuit s'écoula. Misia passa la journée suivante, le 18 août, à son chevet.

Vers minuit, Diaghilev tomba dans le coma. À trois heures du matin, il semblait sur le point de succomber, on fit venir un prêtre. Lorsque ce dernier apprit que Diaghilev appartenait à l'Église orthodoxe russe, il refusa de l'assister puis accepta finalement de lui donner l'absolution.

Au soleil levant, le cœur du « tsar des artistes », paisiblement, cessa de battre. Le premier rayon éclairait son front en même temps que son souffle s'éteignait. Brusquement inondée d'aurore, la mer ruisselait de

1. *Les Allées sombres* est le titre du livre d'Ivan Bounine (1970-1953), écrivain emblématique de l'émigration russe.

gloire. Penchée sur Diaghilev, l'infirmière de garde ferma ses yeux, désormais aveugles à ce feu d'artifice de lumière.

Alors se produisit une scène digne des personnages de Gogol. Les deux garçons qui vivaient auprès de Diaghilev commencèrent à se battre : Kochno se rua sur Lifar qui était agenouillé de l'autre côté du lit. Ils roulèrent par terre, s'entre-déchirant et se mordant. Deux bêtes enragées se disputaient le corps inanimé de leur maître. Il fut très difficile de les séparer et de les faire sortir pour laisser l'infirmière procéder à la toilette du mort.

L'après-midi, quelques amis intimes se réunirent dans la chambre d'hôtel de Diaghilev pour un service privé. Le lendemain matin, un cercueil fut apporté à l'hôtel avant le lever du jour, pour éviter de déranger les touristes, si nombreux en cette période de l'année.

Le corps fut placé sur une gondole funèbre et conduit à l'église grecque orthodoxe. Après la messe solennelle, le cercueil fut redéposé sur la gondole ornée d'anges aux ailes dorées. Escorté par des prêtres, le corps de Diaghilev flotta en travers de la lagune vers le petit cimetière russe situé sur l'île de Saint-Michel. Dans la première des trois gondoles qui formaient le cortège se trouvaient Chanel, Kochno, Lifar et Misia Sert. Comme l'avait jadis prédit une vieille Gitane à Saint-Pétersbourg, la mort faucha le tsar des Ballets russes sur l'eau.

Quand la gondole funéraire arriva à l'île de Saint-Michel, les deux éternels rivaux, le secrétaire Kochno et le danseur étoile Lifar, la halèrent à genoux, la corde de halage entre les dents. Lifar tenta même de se jeter dans la fosse. Le spectacle fut donc digne de l'artiste de génie qu'était Diaghilev.

Sa mort marqua la fin d'une ère, celle de la métamorphose de l'art moderne. Picasso considérait Diaghilev comme la figure décisive de l'histoire culturelle du XXe siècle. Que de grands noms croisèrent son chemin ! Les danseurs Vaslav Nijinski et Serge Lifar ; les ballerines Anna Pavlova et Tamara Karsavina ; les décorateurs Alexandre Benois, Léon Bakst, Nicolas Roerich, Mikhail Larionov, Natalia Gontcharova ; les chorégraphes Michel Fokine, Leonid Massine, George Balanchine ; les compositeurs Debussy, Ravel, Satie, Milhaud, Chabrier, Auric, de Falla, Prokofiev et Stravinski. Et tant d'autres génies venus de tous les horizons : Pablo Picasso, Henri Matisse, Georges Braque, Juan Gris, Maurice Utrillo, Marie Laurencin, Max Ernst, André Derain, Georges Rouault… Tant de talents brassés par le magicien des Ballets russes !

Ainsi s'opéra la revanche posthume de Diaghilev sur Lénine, qui laissa derrière lui des millions de morts et d'innombrables héritiers morbides, de Staline à Mao, Pol Pot ou Castro… Mêlant l'amour à l'art, à la musique et à la danse, les héritiers de Diaghilev allaient traverser le siècle comme une flamboyante traînée de poudre, suscitant passion et émerveillement. Et le formidable héritage des inoubliables saisons du « tsar des artistes », devenu au fil de ces pages le symbole lumineux de « l'âme slave », influença de très nombreux créateurs à travers le monde et jusqu'à nos jours.

Épilogue

Notre histoire aurait pu se terminer bien autrement, dans la guerre civile et des fleuves de sang, compte tenu de la tradition de violence et des dix mille têtes nucléaires que possédait le pays à l'époque. Pourtant, le Mur est tombé il y a vingt ans à Berlin. Mais les discussions furent rudes au Kremlin en octobre 1989[1]… Car il existait à l'époque un plan précis mis au point par le KGB pour stopper la dégradation de la situation en Allemagne de l'Est. Il suffisait pour cela, d'après les calculs des néostaliniens, de tuer mille personnes – ils en avaient déjà tué plus de vingt-cinq millions sous le régime soviétique à partir de 1917, alors pourquoi pas mille de plus ? Iakovlev, idéologue de la Perestroïka, avança l'argument suivant à l'adresse du chef du Kremlin : « Si nous utilisons la force, nous devenons les otages du KGB et de l'armée. Ce sera alors la fin des réformes en URSS, et au final, nous serons chassés du pouvoir[2]. » Gorbatchev,

1. Le chef du KGB Krioutchkov et le ministre de la Défense Yazov représentaient la tendance dure ; Iakovlev et le ministre des Affaires étrangères Chevarnadze symbolisaient la tendance réformatrice ; Gorbatchev jouait le rôle d'arbitre.

2. Je tiens ces informations d'Alexandre Iakovlev, qui revenait souvent sur ce sujet. Elles m'ont été confirmées par Edouard Chevarnadze.

soutenu par sa femme Raïssa, qui fut aussi sa conseillère et son égérie politique, a tranché. Grâce à cela, il restera certainement l'un des symboles de cette époque.

Un autre personnage s'impose pour conclure ce roman de l'âme slave. C'est de la bouche du père Alexandre, le vieux sage rencontré au début de ce récit, que j'ai entendu pour la première fois le nom d'Alexandre Soljenitsyne, qui arbitra symboliquement ce combat entre la lumière et les ténèbres…

Au commencement, Soljenitsyne, étudiant en mathématiques, fut membre des Jeunesses communistes. En 1941, lorsque Hitler lança ses panzers à l'assaut de l'Oural, il s'engagea dans l'Armée rouge. Mais il comprit vite que la stratégie de Staline pouvait tourner au désastre. Plus de 90 % des officiers avaient été supprimés ou envoyés en camp. Dans une lettre adressée en 1945 à l'un de ses amis, il accusa le tsar rouge de s'éloigner des idéaux de Lénine et d'avoir fait plus de mal à son peuple que le Führer. La missive fut interceptée par la police politique, et le soldat expédié au goulag pour « activité contre-révolutionnaire ». Il y resta huit ans, jusqu'à ce que, quelques semaines avant la mort de Staline, on adoucisse sa peine. Certes il recouvrit sa liberté, mais il fut assigné à résidence en Sibérie. Brisé, le scientifique devint écrivain. En 1955, il entama *Le Premier Cercle*. Tâtonnant, se cachant, hésitant, il prit peur et s'interrompit, ne mettant un point final à ce premier livre qu'en 1968, après avoir publié *Une journée d'Ivan Denissovitch*. Pour les Russes, ce roman fit l'effet d'une bombe.

En 1956, le rapport Khrouchtchev leva un coin du voile sur les atrocités de son prédécesseur, mais dans son langage elliptique.

En 1962, Soljenitsyne fit revivre l'enfer quotidien du goulag, les privations, la mort omniprésente, les brimades, la tristesse, les effroyables conditions climatiques. En soixante-sept pages, il raconta « une journée presque heureuse » parmi les trois mille six cent cinquante-trois qu'Ivan Denissovitch – un bagnard, paysan un peu simplet, confronté à la bêtise, à la brutalité et à la cruauté de ses gardiens – passa dans un camp de travail. Les hommes y partageaient leur temps entre travaux forcés et méthodes de survie. Seuls les plus résistants avaient une chance de s'en sortir. Son héros finit par se résoudre à accepter la violence du système, restreignant son humanité à de stricts besoins de subsistance, et ses espoirs à survivre jusqu'au lendemain.

Arthur Koestler avait déjà dénoncé en 1940, dans *Le Zéro et l'infini*, les procès staliniens. Victor Kravchenko s'était risqué, six ans plus tard, à une autobiographie critiquant la collectivisation, les camps et l'exploitation des prisonniers. Mais jamais on n'avait raconté l'horreur de l'intérieur, dans un récit qui ne s'apparentait pas à un brûlot politique mais à une recension implacable de la barbarie.

Derrière le romancier perçait l'historien. Personne n'était en mesure de dire combien de Russes avaient été envoyés aux confins de l'Empire. Lui si. Il osa avancer le chiffre de quatre-vingts millions. Les compagnons de route des partis communistes occidentaux crièrent au mensonge. Aujourd'hui encore, certains historiens contestent l'étendue du drame. Mais *Le Livre Noir du communisme* et les travaux d'Alexandre Iakovlev, l'ombre de Gorbatchev pendant la Perestroïka, l'ont confirmé : quatre-vingts millions d'hommes et de femmes ont séjourné dans ces prisons à ciel ouvert.

Khrouchtchev, qui s'était servi de Soljenitsyne pour dénoncer les excès de Staline, l'autorisa à quitter la Sibérie pour Riazan, une petite ville située à deux cents kilomètres de Moscou. Mais celui qui aurait dû n'être qu'un paisible professeur de mathématiques faillit faire s'écrouler tout le système. On lui interdit alors toute publication. *Le Pavillon des cancéreux* sortit donc à l'étranger ! Même si en Union soviétique, les *samizdats* circulaient sous le manteau, le Kremlin semblait se satisfaire de cette situation. Tant que Soljenitsyne ne faisait pas d'émules, il restait un adversaire maîtrisable. Mais, en 1970, François Mauriac proposa son nom à l'Académie royale de Suède. Après Bounine et Pasternak, Soljenitsyne obtint le prix Nobel. Et le romancier de tirer à boulets rouges sur le régime. Non, Trotski n'était pas plus estimable que Staline. Oui, Lénine avait commencé à dévoyer l'idéal communiste. C'est lui qui avait « inventé » le goulag en 1921. S'en prenant au système, il ne distinguait plus le bon grain de l'ivraie. La situation devenait intolérable pour les vieillards de Moscou, qui dès lors ne pouvaient plus le traiter par le mépris. Ni le supprimer…

Commença alors une longue série d'humiliations. Si l'écrivain allait chercher sa récompense, il n'était pas certain de pouvoir revenir en URSS et la sécurité des siens ne serait plus garantie. La mort dans l'âme, Soljenitsyne n'alla point récupérer son Nobel mais, encouragé par les honneurs qui pleuvaient sur lui, il redoubla d'efforts et s'attaqua à son grand livre, celui qui allait le faire entrer dans l'histoire. En 1973, les deux premiers tomes de *L'Archipel du goulag* étaient publiés à Paris. Quelques semaines plus tard, on en trouvait un exemplaire en russe chez un ami de l'auteur à Leningrad. Brejnev dut se rendre à l'évidence : Soljenitsyne était plus dangereux en URSS qu'à l'étranger. En février 1974, il fut arrêté à son domicile, déchu de sa nationalité et expulsé. Il s'installa d'abord en Suisse – comme Lénine avant lui. Après plusieurs mois d'hésitation, le Kremlin expulsa aussi sa femme et leurs trois enfants.

C'est en homme libre que le plus grand écrivain de l'après-guerre exercera son art. Libre, mais surveillé. Iouri Andropov, indéboulonnable chef du KGB de 1967 à 1982, fit de la lutte contre les dissidents sa priorité absolue, se réservant le plus coriace d'entre eux. Soljenitsyne s'était installé dans le Vermont en 1976. Son entourage était alors infiltré par les services secrets. On savait ce qu'il disait, mangeait, pensait. Andropov n'avait qu'un seul objectif : le discréditer. À ce moment surgirent les premières accusations d'antisémitisme.

Bien qu'exilé aux États-Unis, l'enfant terrible de la Russie ne souhaitait pas que son pays s'aligne sur l'Occident. Il prônait un statut à part faisant de l'Empire un centre géopolitique entre la Chine qui s'éveillait et l'Islam qui effrayait. Avec vingt ans d'avance sur son temps, il ne convainquit pas grand monde. Il se retrouva isolé, passa pour un nationaliste. Les partis communistes occidentaux le clouèrent au pilori, les atlantistes l'écoutèrent poliment. Le fruit était mûr. On accabla l'opposant politique de mille maux, le faisant passer pour un panslaviste nostalgique et dangereux. On enrôla quelques intellectuels qui avaient oublié que Staline avait tué ou envoyé au goulag des dizaines de milliers de juifs en arguant du supposé complot des blouses blanches. Dans les années 1970-1980, les bien-pensants n'avaient pas beaucoup de mémoire… Tribunes et études fleurirent pour minimiser les mérites de l'écrivain, contredire sa vision du monde, mettre en cause son impartialité, ternir son honnêteté.

Pourtant, quel écrivain peut s'enorgueillir d'avoir changé la société, influencé l'histoire de son pays ? Quel romancier peut prétendre avoir souffert dans sa chair autant que ce fils du peuple condamné au goulag, assigné à résidence, puis expulsé de sa terre natale ?

Aujourd'hui, son aura sur les intellectuels russes est incontestable. Slave avant tout, il n'eut de cesse de réhabiliter l'esprit et la culture russes. Et s'il défendit certains tsars, c'était pour mieux exécuter leurs successeurs communistes. Il fut également l'un des premiers à fustiger la politique de Boris Eltsine d'alignement sur les États-Unis et l'Europe occidentale. En 1990, dans son livre *Comment réaménager notre Russie*, il jeta les bases d'un pays-continent moderne, émancipé de son passé, ferme à l'égard des périls islamiques ou des chimères américaines, et conscient de sa position géopolitique unique. En cela, Soljenitsyne apparaît comme l'héritier de Tolstoï.

Lorsqu'il rentra en Russie en 1994, après vingt années d'exil, l'ancien artilleur avait gagné. Il s'était battu contre le régime totalitaire le plus sanguinaire du siècle, avec ses seuls mots et la force de ses convictions, des armes qui valent bien des blindés et des divisions. Un seul autre homme avait osé relever ce défi : Jean-Paul II.

Ainsi à travers Soljenitsyne s'opéra le triomphe de la Russie lumineuse, celle de Tolstoï, de Diaghilev et des saisons russes.

Annexes

« Autour de Diaghilew »
par Jean Cocteau

« Chinchilla. C'est ainsi que le surnommaient ses danseuses, parce que dans sa chevelure teinte en noir, il réservait une mèche blanche.

Du fond de sa loge, il surveillait le spectacle avec de petites jumelles de nacre, et mâchait sa bouche, une dent de jeune crocodile mise au bord de son sourire, ou de sa grimace de rage lorsqu'un artiste de sa troupe se permettait de faire du charme.

Diaghilew était un mécène pauvre. Un grand seigneur en loques. Sa vieille pelisse d'opossum attachée par des épingles anglaises (des épingles de nounou, disait Bakst) et le Kodak de Nijinsky, allaient sans cesse au Mont-de-Piété. Il tapait de grandes dames qui lui donnaient de petites sommes, et avec ces petites sommes, il entretenait une foire de Nijni-Novgorod.

En arrivant à Paris, Diaghilew apporta une haute vague de couleurs et de discipline chorégraphique.

Au milieu d'une troupe d'un style impeccable, évoluait un grand ibis du ghetto juif : Madame Ida Rubinstein. Et soudain, de cet ensemble, s'envola un phénix : Nijinsky.

En haut des marches du Pavillon d'Armide, de profil, un poing sur la hanche, coiffé d'une minuscule toque à plumes d'autruche, son large cou cerclé d'émeraudes,

Nijinsky l'emporta par sa seule présence d'animal sensuel sur ceux qui allaient devenir ses comparses.

Il ne faut pas avoir vécu avec ces Slaves pour dire que Diaghilew communiquait à Nijinsky et à Fokine autre chose que de la rigueur. Diaghilew ne voyait rien que ses yeux ne constatassent. Tout projet lui demeurait énigme. Et lorsque la veille du spectacle, le rideau se levait sur un décor de Picasso, de Derain ou de Braque, il se retirait en hâte, comme certains hommes frustes après l'amour.

Il avait vu ce qu'il espérait ou craignait de voir. Il était sans cesse en lutte avec Nijinsky sur le terrain des audaces. Nijinsky possédait un régime de sportif et ne s'en écartait que pour vagabonder vers des recherches dont l'enfantillage se transformait, dans sa petite tête un peu folle, en une mystique, en des reliefs mille fois supérieurs à leur origine[1]. »

1. Fonds Cocteau, BHVP.

Le Moscou mythique de Diaghilev

Les fréquents voyages à Moscou forgèrent la prime jeunesse de Diaghilev. Sur le chemin, surgissaient au loin quelque village aux maisons de bois coiffées de neige, des bouleaux, des sapins, des mares gelées, un traîneau glissant dans la campagne au trot d'un petit cheval gris. Dans les stations secondaires, les barrières étaient gardées par des femmes aux visages ronds et hâlés, un mouchoir sur la tête, une corne en bandoulière et des bottes de feutre aux pieds. Sur le quai des gares les plus importantes foisonnaient les uniformes. Gendarmes, soldats, cheminots, étudiants, tous semblaient vêtus en militaires. Il est vrai qu'à l'époque en Russie, un homme sur deux portait la tenue distinctive de sa profession.

Le petit Serge aimait faire des courses dans les magasins en compagnie de sa marâtre. Pour se rendre dans le centre de la vieille capitale, ils prenaient un traîneau tiré par un petit cheval, hirsute, barbu. Les patins grinçaient dans la neige tassée. Le froid sec moscovite saisissait le tendre visage du petit Serge qui, sur la banquette, clignait des yeux dans l'atmosphère glacée.

Les rues étaient très animées. Sur les trottoirs, dégagés à la pelle et flanqués d'un épais bourrelet blanc, des messieurs vêtus à l'européenne, des militaires prestigieux, des femmes élégantes, les mains enfouies dans un manchon, côtoyaient des matrones coiffées d'un fichu et des paysans à la barbe inculte, à la touloupe rapiécée, qui vivaient encore au siècle de Pierre le Grand.

Les maisons étaient peintes de couleurs tendres. Au-dessus des toits s'élevaient, çà et là, des coupoles d'azur étoilées d'or. Au fronton des boutiques, chaque magasin portait une enseigne représentant, sans équivoque, les articles que l'on trouvait à l'intérieur. Chapelets de saucisses, bœuf placide dans un pâturage, craquelins jaunes, chapeau écarlate, fusil, botte de géant.

De nombreux traîneaux glissaient rapidement sur la chaussée entre ces deux haies d'images attrayantes. Fastueux ou modestes, les attelages se frôlaient, se dépassaient, dans le grincement des bois et le tintement des harnais. Les chevaux soufflaient des jets de vapeur par les naseaux. Des parcelles de glace, arrachées au sol par les sabots, bombardaient le pare-neige de la voiture, comme une poussière de diamants.

Grâce à sa marâtre, Diaghilev connaissait les meilleurs magasins d'alimentation, de mode, de fourrures, de bijoux. Mais sa préférence allait toujours aux bazars pittoresques de la place Rouge. Ces vastes bâtiments à trois étages étaient creusés de passages vitrés, de galeries, d'escaliers, et entièrement éclairés à la lumière électrique. Le labyrinthe recelait plus de mille boutiques aux étalages barbares : broderies, laques, peaux brutes, couteaux, émaux, surtouts de table, horloges anciennes…

Des marchands barbus et bottés, debout sur le pas de leur porte, conviaient les passants à entrer dans leur échoppe. La foule était paresseuse et pauvrement vêtue. Il n'y avait pas de prix fixé pour les articles en vitrine. Le moindre bout de tissu, la plus grossière écuelle de bois servaient de prétextes à des discussions interminables.

Diaghilev adulte se souviendra de ses nombreuses journées passées à Moscou. À côté d'un paysan haillonneux, fouillant parmi des coupons d'étoffe, sa marâtre, enveloppée dans son somptueux manteau de zibeline, examinait à travers son face-à-main de délicates dentelles de Bruges. Puis elle entraînait l'enfant chez les bijoutiers qui lui proposait des articles d'argent et d'or en insistant sur le fait que le titre de l'argent russe employé en orfèvrerie était plus élevé que celui de l'argent français, mais en se gardant bien de dire que, pour l'or, c'était exactement le contraire.

Non loin de là, en bordure de la place des Théâtres, se tenait un marché plus étrange encore : Okhotny Riad. Le long des éventaires en plein vent, croulants de victuailles, se dandinait la cohue bariolée des ménagères. Foulard sur la tête, bottes de feutre aux pieds et panier sous le bras, elles palpaient des doigts la volaille, les poissons et les viandes exposés. Des poules caquetaient, des porcelets criaient dans leurs cages. De robustes chasseurs, harnachés de lièvres, de canards et de faisans à l'œil mort, déambulaient entre les groupes en proposant leur gibier. Un vétérinaire ambulant, son attirail de bistouris pendu à la ceinture, se déchaussait et enfonçait un chat, la tête la première, dans sa botte, pour le châtrer plus commodément. Des commères l'entouraient, sérieuses, recueillies. Le chat hurlait. Sa propriétaire se signait.

Les vendeurs de boissons chaudes versaient leur thé, ou un autre breuvage appelé *sbiten*, à un kopeck l'unité. Toute sa vie, Diaghilev aima à consommer ce breuvage bouillant à base de miel, particulièrement apprécié des cochers, qui gelaient à longueur de journée sur leur siège. Plus tard, les souvenirs de ces périples pittoresques allaient apparaître souvent dans les créations de sa compagnie, notamment dans *Petrouchka*. Comme dans ses spectacles, par les fenêtres à double vitrage, on pouvait contempler les gros flocons de neige qui tombaient sur la ville.

Dans les eaux noirâtres de la Moskova se reflétaient les ponts et les colonnes ruisselantes des réverbères. Sur une hauteur, la ville s'étendait avec ses jardins sombres.

Moscou avait encore conservé son ancienne apparence de ville de province, pittoresque et féerique, avec les traits légendaires de la troisième Rome. Au XIe siècle, le moine Philotée avait prédit que Moscou serait la troisième Rome, après la destruction par les Barbares de l'empire romain et la prise par les Turcs de Byzance. Ainsi la Russie se trouva effectivement l'héritière de Byzance. Cette idée s'ancra dans la tête du petit Serge, qui dès son enfance devint un grand patriote russe.

La capitale rappelait à l'enfant les contes populaires et les magnificences des *Mille et Une Nuits*. Au printemps, les jours allongeaient, et une tiédeur, une douceur insolite, une mystérieuse gaieté s'insinuaient dans l'air, en dépit de la neige persistante. Aux environs de la vieille capitale, les premiers bourgeons se gonflaient sur des branches noires et mouillées. Autre signe annonciateur du printemps : les freux noirs, au bec dénudé, revenaient par bandes et tressaient leurs nids dans les jardins. Les gouttières avaient des barbes de glaçons, que les gamins cassaient et suçaient avec gourmandise. Sur les toits de quelques maisons, des ouvriers, accrochés par des cordes à une cheminée, enfonçaient leurs pelles dans la neige en criant : « Attention ! », et les passants se collaient contre le mur pour éviter l'avalanche. Souvent aussi, la masse blanche se détachait et tombait d'elle-même, dans un bruit mou. Des deux côtés de la rue s'élevaient de grands talus de neige morte. Parfois, le ciel se couvrait et de maigres flocons tournoyaient dans l'espace. Mais la fin de l'hiver était proche…

Chronologie des Saisons russes

1872

31 mars : Naissance de Serge Diaghilev dans la province de Novgorod en Russie.

1880

25 avril : Naissance de Mikhail Fokine à Saint-Pétersbourg.

1881

12 février : Naissance d'Anna Pavlova à Saint-Pétersbourg (le nouveau style).

25 octobre : Naissance de Pablo Picasso.

1882

13 mai : Naissance du peintre Georges Braque.

17 juin : Naissance d'Igor Stravinski

1883

5 octobre : Naissance de Serge Grigoriev, régisseur de Diaghilev pendant vingt ans.

1885

5 octobre : Naissance d'Ida Rubinstein à Saint-Pétersbourg.

9 mars : Naissance de Tamara Karsavina à Saint-Pétersbourg.

1886

3 août : Naissance de Vera Fokina (née Antonova).

1889

5 juillet : Naissance de Jean Cocteau.

17 décembre : Naissance de Vaslav Nijinski à Kiev (selon son extrait de naissance de baptême de Varsovie).

1891

8 janvier : Naissance de Bronislava Nijinska.

21 octobre : Naissance de Lydia Lopukhova.

1893

20 avril : Naissance du peintre Joan Miró.

1895

8 août : Naissance de Léonide Massine à Moscou.

1904

3 janvier : Naissance de Boris Kochno.

22 janvier : Naissance de George Balanchine (Georgi Balanchivadze).

27 juillet : Naissance d'Anton Dolin.

20 novembre : Naissance d'Alexandra Danilova.

1906

2 avril : Naissance de Serge Lifar.

Octobre : exposition de l'Art russe lors du salon d'Automne au Grand Palais, sous la présidence du grand-duc Vladimir.

1907

16, 19, 23, 26, 30 mai : Cinq concerts historiques russes, théâtre de l'Opéra.

1908

Mai-juin : Saison russe. Théâtre de l'Opéra. *Boris Godounov*, six représentations, avec Chaliapine, les 19, 21, 24 et 31 mai, 2 et 4 juin. Concert avec le concours des chœurs russes. Salle Gaveau.

1909

Mai-juin. Saison russe. Théâtre du Châtelet.

18 mai : Répétition générale publique : *Pavillon d'Armide* ; *Danses du Prince Igor* ; *Le Festin.*

19, 21 mai : *Pavillon d'Armide* ; *Danses du Prince Igor* ; *Le Festin*.
23 mai : Répétition générale publique : *Ivan le Terrible*.
25 mai : *Pavillon d'Armide* ; *Danses du Prince Igor* ; *Le Festin*.
26 mai : *Ivan le Terrible*.
27 mai : *Pavillon d'Armide* ; *Danses du Prince Igor* ; *Le Festin*.
28 mai : *Ivan le Terrible*.
29 mai : *Pavillon d'Armide* ; *Danses du Prince Igor* ; *Le Festin*.
2 juin : Répétition générale publique : *Les Sylphides* ; *Cléopâtre* ; *Rousslan et Ludmila*.
3 juin : *Ivan le Terrible*.
4 juin : *Les Sylphides* ; *Cléopâtre* ; *Rousslan*.
5 juin : *Ivan le Terrible*.
7 juin : *Pavillon d'Armide* ; *Le Festin* ; *Judith*.
8 juin : *Ivan le Terrible*.
9 juin : Concert de gala avec le concours des chœurs russes du Théâtre impérial de Moscou.
10 juin : *Les Sylphides* ; *Cléopâtre* ; *Judith*.
11 juin : *Ivan le Terrible* ; *Le Festin*.
12 juin : *Les Sylphides* ; *Cléopâtre* ; *Rousslan*.
14 juin : *Pavillon d'Armide* ; *Danses du Prince Igor* ; *Le Festin*.
15 juin : *Les Sylphides* ; *Cléopâtre* ; *Judith*.
16 juin : *Ivan le Terrible*.
17 juin : *Les Sylphides* ; *Danses du Prince Igor* ; *Cléopâtre*.
18 juin : *Ivan le Terrible*.
19 juin : Représentation extraordinaire, théâtre de l'Opéra. *Les Sylphides* ; *Le Festin* ; *Boris Godounov* (extr. A. II, III). Une représentation au Quai d'Orsay, en présence du président de la République : *Les Sylphides*.

Une représentation chez le baron de Rothschild : *Les Sylphides.*

1910

Juin. Saison russe. Théâtre de l'Opéra.

4 juin : Carnaval ; Schéhérazade ; Le Festin ; Danses du Prince Igor.

7, 9 juin : Carnaval ; Schéhérazade ; Le Festin ; Danses du Prince Igor.

11 juin : Les Sylphides ; Cléopâtre ; Schéhérazade.

15 juin : Gala franco-russe, avec le concours des artistes de l'Opéra et des Ballets russes.

Ballets russes : *Le Festin ; Danses du Prince Igor.*

16 juin : Les Sylphides ; Cléopâtre ; Schéhérazade.

18 juin : Cléopâtre ; Gisèle.

20 juin : Gala France-Russie : *Les Sylphides.*

23 juin : Cléopâtre ; Giselle.

25 juin : Carnaval ; L'Oiseau de feu ; Les Orientales ; Danses du Prince Igor.

30 juin : Carnaval ; L'Oiseau de feu ; Les Orientales.

1911

Diaghilev forme une compagnie permanente.

Juin. Théâtre du Châtelet.

6 juin : Carnaval ; Le Spectre de la rose ; Sadko.

8-10 juin : Carnaval ; Narcisse ; Le Spectre de la rose ; Sadko.

13 juin : Petrouchka ; La Bataille de Kerjenetz ; Le Spectre de la rose ; Schéhérazade.

15, 16 juin : Petrouchka ; La Bataille de Kerjenetz ; Le Spectre de la rose.

17 juin : Schéhérazade.

24, 28 décembre : Théâtre de l'Opéra : *Le Carnaval ; Les Sylphides ; Le Spectre de la rose ; Schéhérazade.*

31 décembre : L'Oiseau d'or ; Les Sylphides ; Le Spectre de la rose ; Schéhérazade ; Danses du Prince Igor.

1912

Mai-juin. Saison des Ballet russes. Théâtre du Châtelet.

13 mai : *Le Dieu bleu* ; *L'Oiseau de feu* ; *Le Spectre de la rose* ; *Danses du Prince Igor*.

15, 17, 18 mai : *Le Dieu bleu* ; *L'Oiseau de feu* ; *Le Spectre de la rose* ; *Danses du Prince Igor*.

20 mai : *Thamar* ; *Le Carnaval* ; *Petrouchka* ; *Danses du Prince Igor*.

22, 24, 25 mai : *Thamar* ; *Le Carnaval* ; *Petrouchka* ; *Danses du Prince Igor*.

29 mai : *Après-midi d'un faune* ; *L'Oiseau de feu* ; *Le Spectre de la rose* ; *Thamar*.

1er juin : *Après-midi d'un faune* ; *L'Oiseau de feu* ; *Le Spectre de la rose* ; *Thamar*.

3 juin : *Après-midi d'un faune* ; *Thamar* ; *Le Spectre de la rose* ; *Petrouchka*.

5, 7 juin : *Après-midi d'un faune* ; *Le Dieu bleu* ; *Le Spectre de la rose* ; *Schéhérazade*.

8, 10 juin : *Daphnis et Chloé* ; *Après-midi d'un faune* ; *Le Spectre de la rose* ; *Schéhérazade*.

1913

Mai-juin. Saison des Ballets russes. Théâtre des Champs-Élysées.

15 mai : *L'Oiseau de feu* ; *Jeux* ; *Schéhérazade*.

17 mai : *L'Oiseau de feu* ; *Après-midi d'un faune* ; *Danses du Prince Igor* ; *Le Spectre de la rose*.

19 mai : *L'Oiseau de feu* ; *Jeux* ; *Les Sylphides* ; *Danses du Prince Igor*.

22 mai : *Boris Godounov*.

23 mai : *L'Oiseau de feu* ; *Après-midi d'un faune* ; *Schéhérazade* ; *Le Spectre de la rose*.

24 mai : *Boris Godounov*.

26 mai : *Schéhérazade* ; *Jeux* ; *Le Spectre de la rose* ; *Danses du Prince lgor*.

27 mai : Boris Godounov.

29 mai : Les Sylphides ; Le Sacre du Printemps ; Le Spectre de la rose ; Danses du Prince Igor.

31 mai : Boris Godounov.

1er juin : Gala au profit de la Société de charité maternelle de Paris, avec le concours des Ballets russes : *Les Sylphides ; Le Spectre de la rose.*

2 juin : Les Sylphides ; Le Sacre du Printemps ; Schéhérazade.

3 juin : Boris Godounov.

4 juin : Schéhérazade ; Le Sacre du Printemps ; Le Spectre de la rose ; Danses du Prince Igor.

5 juin : Khovanchina.

6 juin : Thamar ; Le Sacre du Printemps ; Les Sylphides.

7 juin : Khovanchina.

8 juin : Thamar ; Jeux ; Danses du Prince Igor ; Carnaval.

9 juin : Khovanchina.

10 juin : Petrouchka ; Thamar ; Le Spectre de la rose ; Danses du Prince Igor.

1er, 2 juin : Petrouchka ; Tragédie de Salomé ; Après-midi d'un faune ; Danses du Prince Igor.

13 juin : Sacre du Printemps ; Le Spectre de la rose ; Tragédie de Salomé ; Carnaval.

14 juin : Boris Godounov.

16 juin : Khovanchina.

17 juin : Petrouchka ; La Tragédie de Salomé ; Après-midi d'un faune ; Danses du Prince Igor.

18 juin : Khovanchina.

19 juin : Daphnis et Chloé ; Carnaval ; Schéhérazade.

20 juin : Khovanchina.

21 juin : Daphnis et Chloé ; Tragédie de Salomé ; Le Spectre de la rose.

23 juin : Daphnis et Chloé ; Après-midi d'un faune ; Le Spectre de la rose ; Danses du Prince Igor.

1914

Mai-juin. Saison russe. Théâtre de l'Opéra.

14 mai : *Papillons* ; *La Légende de Joseph* ; *Schéhérazade.*

17, 19 mai : *Papillons* ; *La Légende de Joseph* ; *Schéhérazade.*

21 mai : *Petrouchka* ; *La Légende de Joseph* ; *Schéhérazade.*

24 mai : *Le Coq d'or* ; *Petrouchka.*

26, 28 mai : *Le Rossignol* ; *Le Coq d'or.*

2 juin : *Midas* ; *Cléopâtre* ; *Petrouchka.*

4, 6 juin : *La Légende de Joseph* ; *Midas* ; *Cléopâtre.*

1915

29 décembre : Théâtre de l'Opéra. Représentation russe au bénéfice de la Croix-Rouge britannique : *Schéhérazade* ; *L'Oiseau de feu* ; *La Princesse enchantée* ; *Soleil de nuit* ; *Danses du Prince Igor.* Mélodies russes chantées par F. Litvinne ; *Le Pouvoir* (troisième partie de la *Suite d'Antar*, pour orchestre seul).

1917

Mai. Saison russe. Théâtre du Châtelet.

11 mai : *L'Oiseau de feu* ; *Les Femmes de bonne humeur* ; *Contes russes* ; *Danses du Prince Igor.*

14, 16 mai : *L'Oiseau de feu* ; *Les Femmes de bonne humeur* ; *Contes russes* ; *Danses du Prince Igor.*

18 mai : *Les Sylphides* ; *Parade* ; *Soleil de nuit* ; *Petrouchka.*

21, 23 mai : *Petrouchka* ; *Les Femmes de bonne humeur* ; *Parade* ; *Soleil de nuit.*

25, 26 mai : *Petrouchka* ; *Parade* ; *Les Femmes de bonne humeur* ; *Las Meninas.*

1919-1920

Décembre-février. Saison russe. Théâtre de l'Opéra.

24 décembre : *Petrouchka* ; *La Boutique fantasque* ; *Danses du Prince Igor.*

27 décembre : *Carnaval* ; *Les Femmes de bonne humeur* ; *Danses du Prince Igor.*

30 décembre : *Les Femmes de bonne humeur* ; *La Boutique fantasque ; Soleil de nuit.*

20 janvier : *Carnaval* ; *Contes russes* ; *Les Femmes de bonne humeur.*

22 janvier : *Petrouchka* ; *La Boutique fantasque* ; *Soleil de nuit.*

23 janvier : *Papillons* ; *Le Tricorne* ; *Contes russes.*

25 janvier : *Thamar* ; *La Boutique fantasque* ; *Danses du Prince Igor.*

27 janvier : *Petrouchka* ; *Le Tricorne* ; *Les Femmes de bonne humeur.*

29 janvier : *Papillons* ; *La Boutique fantasque* ; *Soleil de nuit.*

31 janvier : *Carnaval* ; *Le Tricorne* ; *Danses du Prince Igor.*

2 février : *Thamar* ; *Le Chant du rossignol* ; *Contes russes.*

3 février : *Les Sylphides* ; *Le Tricorne* ; *Soleil de nuit.*

5 février : *Petrouchka* ; *Le Chant du rossignol* ; *Les Femmes de bonne humeur.*

7 février : *Les Sylphides* ; *Le Chant du rossignol* ; *Contes russes.*

10, 16 février : *La Boutique fantasque* ; *Le Chant du rossignol* ; *Le Tricorne.*

1920

Mai-juin. Saison russe. Théâtre de l'Opéra.

4 mai : Soirée de gala au profit des Russes réfugiés en France : *Marche solennelle de Tchaïkovski* ; chœurs russes ; *Les Sylphides* ; *Schéhérazade. La Nuit de mai*, d'A. de Musset avec le concours de Sarah Bernhardt et Ida Rubinstein ; *Taglioni chez Musette*, avec les artistes de l'Opéra de Paris.

8 mai : *Les Sylphides* ; *Les Femmes de bonne humeur* ; *Petrouchka*.

11 mai : *Les Femmes de bonne humeur* ; *Le Chant du rossignol* ; *Schéhérazade*.

13 mai : *La Boutique fantasque* ; *Le Tricorne* ; *Danses du Prince Igor*.

15 mai : *Contes russes* ; *Pulcinella* ; *Soleil de nuit*.

17 mai : *Les Sylphides* ; *Pulcinella* ; *Schéhérazade*.

18 mai : *Pulcinella* ; *Le Chant du rossignol* ; *Petrouchka*.

20 mai : *La Boutique fantasque* ; *Pulcunella* ; *Le Tricorne*.

22 mai : *Petrouchka* ; *L'Oiseau de feu* ; *Danses du Prince lgor*.

25 mai : *Contes russes* ; *Pulcinella* ; *Danses du Prince Igor*.

26 mai : *Les Sylphides* ; *L'Oiseau de feu* ; *Schéhérazade*.

27 mai : *Astuce féminine* ; *Danses du Prince Igor*.

29 mai : *Astuce féminine* ; *Le Tricorne*.

30 mai, en matinée : *Les Femmes de bonne humeur* ; *Parade* ; *La Boutique fantasque*.

31 mai : Spectacle composite. Ballets russes : *Schéhérazade*.

1er juin : *Astuce féminine* ; *Petrouchka*.

2 juin : *Astuce féminine* ; *La Boutique fantasque*.

3 juin : Gala de bienfaisance. Ballets russes : *Schéhérazade*.

4 juin : *Astuce féminine* ; *L'Oiseau de feu*.

Décembre. Treizième saison. Théâtre des Champs-Élysées.

14 décembre : Répétition générale publique : *Les Sylphides* ; *Le Sacre du Printemps* ; *Le Tricorne*.

15 décembre : *Les Sylphides* ; *Le Sacre du Printemps* ; *Le Tricorne*.

16 décembre : *Les Femmes de bonne humeur* ; *Le Sacre du Printemps* ; *Schéhérazade*.

18 décembre : *Les Sylphides* ; *Le Sacre du Printemps* ; *Danses du Prince Igor*.

19 décembre : *Schéhérazade* ; *Petrouchka* ; *Les Femmes de bonne humeur*.

21 décembre : *Parade* ; *Pulcinella* ; *Le Tricorne*.

22 décembre : *Contes russes* ; *Le Sacre du Printemps* ; *Petrouchka*.

24 décembre : *Les Sylphides* ; *Parade* ; *Danses du Prince Igor* ; *Schéhérazade*.

25 décembre : *Le Sacre du Printemps* ; *Petrouchka* ; *Pulcinella*.

27 décembre : *Les Femmes de bonne humeur* ; *Le Sacre du Printemps* ; *Le Tricorne*.

1921

Mai. Saison russe. Théâtre Gaîté-Lyrique.

17-18 mai : *L'Oiseau de feu* ; *Danses du Prince Igor* ; *Cuadro flamenco* ; *Chout*.

19 mai : *Le Tricorne* ; *Parade* ; *Cuadro flamenco* ; *Petrouchka*.

20 mai : *Les Sylphides* ; *Chout* ; *Cuadro flamenco* ; *Danses du Prince Igor*.

21 mai : *Le Tricorne* ; *Parade* ; *Cuadro flamenco* ; *Petrouchka*.

22 mai : *L'Oiseau de feu* ; *Chout* ; *Cuadro flamenco* ; *Danses du Prince Igor*.

21 mai : *L'Oiseau de feu* ; *Petrouchka* ; *Le Sacre du Printemps*.

1922

Mai-juin. Saison russe. Théâtre de l'Opéra.

18 mai : *Carnaval* ; *Le Mariage de la Belle au Bois dormant* ; *Renard* ; *Danses du Prince Igor.*

20 mai : *Carnaval* ; *Le Spectre de la rose* ; *Renard* ; *Petrouchka.*

22 mai : *Petrouchka* ; *Le Mariage de la Belle au Bois dormant* ; *Danses du Prince Igor.*

23 mai : *Le Mariage de la Belle au Bois dormant* ; *Après-midi d'un faune* ; *Renard* ; *Soleil de nuit.*

25 mai : *Carnaval* ; *Mariage de la Belle au Bois dormant* ; en matinée : *Le Spectre rose* ; *Danses du Prince Igor.*

27 mai : *Petrouchka* ; *Le Sacre du Printemps* ; *Après-midi d'un faune* ; *Soleil de nuit.*

29 mai : Audition de Mavra à l'hôtel Continental.

31 mai : *Le Mariage de la Belle au Bois dormant* ; *Après-midi d'un faune* ; *Le Spectre de la rose* ; *Schéhérazade.*

1er juin : *Carnaval* ; *Le Mariage de la Belle au Bois dormant* ; *Renard* ; *Danses du Prince Igor.*

2 juin : *Contes russes* ; *Le Mariage de la Belle au Bois dormant* ; *Petrouchka.*

3 juin : *Le Sacre du Printemps* ; *Mavra* ; *Petrouchka.*

6 juin : *Contes russes* ; *Mavra* ; *Renard* ; *Danses du Prince lgor.*

7 juin : *Carnaval* ; *Mavra* ; *Schéhérazade.*

8 juin : *Petrouchka* ; *Après-midi d'un faune* ; *Le Spectre de la rose* ; *Mavra.*

9 juin : *Le Mariage de la Belle au Bois dormant* ; *Mavra* ; *Schéhérazade.*

12 juin : *Contes russes* ; *Mavra* ; *Petrouchka.*

13 juin : *Le Sacre du Printemps* ; *Mavra* ; *Le Mariage de la Belle au Bois dormant.*

Juin. 1 heure. Théâtre Mogador.

17 juin : *Les Sylphides* ; *Les Femmes de bonne humeur* ; *Après-midi d'un faune* ; *Schéhérazade*.

18 juin : *Carnaval* ; *Le Mariage de la Belle au Bois dormant* ; *Le Spectre de la rose* ; *Danses du Prince Igor*.

20 juin : *Les Sylphides* ; *Chout* ; *Après-midi d'un faune* ; *Schéhérazade*.

21 juin : *Petrouchka* ; *Carnaval* ; *Contes russes*.

22 juin : *Le Mariage de la Belle au Bois dormant* ; *Chout* ; *Schéhérazade*.

23 juin : *Contes russes* ; *Les Femmes de bonne humeur* ; *Après-midi d'un faune* ; *Petrouchka*.

24 juin : *Le Mariage de la Belle au Bois dormant* ; *Chout* ; *Le Spectre de la rose* ; *Danses du Prince Igor*.

25 juin : *Petrouchka* ; *Chout* ; *Après-midi d'un faune* ; *Schéhérazade*.

27 juin : Gala au bénéfice du Comité de secours aux écrivains et savants russes en France avec le concours de Karsavina : *Les Femmes de bonne humeur* ; *Les Sylphides* ; *Le Spectre de la rose* ; *Schéhérazade*.

28 juin : *Petrouchka* ; *Le Spectre de la rose* ; *Chout* ; *Danses du Prince Igor*.

29 juin : *Les Femmes de bonne humeur* ; *Carnaval* ; *Après-midi d'un faune* ; *Schéhérazade*.

30 juin : *Les Femmes de bonne humeur* ; *Le Mariage de la Belle au Bois dormant* ; *Les Sylphides*.

1er juillet : *Petrouchka* ; *Chout* ; *Après-midi d'un faune* ; *Schéhérazade*.

1923

Juin. Saison russe. Théâtre Gaîté-Lyrique.

13 juin : *Danses du Prince Igor* ; *Petrouchka* ; *Noces*.

14 juin : *Contes russes* ; *Noces* ; *Pulcinella*.

15 juin : *Le Sacre du Printemps* ; *Noces* ; *Petrouchka*.

16 juin : *Chout* ; *Noces* ; *Parade* ; *Danses du Prince Igor*.

18 juin : *Contes russes* ; *Noces* ; *Petrouchka*.

19 juin : *Chout* ; *Noces* ; *Pulcinella.*
20 juin : *Le Sacre du Printemps* ; *Noces* ; *Parade* ; *Danses du Prince Igor.*
21 juin : *Pulcinella* ; *Noces* ; *Petrouchka.*

1924

Mai-juin. Saison russe. Théâtre des Champs-Élysées.
Dans le cadre de la Grande Saison d'art de la ville Olympiade :
26 mai : *Les Tentations de la Bergère* ; *Noces* ; *Les Biches.*
28 mai : Gala de la Croix-Rouge, aux magasins du Printemps, avec le concours des Ballets russes : Extr. de *La Belle au Bois dormant* ; *Casse-Noisette* ; *Le Lac des cygnes.*
4 juin : *Les Fâcheux* ; *Noces* ; *Petrouchka.*
6 juin : *Les Tentations de la bergère* ; *Les Biches* ; *Pulcinella.*
11 juin : *Noces* ; *Les Biches* ; *Danses du Prince Igor.*
13 juin : *Une éducation manquée* ; *Les Facheux* ; *Le Sacre du Printemps.*
20 juin : *Une éducation manquée* ; *Le Train bleu* ; *Petrouchka.*
22 juin : *Parade* ; *Les Fâcheux* ; *Le Train bleu* ; *Les Biches.*
25 juin : *Noces* ; *Les Biches* ; *Pulcinella.*
27 juin : *Cimarosiana* ; *Parade* ; *Le Train bleu* ; *Les Tentations de la Bergère.*
28 juin : *Le Sacre du Printemps* ; *Pulcinella* ; *Noces.*
29 juin : *Une éducation manquée* ; *Les Fâcheux* ; *Cimarosiana* ; *Petrouchka.*
30 juin : *Les Tentations de la Bergère* ; *Noces* ; *Le Train bleu* ; *Danses du Prince Igor.*

1925

Juin. Saison russe. Théâtre Gaîté-Lyrique.

15 juin : *Pulcinella* ; *Zéphyr et Flore* ; *La Boutique fantasque.*
16 juin : *Les Fâcheux* ; *Zéphyr et Flore* ; *Le Train bleu.*
17 juin : *Le Chant du rossignol* ; *Les Matelots* ; *Les Biches.*
18 juin : *Pulcinella* ; *Les Matelots* ; *La Boutique fantasque.*
19 juin : Représentation de gala au profit de l'Union française pour la Belgique et les pays alliés : *Le Chant du rossignol* ; *Zéphyr et Flore* ; *Les Biches.*
20 juin : *Les Fâcheux* ; *Zéphyr et Flore* ; *Les Matelots* ; *Le Train bleu.*

1926

Mai-juin. Saison russe. Théâtre Sarah-Bernhardt.
15 mai : *Pulcinella* ; *Roméo et Juliette* ; *Les Matelots.*
20 mai : *Petrouchka* ; *Roméo et Juliette* ; *Les Biches.*
25 mai : *Les Sylphides* ; *Barabau* ; *Les Matelots.*
27 mai : *Zéphyr et Flore* ; *Roméo et Juliette* ; *Pulcinella.*
29 mai : *Petrouchka* ; *La Pastorale* ; *Les Biches.*
30 mai : *Barabau* ; *Noces* ; *Les Sylphides.*
1er juin : *Zéphyr et Flore* ; *La Pastorale* ; *Les Matelots.*
3 juin : *Noces* ; *Parade* ; *Jack in the Box* ; *Petrouchka.*
5 juin : *Zéphyr et Flore* ; *Noces* ; *Les Biches.*
6 juin : *Pulcinella* ; *La Pastorale* ; *Noces.*
8 juin : *Barabau* ; *Parade* ; *Jack in the Box* ; *Les Sylphides.*
10 juin : *Zéphyr et Flore* ; *Roméo et Juliette* ; *Les Matelots.*
11 juin : *Pétrouchka* ; *Barabau* ; *Jack in the Box* ; *Les Sylphides.*

1927

Mai-juin. Saison russe. Théâtre Sarah-Bernhardt.
27 mai : Ouverture de V. Rieti ; *Le Triomphe de Neptune* ; *La Chatte* ; *L'Oiseau de feu.*

28 mai : *Roméo et Juliette* ; *Les Fâcheux* ; *La Chatte* ; *Danses du Prince Igor.*
30 mai : *L'Oiseau de feu* ; *Œdipe Roi.*
31 mai : *Le Triomphe de Neptune* ; *La Chatte* ; *Les Matelots* ; *Danses du Prince Igor.*
1, 2 juin : *L'Oiseau de feu* ; *Œdipe Roi* ; *Mercure.*
3 juin : *L'Oiseau de feu* ; *Œdipe Roi* ; *Danses du Prince Igor.*
7 juin : *Les Fâcheux* ; *Le Pas d'acier* ; *Le Triomphe de Neptune.*
8 juin : *Le Pas d'acier* ; *Mercure* ; *La Chatte* ; *Les Matelots.*
9 juin : *Le Pas d'acier* ; *Roméo et Juliette* ; *Le Triomphe de Neptune.*
10 juin : *Roméo et Juliette* ; *Les Matelots* ; *La Chatte* ; *Danses du Prince Igor.*
11 juin : *Le Pas d'acier* ; *L'Oiseau de feu* ; *Mercure* ; *Danses du Prince Igor.*
Décembre. Théâtre de l'Opéra.
27 décembre : *Le Pas d'acier* ; *La Chatte* ; *L'Oiseau de feu.*
29 décembre : *L'Oiseau de feu* ; *La Chatte* ; *Après-midi d'un faune* ; *Danses du Prince Igor.*

1928

Juin. Saison russe. Théâtre Sarah-Bernhardt.
6 juin : *Le Pas d'acier* ; *Ode* ; *Noces.*
7 juin : *Le Pas d'acier* ; *Après-midi d'un faune* ; *Ode* ; *Soleil de nuit.*
8 juin : *Noces* ; *La Chatte* ; *L'Oiseau de feu.*
12 juin : *Pulcinella* ; *Apollon Musagète* ; *Barabau.*
13 juin : *Ode* ; *Apollon* ; *La Chatte* ; *Danses du Prince Igor.*
14 juin : *Le Pas d'acier* ; *Apollon* ; *Barabau.*
15 juin : *Noces* ; *La Chatte* ; *Ode* ; *Soleil de nuit.*

19 juin : Pulcinella ; Apollon ; L'Oiseau de feu.
20 juin : Noces ; Ode ; Après-midi d'un faune ; Barabau.
21 juin : Le Pas d'acier ; La Chatte ; Apollon ; Soleil de nuit.
22 juin : Noces ; Pulcinella ; Ode ; Danses du Prince Igor.
23 juin : La Chatte ; Apollon ; Après-midi d'un faune ; Soleil de nuit.
Décembre. Théâtre de l'Opéra.
20 décembre : Le Chant du rossignol ; Les Dieux mendiants ; La Chatte ; Soleil de nuit.
24 décembre : L'Oiseau de feu ; Apollon ; Petrouchka.
27 décembre : Le Chant du rossignol ; Les Dieux mendiants ; Petrouchka.
31 décembre : L'Oiseau de feu ; Apollon ; La Chatte ; Les Dieux mendiants.

1929

Mai-juin. Saison russe. Théâtre Sarah-Bernhardt.
21 mai : Les Fâcheux ; Renard ; Le Fils prodigue ; Danses du Prince Igor.
22 mai : Le Pas d'acier ; Apollon ; Les Dieux mendiants.
23 mai : Petrouchka ; Le Fils prodigue ; La Chatte ; Baba Yaga.
24 mai : Les Fâcheux ; Apollon ; Renard ; Danses du Prince Igor.
28 mai : Le Pas d'acier ; La Chatte ; Les Dieux mendiants ; Le Bal.
29 mai : Les Dieux mendiants ; Le Fils prodigue ; Pastorale ; Danses du Prince Igor.
30 mai : Le Pas d'acier, Après-midi d'un faune ; Renard ; Le Bal.
31 mai : Après-midi d'un faune ; Le Fils prodigue ; Petrouchka ; Les Dieux mendiants.
4 juin : Apollon ; Le Fils prodigue ; Pastorale ; Baba Yaga.

5 juin : *Petrouchka* ; *Le Bal* ; *La Chatte* ; *Danse du Prince Igor.*

6 juin : *Petrouchka* ; *Le Fils prodigue* ; *Pastorale* ; *Baba Yaga.*

7 juin : *Les Dieux mendiants* ; *Après-midi d'un faune* ; *Renard* ; *Le Bal.*

11 juin : *Petrouchka* ; *Apollon* ; *La Chatte* ; *Baba Yaga.*

12 juin : *Le Bal* ; *Le Fils prodigue* ; *Renard* ; *Danses du Prince Igor.*

19 août : Décès de Serge Diaghilev, à Venise.

1932

Sous l'égide du théâtre de Monte-Carlo fut constituée la première compagnie des Ballets russes de Monte-Carlo, dirigée par René Blum, attaché au théâtre de la principauté, et Wassili de Basil, connu sous le nom de colonel de Basil, ancien officier de l'armée impériale russe. La nouvelle troupe tenta de renouer avec la tradition de Diaghilev et réunit les meilleurs éléments de l'ancienne compagnie : Léonide Massine, George Balanchine, auxquels vinrent se joindre Tamara Toumanova, Irina Baronova, Tatania Riabouchinska, jeunes danseuses âgées de quinze ans. Elles possédaient déjà une technique éprouvée, et leur virtuosité précoce, leur fraîcheur séduisaient le public. Mais les deux étoiles de la compagnie étaient sans conteste David Lichine et Alexandra Danilova.

1934

5 avril, 9 mai : Les Ballets russes de Monte-Carlo se divisent en deux groupes. Dans le nouveau groupe, Serge Grigoriev joue le rôle de régisseur, avec Bronislava Nijinska comme chorégraphe.

25 septembre : Les Ballets russes de Monte-Carlo présentent leur première saison au Mexique.

25 octobre : Les Ballets russes de Monte-Carlo commencent une tournée au Canada.

1935
Les Ballets russes de Monte-Carlo partent en tournée aux États-Unis, en Espagne, à Londres, à Cuba, au Canada.
1936
Les Ballets russes de Monte-Carlo présentent leurs productions à New York, Barcelone, Londres, Berlin et au Canada.
René Blum fonde les Ballets de Monte-Carlo avec Michel Fokine comme maître de ballet et chorégraphe.
1942
31 avril : Décès de René Blum à Auschwitz.
22 août : Décès de Mikhail Fokine à New York.
1950
8 avril : Décès de Vaslav Nijinski à Londres.
1971
6 avril : Décès d'Igor Stravinski.
1972
22 février : Décès de Bronislava Nijinska.
1973
8 avril : Décès de Pablo Picasso.
1978
26 mai : Décès de Tamara Karsavina.
1979
15 mars : Décès de Léonide Massine.
1983
30 avril : Décès de George Balanchine (Georgi Balanchivadze).
25 novembre : Décès d'Anton Dolin.
1986
15 décembre : Décès de Serge Lifar.

Sur les pas des Saisons russes

Paris

Théâtre de la Gaîté Lyrique, square Émile-Chautemps.

Le 17 mai 1921, la création du ballet *Chout* (*Le Bouffon*) de Serge Prokofiev, d'après deux contes populaires russes, décors et costumes de Larionov, fut mal accueillie.

Le 13 juin 1923 eut lieu la première représentation des *Noces* de Stravinski, ballet adapté de contes populaires russes, chorégraphie de Bronislava Nijinska (sœur de Vaslav Nijinski), décors et costumes de Nathalia Gontcharova.

Théâtre de la Ville, 2 place du Châtelet.

De 1926 à 1929, Diaghilev donna ses derniers ballets dans ce théâtre, qui s'appelait alors théâtre Sarah-Bernhardt.

Le 7 juin 1927, création de *Pas d'acier*, « ballet soviétique » de Prokofiev et Georges Yakoulov, chorégraphie de Massine, décors et costumes de Yakoulov, avec Lioubov Tchernitcheva et Serge Lifar.

Le 6 juin 1928, première du ballet *Ode,* chorégraphie de Massine, décors de Paul Tchelitchev. Cette première œuvre importante du compositeur Nicolas Nabokov était inspirée du poème de cour de Lomonossov, *Ode à la Majesté de Dieu à l'occasion de l'apparition des Grandes Lumières du Nord*, allégorie du couronnement de l'impératrice Élisabeth. D'après Nabokov : « Selon certains bruits (dont il pouvait lui-même être l'auteur), Diaghilev était par sa mère un descendant d'Élisabeth. »

Le 12 juin 1928, création du ballet *Apollon musagète* de Stravinski, sous la direction du compositeur ; chorégraphie de George Balanchine. Serpe Lifar interprétait Apollon. Ce ballet, qui tentait de régénérer la danse académique, étonna le public.

Le 21 mai 1929 fut créé *Le Fils prodigue*. Scènes de Boris Kochno, musique de Prokofiev sous la direction de celui-ci, chorégraphie de Balanchine. Décors et costumes de Rouault, avec Serge Lifar dans le rôle principal. « Rachmaninov, au premier rang, approuvait avec condescendance quelques passages », écrivit Prokofiev dans ses *Mémoires*.

Centre national d'art et de culture Georges-Pompidou.

Une grande exposition « Paris-Moscou », consacrée aux relations artistiques et culturelles entre la Russie, l'Union soviétique et la France de 1900 à 1930, et organisée en coopération avec le ministère de la Culture de l'URSS, eut lieu au centre Pompidou du 31 mai au 5 novembre 1979. Les mêmes éléments, quelque peu modifiés par les Soviétiques, furent exposés à Moscou au musée Pouchkine sous le titre « Moscou-Paris » du 3 juin au 4 octobre 1981.

Café de la Rotonde, 105 boulevard du Montparnasse.

L'ancien café, ouvert en 1911, fut dans les années 1910-1920 le rendez-vous des artistes russes : Archipenko, Chagall, Chterenberg, Gontcharova, Kikoine, Krérnègne, Larionov, Mané-Katz, Marevna, Chana Orlov, Soutine, Marie Vassiliev, Zadkine. On y rencontrait aussi des écrivains : le poète et critique d'art Volochine, le poète Khodassevitch et sa compagne Nina Berberova.

En 1915 et jusqu'à son expulsion de France en 1916, Trotski, correspondant de guerre de *La Pensée de Kiev*, lisait chaque jour à la Rotonde une vingtaine de journaux européens afin de rédiger ses articles (il sut mettre plus tard à profit ses connaissances des questions militaires lorsqu'il créa l'Armée rouge). C'est aussi dans ce café que Trotski retrouva son ami Diego Rivera, qu'il ira rejoindre au Mexique après sa rupture avec Staline.

Ilya Ehrenbourg raconta dans ses souvenirs : « L'arrière-salle, pièce sombre et irrémédiablement imprégnée de tabac, contenait dix à douze tables. Le soir, cette pièce était comble et résonnait de cris, on y discutait peinture, on y récitait des poèmes, on cherchait le moyen de se procurer cinq francs, on se querellait, on se réconciliait, quelqu'un se saoulait et on le traînait dehors. […] nous étions attirés les uns par les autres. Le sentiment de notre détresse commune nous unissait. »

Le restaurant Dominique, 19 rue Bréa.

Le critique théâtral Léon Aronson, dit Dominique, ouvrit en 1928 un bar-magasin de spécialités russes et en fit un restaurant, ouvert encore aujourd'hui, le plus réputé de la colonie russe de Paris. Dans les années trente, les écrivains qui s'y réunissaient le soir étaient surnommés « les Dominicains ».

La Closerie des Lilas, 171 boulevard du Montparnasse, à l'angle de l'avenue de l'Observatoire.

Ce café, transformé et modernisé en 1925, fut toujours fréquenté par les écrivains.

En 1907, Goumilev, alors étudiant à la Sorbonne, vint y rencontrer le poète Jean Moréas. En 1911 et dans les années qui suivirent, Ilya Ehrenbourg y passa des journées entières à écrire. Marevna, arrivée à Paris à l'automne de 1912, fit sa connaissance un soir à la Closerie : « Il portait les cheveux très longs et tombant en mèches raides et grasses jusque sur les épaules. Il était d'aspect très négligé et avait l'air d'un de ces nihilistes tels qu'on les décrit dans les romans étrangers. Mais ses yeux [...] exerçaient une sorte de charme captivant. Il avait une façon ironique et mordante de parler. » Une carte postale envoyée par Alexis Tolstoï à l'adresse du café avec la mention « Au monsieur mal coiffé » lui fut remise directement...

Alexis Tolstoï fréquenta à nouveau le café en 1919-1921, époque durant laquelle il écrivit et publia *L'Enfance de Nikita* et le premier volume de sa trilogie *Le Chemin des tourments*, avant de retourner en URSS en 1923.

Devant le café, face au n° 20 de l'avenue de l'Observatoire, se dresse la statue du maréchal Ney, prince de la Moskova, fusillé non loin de là[1]. Sur le socle du monument figure la liste des victoires remportées par Ney, notamment sur les Russes.

Théâtre des Champs-Élysées, 13 avenue Montaigne.

En mai 1913, la saison d'ouverture du théâtre fut consacrée aux Ballets russes. Le premier spectacle commençait par une reprise de *L'Oiseau de feu*.

1. Voir l'excellent *Guide des Russes en France* de Raymond de Ponfilly, guide Horay, Paris, 1990.

Le 29 mai, la première représentation du *Sacre du Printemps* d'Igor Stravinski, sur une chorégraphie de Nijinski, décors et costumes de Nicolas Roerich, provoqua un immense scandale. Jean Cocteau écrivit : « Il se produisit un tel tumulte que les danseurs n'entendirent plus l'orchestre, durent suivre le rythme que Nijinski, trépignant et vociférant, leur battait de la coulisse. La salle [...] se révolta tout de suite. On rit, conspua, siffla, imita les cris d'animaux [...]. Le vacarme dégénéra en lutte. »

Après cette première agitée, Cocteau raconta encore : « À deux heures du matin, Diaghilev, Stravinski, Nijinski et moi, nous nous empilâmes dans un fiacre et nous nous fîmes conduire au bois de Boulogne. On gardait le silence ; la nuit était fraîche et bonne. [...] Arrivés aux lacs, Diaghilev, matelassé d'opossum, se mit à marmotter en russe ; je sentais Stravinski et Nijinski attentifs, et comme le cocher allumait sa lanterne, je vis des larmes sur la figure de l'impresario. Il marmottait toujours [...]. "Qu'est-ce ?" demandai-je. "Du Pouchkine..." »

Du 7 au 24 décembre 1922, puis du 12 au 28 octobre 1923, le Théâtre d'art de Moscou, avec le metteur en scène Stanislavski (l'un des fondateurs de ce théâtre en 1898), y donna une série de représentations, notamment *Les Basfonds* de Gorki, *La Cerisaie* de Tchekhov, *Le Tsar Fedor Ivanovitch* d'Alexis Tolstoï, *Les Frères Karamazov* d'après Dostoïevski. Le succès fut triomphal.

Salle Pleyel, 252 rue du Faubourg-Saint-Honoré.

Début 1928, pour le concert d'inauguration de la salle, Stravinski dirigea l'orchestre qui interprétait *Le Sacre du Printemps*.

Un matin d'été, en 1930, Nicolas Nabokov, qui travaillait dans un studio de la salle Pleyel, vit arriver

Stravinski d'un studio voisin. Il racontera plus tard la scène : « "D'où viennent ces chants ?" me demanda-t-il. Je lui indiquai les fenêtres ouvertes sous la coupole de l'église russe (Saint-Alexandre-Nevski) : "Écoutez cela, Igor Fedorovitch, lui dis-je, ils chantent sans arrêt la même phrase depuis un quart d'heure et, chaque fois, [...] les sopranos font la même faute. Ils glissent d'un demi-ton en haut, au lieu d'un ton entier. Puis le chœur s'arrête." Stravinski m'interrompit : "Chut... [...]. Mais c'est superbe..." À midi et demi Stravinski réapparut [...] : "Nika, venez, nous allons fêter ça. Avec de la vodka et du caviar. J'ai enfin trouvé la *coda.*" » Deux jours plus tard, Stravinski jouait toute la *coda* de la *Symphonie des psaumes.* Ainsi, de l'erreur des sopranos du chœur russe naquit le passage chromatique de l'*Alléluia.*

Le 5 mai 1933, Serge Rachmaninov donna un concert de bienfaisance à l'occasion du soixantième anniversaire de sa naissance et du quarantième anniversaire de sa vie musicale. Outre ses œuvres, il interpréta au piano des morceaux des grands classiques.

Du 16 mars au 15 avril 1937 eut lieu, dans la galerie du foyer, une exposition organisée par Serge Lifar et consacrée à Pouchkine pour le centième anniversaire de sa mort.

L'Opéra, place de l'Opéra.

Le 6 octobre 1896 fut donné à l'Opéra un gala en l'honneur de Nicolas II et de l'impératrice Alexandra Fedorovna.

Du 16 au 30 mai 1907, Diaghilev organisa à l'Opéra cinq *Concerts historiques russes* de musique de chambre avec la participation des compositeurs Rimski-Korsakov (qui mourra un an plus tard), Rachmaninov et Glazounov, en présence du grand-duc Vladimir Alexandrovitch.

Le 16 mai, Chaliapine chanta pour la première fois à Paris et remporta un succès triomphal en interprétant un air du *Prince Igor* de Borodine.

Le 19 mai 1908, la troupe de l'Opéra impérial de Moscou donnait la première représentation de *Boris Godounov* de Moussorgski, qu'interprétait Chaliapine ; les décors étaient d'Alexandre Golovine et Alexandre Benois, les costumes de Bilibine. Le public fut enthousiaste. Ce spectacle, premier opéra russe donné à Paris, fut repris six fois jusqu'au 4 juin.

Lors des tournées des troupes de Russie, l'Opéra engagea des artistes russes célèbres pour interpréter des œuvres occidentales : la chanteuse Felia Litvine dans les opéras de Meyerbeer en 1889 et de Wagner *(Tristan et Iseult, Siegfied, La Walkyrie)* en 1907-1909, la danseuse Mathilde Kchessinskaïa dans le ballet *Coppée* de Léo Delibes et la danseuse Olga Preobrajenskaïa dans le ballet *Javotte* de Camille Saint-Saëns en 1909.

En 1909, Diaghilev présentait l'opéra de Rimski-Korsakov *La Pskovitianka*, rebaptisé *Ivan le Terrible*, avec Chaliapine dans le rôle principal. Le 4 juin 1910, pour leur première représentation à l'Opéra, les Ballets russes de Diaghilev créèrent *Schéhérazade* de Rimski-Korsakov, interprété par Nijinski et Ida Rubinstein, avec en préambule « Les danses polovtsiennes » du *Prince Igor*. Les costumes et les décors de couleurs éclatantes étaient de Léon Bakst. L'orchestre était dirigé par Nicolas Tcherepnine. Le public fut enthousiaste.

Le 25 juin 1910, création de *L'Oiseau de feu* sur la première de ballet écrite par Stravinski, chorégraphie de Fokine, décors de Golovine, costumes de Léon Bakst et de Golovine, avec Tamara Karsavina dans le rôle de l'oiseau. Le spectacle remporta un triomphe. Au même programme figuraient *Les Orientales* de Glazounov.

Le 24 mai 1914 fut créé *Le Coq d'or* de Rimski-Korsakov, sur une chorégraphie de Fokine, avec les chœurs de l'Opéra impérial de Moscou, les costumes et les décors de Gontcharova, la danseuse étoile Tamara Karsavina.

Le 26 mai 1914, création du premier opéra de Stravinski, *Le Rossignol*, avec costumes et décors d'Alexandre Benois, qui confia dans ses *Mémoires* : « Sous la lumière des gigantesques lanternes bleues, les costumes fantastiques se détachaient vivement du décor des colonnes chinoises blanches et bleues ; et lorsque l'empereur, étincelant d'or et de bijoux, s'avança […] l'effet fut si grand que, pour la première fois de ma vie, je me sentis vraiment ému par ma propre création. »

Le 29 décembre 1915, lors d'un gala de bienfaisance au profit de la Croix-Rouge, Stravinski dirigea *L'Oiseau de feu*, remportant un succès triomphal.

Le 3 juin 1922 eut lieu la première de *Mavra*, opéra-bouffe de Stravinski, d'après un conte de Pouchkine, décors et costumes de Survage. L'œuvre fut mal accueillie.

Le 27 décembre 1927, Diaghilev créait le ballet *Pas d'acier* de Prokofiev avec Léonide Massine et Serge Lifar. Le 22 novembre 1928, Maïakovski assista à un spectacle de ballet, qui lui inspira la poésie *La Belle (Réflexions pour l'ouverture du Grand Opéra)*. Le 24 décembre 1928 fut créé *Apollon Musagète* de Stravinski, interprété par Serge Lifar. Celui-ci travaillera à l'Opéra de Paris de 1929 à 1944 et de 1947 à 1958 comme danseur étoile, chorégraphe (*Icare* en 1935, *Les Mirages*, etc.) et maître de ballet.

D'autres Russes remplirent la fonction de maître de ballet à l'Opéra : Ivan Clustine (1911-1912), George Skibine (1958-1961), Rudolf Noureev (1983-1989). George Balanchine y collabora comme chorégraphe à plusieurs reprises entre 1929 et 1963.

Le 27 décembre 1928, Igor Markevitch, qui venait d'être présenté à Diaghilev, assista à une scène restée gravée dans sa mémoire : « Tandis que les machinistes préparent les décors de *Petrouchka*, un groupe s'avance vers nous, conduisant Nijinski sur le plateau témoin de ses anciens exploits. Je le vois devant moi, avec un sourire absent, comme le fantôme de lui-même [...]. Lifar et Karsavina, dans le costume de Maure et de Ballerine de *Petrouchka*, entourent cet être déshabité, l'embrassant avec une timide tendresse. [...] Chacun semble adresser de cette terre avec tout l'amour et le respect imaginable un appel à la raison lointaine et inaccessible de Nijinski. Il est là, plus irréel que présent, symbole d'une gloire qui ne le touche plus. »

Le 21 septembre 1964 fut inauguré le plafond de la grande salle peint par Chagall, qui évoque notamment *Le Lac des cygnes* de Tchaïkovski et *Boris Godounov*. « J'ai voulu, explique le peintre, chanter tel un oiseau, sans théorie ni méthode, mettre là-haut un bouquet de couleurs qui refléterait celles de la salle. »

Le 23 décembre 1969, le théâtre Bolchoï de Moscou y donnait *Eugène Onéguine* de Tchaïkovski sous la direction de Rostropovitch, avec l'épouse de celui-ci, Galina Vichnevskaia, dans le rôle de Tatiana, qu'elle interprétera douze ans plus tard pour ses adieux à la scène.

Le 18 mars 1989, Rudolf Noureev créait une nouvelle version du ballet *La Belle au Bois dormant* sur la musique de Tchaïkovski, dans la tradition de Marius Petipa, célèbre maître de ballet et chorégraphe d'origine française du Théâtre impérial de Saint-Pétersbourg. Noureev créa également *Ramonda* de Glazounov (1983) et *Casse-Noisette* de Tchaïkovski (1985).

La place située derrière l'Opéra porte le nom de Diaghilev.

Le musée de l'Opéra.

Ce musée possède une collection des Ballets russes (souvenirs de Diaghilev donnés par Serge Lifar, collection de Boris Kochno) : sandales de Nijinski, diadème et chaussons d'Anna Pavlova, portrait de Serge Lifar par Yves Brayer, portrait de Diaghilev par Stravinski. Maquettes de décors et costumes d'Alexandre Benois, Léon Bakst, Nicolas Roerich, Georges Wakhevitch.

Le Grand Hôtel.

Le 29 août 1875, dès son arrivée au Grand Hôtel, Marie Bashkirtseff écrivait à sa mère restée en Allemagne : « J'ai respiré pour la première fois en revoyant la France. Je me porte à ravir, je me sens belle, il me semble que tout me réussira ; tout me sourit et je suis heureuse, heureuse, heureuse ! »

En 1916, dans cet hôtel, la danseuse hollandaise Mata-Hari, qui n'avait pas réussi quatre ans auparavant à se faire engager dans les Ballets russes de Diaghilev, séduisit un capitaine du premier régiment russe du corps expéditionnaire, Vadim Maslov, en permission à Paris. Elle alla le rejoindre ensuite à Vittel, tout près du front.

Six mois plus tard, soupçonnée d'espionnage, Mata-Hari fut arrêtée et l'on trouva dans sa chambre plusieurs photos de Vadim dont l'une portait au dos : « Vittel – 1916. Souvenir de quelques jours les plus beaux de ma vie avec mon Vadim que j'aime au-dessus de tout. »

Cité comme témoin au procès de Mata-Hari devant le Conseil de guerre, Vadim, qui fut blessé en Champagne, écrivit au juge que sa liaison avec la danseuse « n'avait pas eu beaucoup d'importance ». Le 15 octobre 1917, Mata-Hari fut fusillée au polygone de Vincennes. Après la guerre, Vadim se fit moine.

22 avenue d'Eylau.

Une plaque sur la façade rappelle que Fedor Chaliapine vécut dans cette maison et y mourut le 12 avril 1938.

Le cimetière de Passy, 22 rue du Commandant-Schloesing.

On aperçoit, de l'esplanade du Trocadéro, le sommet de la chapelle surmonté d'une grande croix orthodoxe, renfermant la tombe de Marie Bashkirtseff (1860, Gavronzi, près de Poltava – 1884, Paris), peintre et écrivain. Sur le mur extérieur de la chapelle, au-dessus de la liste des œuvres de Marie, sont gravés ces vers d'André Thieuret : *Ô Marie, ô lys blanc, radieuse beauté/ Ton être entier n'a pas sombré dans la nuit noire,/ Ton esprit est vivant, vivante est ta mémoire/ Et l'immortel parfum de la fleur est resté.*

L'hôtel Istria, 29 rue Campagne-Première.

Vladimir Maïakovski, durant ses nombreux séjours à Paris de 1924 à 1929, logea dans cet hôtel, où habitait alors Elsa Triolet, sœur aînée de sa compagne Lili Brik. Il évoque dans sa poésie « Verlaine et Cézanne » la chambre trop étroite pour son corps de géant :

Je me cogne
à la table,
aux arêtes de l'armoire,

quotidiennement piétine sur quatre mètres.
Il me manque place ici,
à l'hôtel Istria,
Dans la courtaude
rue Campagne-Première.

Monaco

Musée napoléonien et des archives du palais, dans une aile du Palais du prince.

Lithographies, médailles commémoratives des batailles d'Austerlitz, d'Eylau et de la campagne de Russie. Décorations russes. Jouet russe représentant Napoléon à cheval. Objets ayant appartenu à Alexandre II : statuette en ivoire de Napoléon qui se trouvait sur le bureau du tsar, étui à cigarettes, croix de Saint-Georges, épée remise en cadeau par Alexandre III après l'assassinat du tsar en 1881 à la princesse Yourievski et que celle-ci conserva jusqu'à sa mort en 1922.

En 1862, une maison de jeux ouvrit à Monte-Carlo, devenant un grand casino à partir de 1878. Le 23 février 1879, Marie Bashkirtseff notait dans son *Journal* : « Hier, nous sommes allés à Monaco. Ce que ce nid de cocottes est répugnant je ne le dirai jamais assez. Je ne suis entrée que pour dix minutes dans les salles, mais cela m'a suffi, ne jouant pas. »

Le 26 avril 1891, bien qu'ayant mis au point une martingale, Tchekhov perdit cinq cents francs au casino, se réjouissant d'avoir acheté d'avance un billet de retour pour Nice. Il écrivait le lendemain à sa famille : « Vous me direz bien sûr : "Quelle infamie ! Nous sommes pauvres et il joue là-bas à la roulette." C'est tout à fait juste, et je vous permets de m'égorger. Mais je suis très content de moi. Au moins maintenant je pourrai dire à mes petits-fils que j'ai joué à la roulette et que je connais les sensations que procure ce jeu. »

Monte-Carlo ne lui plaisait guère : « J'aime le luxe et la richesse, mais la roulette ici me donne l'impression d'un somptueux *water-closet*. L'air contient quelque chose qui, vous le sentez, offense la bienséance et rend vulgaire la nature, le bruit de la mer, la lune. Ce gentil Monte-Carlo ressemble bel et bien à un repaire de brigands. Le suicide de ceux qui ont perdu est un événement banal. »

Dans sa nouvelle, *Récit d'un inconnu*, écrite en 1893, Tchekhov décrit son personnage à Monte-Carlo « debout devant la table de jeu au milieu d'une foule de cocottes et de vieilles filles qui se collaient à l'or comme les mouches au miel ».

Chaliapine, engagé au théâtre de Monte-Carlo pour la première fois en 1905, revint y chanter neuf saisons de suite.

Sur la scène de la salle Garnier, la troupe des Ballets russes joua de 1911 à 1929. Cocteau écrivit dans le programme : « Le parfum de la rose, c'est Nijinski. Dans un costume aux pétales frisés [...], il pénètre parmi les cretonnes bleues avec la chaude nuit de juin. Il mime et concentre tout ce qui, jusqu'alors, me semblait intraduisible [...], il tournoie en suaves remous, imprègne les rideaux de mousseline et enveloppe la dormeuse d'un voile tenace. Rien de plus extraordinaire ! »

En 1932 furent fondés les Ballets russes de Monte-Carlo, dirigés par René Blum et le colonel Wassili de Basil, avec les chorégraphes Balanchine et Massine, les étoiles David Lichine et Alexandra Danilova. En 1936, au départ du colonel de Basil qui fonda sa propre troupe de ballets, les Ballets russes de Monte-Carlo firent appel à Fokine.

Le 19 janvier 1986 eut lieu la première de l'opéra *La Fiancée du tsar* de Rimski-Korsakov, dans la nouvelle mise en scène de Galina Vichnevskaia et Mstislav Rostropovitch.

Sur la terrasse derrière le casino : à l'ouest, bustes de Massenet et Berlioz par Léopold Bernstamm ; au sud, buste de Diaghilev.

La villa Alam au Cap d'Ail.

Alam est le diminutif de Mathilde – Mala – écrit à l'envers.

En mars 1920, le grand-duc André Vladimirovitch revint s'installer dans cette villa qu'il avait achetée en 1913, avec sa compagne, la danseuse Mathilda Kchessinskaia. Celle-ci raconta la nuit de la Pâques russe, le 2 mai 1926, où elle avait invité Diaghilev et sa troupe : « Des autocars que j'avais loués nous conduisirent tous à Nice, à la cathédrale. Après la messe de minuit, nous regagnâmes la villa pour les *razgoveni*, souper traditionnel. Une table de Pâques avait été dressée, chargée de *paskhas*, de *koulitchs*, d'œufs peints de toutes les couleurs, de jambon et autres mets succulents. [...] Après le repas, on se mit à danser. Serge Lifar, quelque peu éméché, entreprit de faire la cour à Tamara Karsavina, mais Diaghilev en prit ombrage et mit fin à ce flirt en disant : "Jeune homme, vous êtes, semble-t-il, un peu trop gai ! Il est temps de rentrer à la maison !" Et ils repartirent tous deux pour Monte-Carlo. »

Remerciements

Je voudrais exprimer ma profonde gratitude à Isabelle de Tredern qui, avec sa passion pour la Russie, m'a comme à l'accoutumée accompagné dans ce travail.

Mes remerciements vont aussi à mes éditeurs Sabine et Marc Larivé, qui m'ont soutenu non seulement en tant qu'auteur mais également en tant que directeur de la collection « Le roman des lieux et destins magiques », ainsi qu'à leurs collaborateurs.

Merci également aux collaborateurs des archives de la Fédération de Russie.

Je garde en mon cœur les grandes personnalités du monde des Saisons russes qui, chacune à leur façon, m'ont raconté cette fabuleuse histoire, à l'orée de ma carrière diplomatique, dans les années soixante-dix. En premier lieu Picasso, Gala et Salvador Dalí, Marc Chagall, Lydia Delektorskaïa, Dina Verny, Nadia Léger, Serge Lifar, Tamara Karsavina…

Je tiens enfin à remercier chaleureusement les grands connaisseurs du fonds Cocteau, sa nièce Dominique Marny et Claudine Boulouque, qui m'ont donné tant de documents et de pistes sur Diaghilev et ses compagnons.

Table

ANNEXES

DU MÊME AUTEUR

Histoire de la diplomatie française
Éditions de l'Académie diplomatique, 1985

Histoire secrète d'un coup d'État
Moscou, 19 août 1991
en coll. avec Ulysse Gosset
Lattès, 1991

Les Égéries russes
en coll. avec Gonzague Saint-Bris
Lattès, 1994
et « Pocket », n° 4276

Les Égéries romantiques
en coll. avec Gonzague Saint-Bris
Lattès, 1996

Le Département du diable
Plon, 1996

Les deux sœurs ou l'art d'aimer
Lattès, 1997
et « Le Livre de poche », n° 14680

Le Triangle russe
Plon, 1999

Les Tsarines
Éditions du Rocher, 2000
et « Le Livre de poche », n° 30531

Russie, l'éternel retour
en coll. avec Michel Gurfinkiel
Odile Jacob, 2001

De Raspoutine à Poutine
prix d'Étretat
Perrin-Mémorial de Caen, 2001

La Fin de l'URSS
Mémorial de Caen, 2002

La Guerre froide
Mémorial de Caen, 2002

L'Histoire secrète des ballets russes
prix des Écrivains francophones
Éditions du Rocher, 2002

Le Roman de Saint-Pétersbourg
prix de l'Europe
Éditions du Rocher, 2003

Le Roman du Kremlin
prix Louis-Pauwels
Éditions du Rocher-Mémorial de Caen, 2003
et « Le Livre de poche », n° 30387

Diaghilev et Monaco
Éditions du Rocher, 2004

Le Roman de la Russie insolite
Éditions du Rocher, 2004
et « Le Livre de poche », n° 30750

Le Département du diable
La Russie ésotérique
Plon, 2005

Regards sur la France
sous la dir. de K.E. Bitar et R. Fadel
Éditions du Seuil, 2005

Paris-Saint-Pétersbourg
Une grande histoire d'amour
Presses de la Renaissance, 2005

Le Roman de l'Orient-Express
prix André-Castelot
Éditions du Rocher, 2006
et « Le Livre de poche », n° 30967

Le Fantôme de Staline
prix du Droit de mémoire
Éditions du Rocher, 2008
et « Le Livre de poche », n° 31211

Les Amours de la Grande Catherine
Alphée-Jean-Paul Bertrand, 2009

Le Roman de Tolstoï
Éditions du Rocher, 2010

RÉALISATION : NORD COMPO À VILLENEUVE-D'ASCQ
IMPRESSION : CPI FRANCE
DÉPÔT LÉGAL : SEPTEMBRE 2010. N° 103098-2 (2024380)
IMPRIMÉ EN FRANCE